U0527086

黄龙宗禅诗

Zen Poems of Huanglong Zong

戴逢红 编著

江西人民出版社
Jiangxi People's Publishing House
全国百佳出版社

图书在版编目（CIP）数据

黄龙宗禅诗/戴逢红编著.—南昌：江西人民出版社，2016.7

ISBN 978-7-210-08590-4

Ⅰ.①黄… Ⅱ.①戴… Ⅲ.①诗集—中国 Ⅳ.①I22

中国版本图书馆CIP数据核字（2016）第153451号

黄龙宗禅诗

戴逢红　编著

选题策划：朱法元　张德意
责任编辑：吴艺文
封面设计：同异文化传媒
出　　版：江西人民出版社
发　　行：各地新华书店
地　　址：江西省南昌市三经路47号附1号（邮编：330006）
编辑部电话：0791—86898470
发行部电话：0791—86898893
网　　址：www.jxpph.com

2016年11月第1版　2016年11月第1次印刷
开　本：880毫米×1230毫米　1/32
印　张：11.625
字　数：250千

ISBN 978-7-210-08590-4
赣版权登字—01—2016—629
版权所有　侵权必究
定　价：63.00元
承 印 厂：长沙超峰印刷有限公司

赣人版图书凡属印刷、装订错误，请随时向承印厂调换

序

一

习近平总书记提出："佛教产生于古代印度，但传入中国后，经过长期演化，佛教同中国儒家文化和道家文化融合发展，最终形成了具有中国特色的佛教文化，给中国人的宗教信仰、哲学观念、文学艺术、礼仪习俗等留下了深刻影响。"[1]佛教历史悠久、文化灿烂、影响深远，是中华优秀文化不可分割的重要组成部分。在当代文化建设中，佛教更应该勇于担当，努力传承，担负起弘扬中华优秀传统文化的神圣使命，为社会主义文化大发展大繁荣，为增强我国文化软实力贡献力量。

佛教黄龙宗祖庭黄龙寺，位于江西修水，系千年古刹，创于唐，因山名。始建者诲机超慧，青原系高僧，传其降伏吕洞宾，收为侍客童子，由是声名鹊起，于唐末宋初被朝廷三次旌表，故有"三敕崇恩禅院"之称。惜乎五代期间，大寺毁于战火，至治平三年，临济名僧慧南入住，才得以重建，复见巍峨。慧南祖师一身参云门、法眼、曹洞、临济四宗，其在黄龙寺"传石霜之印，行临济之令"，设"黄龙三关"而名动天下，声振丛林，终成黄龙一宗。黄龙宗以其博大精深、机警风趣广为信众接纳，深受僧俗喜爱，后传至日本、高丽，在佛教发展史上具有深远

---

[1] 选自2014年8月26日习近平主席在巴黎联合国教科文组织总部的演讲词。

的影响。同时，黄龙宗对中国的思想、文化、艺术也有极为深远的影响，黄龙派高僧、居士中产生了诸多在禅宗史乃至中国文化史上具有重要影响的人物。

今有学人戴逢红，博采古籍、通阅典藏、详究灯谱、钩沉禅林，发旷古之愿心、费非凡之精力、创恢宏之巨构，旁搜远绍，谨严考证，著"黄龙禅宗三书"，对于深入开展佛教文化研究、推动佛教文化交流，绵延中华文明、根植和谐基因、优化价值体系，弘扬宗教优良传统，促进社会和谐发展，都是积极的、健康的、有益的探索。

黄龙宗有言："登山须到顶，入海须到底。登山不到顶，不知宇宙之宽广；入海不到底，不知沧溟之浅深。"佛教文化的生命力在于传承与发扬。我们在佛教文化建设方面应把握这个中心，在传播佛教传统文化精髓的同时更好地服务于当代社会，通过推动契理契机的人间佛教思想的弘扬和开展佛教与社会主义社会相适应的运动，佛教文化会日益凸显其纽带作用，即成为联系社会各界共同为改革开放、社会安定、民族振兴、经济繁荣而做贡献的积极因素。

作为修水人，我乐为之序

张 勇

二〇一六年三月一日

（作者系江西省委统战部副部长、省民族宗教事务局局长）

序二

自世尊拈花，迦叶微笑，阐无三之教，开不二之门，接物利生，悲济无量，声教所被，微尘刹海，至双林入灭，独嘱于饮光，薪火相传，衍西天四七；追达摩西来，少室面壁，直指人心，见性成佛，屈晌次递，成东土二三。洎曹溪法源，派分两脉，马驹蹴踏、石头路滑，德山棒险、临济喝威，花开而五叶、五家又七宗，纲宗建立，派别衍生，灯灯相续益繁，钵钵相承鼎盛。

黄龙之宗，衍自临济，源出分宁（今修水）。祖庭黄龙禅院，青原超慧所创，寺凡三迁，始于双峰、次于小庄，曰永安、曰于珥。唐宋两朝，尊宠极隆，三承敕封，尊号崇恩。

祖师慧南，童稚弃家，未冠足戒，依智銮、参澄諟、历怀澄、嗣慈明，遍访高僧大德；充首座、掌书记、任住持、接方丈，尽驻名刹古寺。师于黄龙"传石霜之印，行临济之命"，击将颓之法鼓，整已堕之玄纲，创"三关"之旨，奠"话禅"之基，名动天下，声振丛林，法席广大，直追马祖百丈；宗风远播，遍及大江南北，蔚然而成黄龙一宗。

祖师座下，高僧辈出，龙象横陈，神僧名释灵轨芳踪横被天下，微言道韵高论良谟盈于简牍，由是三关之法流布万里，提唱之机风流千年。甫延脉至南宋，无示传坦然，宗风劲吹朝、韩；

及开席于天童,怀敞授荣西,精兰遍立东瀛。

元明以降,密宗独宠,诸佛尽斫,禅宗凭丛林制佑,虽裹而未绝缕。黄龙一脉,亦元气大伤,庙堂颓废,人才凋敝,经籍零落,史实无着。博大精深之名徒留,光辉灿烂之誉虚存,缁素之徒难释其义理,饱参之士不解其智慧。

法鼓无音,钟磬不响,明珠蒙尘,大法湮灭,其缘由甚众、根本非一,然典藏充栋,秘籍汗牛,篇幅浩繁,文字泛滥,乃其病之一。开派千年,法嗣愈万,巍峨文化,零落于方志宗谱语录;三关智慧,散布在灯录诗偈公案;高深学问,闪烁在禅师之擎拳举指、竖拂拈槌、打鼓吹毛、答问吁笑中;传世名篇,淹埋于民间传唱、僧墓石塔、残碑断碣、书札信函里。而从未有条陈宗派、缕析世系、阐述机锋、标榜智慧之文牍面世,以利传唱,方便参学。无怪乎千圣消音、万佛默然也!扪心自问或静而思之,能不怅惘、惭愧抑或汗颜乎?

反观日本,自荣西得法,归国教化,苦修谨行,为众钦仰,感动朝野,被封为僧正、尊为禅祖,以至黄龙于东瀛花繁叶茂,声誉鹊起,寺庙林立,学人如云,且近千年间,学术探讨不断,宗门弘道不辍,黄龙学术因之光大发扬;尤喜近年以来,寺院不昧师承,僧尼谨记祖庭,五次三番,归宗认祖,礼寺拜佛,拳拳之心可圈可点,殷殷之意可赞可叹。

荷如来家业,振禅教雄风,光大教义,弘扬宗经,展千年文化之魅力,耀不朽智慧之光辉,于吾辈而言,委实责无旁贷、确乃义不容辞。故尔后学虽才无一斗、学无半车,且性识愚鲁、资质粗笨、惭于学养、愧于文力,又涉猎不广、搜罗不周、资料不全、浸淫不深,然不揣浅薄于前、无谓贻笑于后,访残简、寻断碣、问耄耋、阅典籍、览方志、究灯谱、博采群籍、广集古今，穷廿年之辑录，历六载之爬梳，吮宗门精髓，吸僧侣智慧，次序其源流，错纵其词句，旁搜远绍，谨严考证，化繁为简，剔芜存精，荟萃成编，积聚成"黄龙禅宗三书"：《黄龙宗简史》《黄龙宗公案》《黄龙宗禅诗》。

拙作独阐黄龙、不述他门，乃开单宗编撰之先河；立体构建、分类谋篇，实为禅教成书之首创。然浅见暗识之文，虽锓梓亦难风行，幸吾志在了千年黄龙无专著之遗憾、补禅门独宗无史籍之空白，且集诸师精华于一书，可广其传学、利其流布，兼防岁久湮佚也；另意为抛砖引玉、栽桐招凤，翼博达贤俊、饱学鸿儒、佛门志士、后世学人，操董狐直笔，倾陆海才情，写黄龙史记，著佛国离骚；倘若能于是时，取而补苴罅漏，引之印虚证实，则阿弥陀佛，吾愿得偿矣！

戴逢红
乙未年壬午月于全丰正元亨居

序三

唐以诗取士，诗学昌明，国人崇尚八韵，不以词章为末事，故唐诗盛传不朽，造极登峰，盖有自也。而佛门之中，多隐逸之士，裁诗吟咏，则为能事；且众多居士，礼佛之余，每有唱和，是以禅诗风起，各抒性灵，感时纪事，以陶写磊落抑塞之气，而不为世俗习尚所囿，诚诗坛之奇葩。

诗之一道，在天地间视他文最为难工，而禅诗尤难也。盖闻沧海之大，一勺可以知其味，玄天之高，土圭可以测其景，佛以一音演说妙法，细无不入，大无不包；诗以韵律敷扬至理，究竟真空，暗蕴玄机，散于大藏之中，敛于字眼之间，鸟兽草木皆所寄兴，风云月露非止咏物，或以清淡标，或以雄深著，或尚古格，或贵丽密，或洋洋乎大篇，或收敛于短韵，不可竟举，岂不难哉。

黄龙山高一千八百丈，太玄二十五洞天。秉三山之秀气，接六八之精华，黄龙宗本临济，印传石霜，宗风远振，派被天下，大德高僧间见层出，居士信众接踵而来，是以吴楚之山川，黄龙之法音，皆能化为诗韵，故黄龙禅诗，可以参妙音、观世道，可以载佛理、振宗风。

惜千年以降，人事代谢，黄龙禅诗，或散漫于残卷，或相传于口耳，时有真赝参错，转写伪舛，历代文士林立，禅师相递，未有搜刮成集者，诚为憾事。

今有族弟逢红君,好古研文者也。恂恂有儒者之风,疾疾有辩士之才,英爽之气,溢于形表,言语文字,足以雄一时,于黄龙宗研究,刻苦用功,立志编次黄龙宗禅诗集,穷数载之精力,耕耘于修江南岸。一日,过双丰书屋,出手编《黄龙宗禅诗》请曰:"此予近数载心血所注,广搜博览,得黄龙宗禅诗若干首,然中尚有鲁鱼亥豕之讹,故静坐书斋以为勘校之,编次之,详为注释,逐作赏析,精选195首。且乞一言弁其首,将付之梓人,以传世焉。"

余展卷数月,望洋惊叹。逢红君苦学强记,冥搜有年,在物欲横流之世,实属不易,而撼遗决滞,编为大观,专精覃思,详为剖析,瘠寐黄龙于千载之间,首首核其指归而意象乃明,字字还其根据而证佐乃确,有缘人也。细读黄龙诸诗,或以天分胜,或以道力显,同宗隔代,角立雄视,于诗坛笔海中尽显才情,分路扬镳,各有登峰造极之美,其吟才豪逸,多率然而成,读者于每首诗中要识其陷虎之处,始见其妙,所谓箭锋妙法,信不虚也。

是篇之成,使翻阅者不难于寓目,诵读者亦易于铭心,以因因而证果果,由本本以达原原,惊人欲之横流,契佛心之正觉,再兴黄龙,功莫大焉。

无尽居士有诗云:久响黄龙山里龙,到来只见住山翁。须知背触拳头外,别有灵犀一点通。

是为序

戴嵩青
丙申元宵夜于双丰书屋
(作者曾任《修水县志》副总编、《修水报》总编、修水县文化广播影视新闻出版局局长)

凡例

　　1. 本书是关于黄龙宗禅诗的选本,收录128位黄龙禅师、居士的195首禅诗(含词一首),按照作者名字、简介、禅诗原文、出处、注释、赏析的顺序进行编撰;

　　2. 禅师或居士简介里除注明禅师或居士的籍贯、法号、谥号、生卒年限、住持寺庙外,还介绍其俗姓、师承、参游经历、得法悟道机缘、机语机要、圆寂事迹、塔藏地址、法嗣名号等;

　　3. 为方便读者理解,编著者为每首禅诗都撰写了赏析。但历来对禅诗的解悟,见仁见智、因人而异,书中赏析乃著者一己之见,仅供读者参考;

　　4. 为方便读者阅读,对诗中的一些公案、地名、术语、生僻字词等做了注释;

　　5. 所录禅诗均注明出处,便于读者检索;

　　6. 本书所选禅诗,除30首左右较常见外,余皆极少面世;所有禅诗均以黄龙传灯宗派先后顺序排列;书中纪年,先列中国古代纪年,括号内再注公元纪年,例"唐大中四年(850)",除此之外,正文中数字一律采用汉字;

　　7. 本书使用过的主要参考书目均附在书后,一来表示对原作者的谢意,二来方便读者查找;

　　8. 黄龙创寺祖师超慧及其法嗣有近百年的住寺历史,但其禅诗缺失,仅存其徒吕洞宾几首诗,考虑史料的连续性及完整性,特选两首附于后,谨此说明。

CONTENTS

Huinan Pujue 1
To the Abbot of Nanyue Plantain Hut 2
Thanks for the Straw Sandal from Master Letan Yue 3
Eulogizing Yunmen's *Dharmakaya Treasured in Dipper* 4
Walking on the Road, Not Opposing to the Road 6
Master Zhaozhou Treating Others with Tea 7
The Cause of Birth (Three Checkpoints I) 8
The Hand of Buddha (Three Checkpoints II) 9
The Leg of a Donkey (Three Checkpoints III) 10
Summation (Three Checkpoints IV) 11
Resigning from the Temple at Mount Lu 11
Cypress 13

Huitang Zuxin 15
On Resigning from Huanglong Temple 15
Anonymous Verses (I) 17
Anonymous Verses (II) 18
Anonymous Verses (III) 18

Zhenjing Kewen 20
Daning Temple 20
Rhyming with Master Xian's Poem *Watching the Moon on Autumn Night* 21

To Su Ziyou	22
To Master Zhang in Tangpu	23
To Masters Yanzhong and Huanda at Mount Fu	24
To the Secretary Gao of Households in Jingnan	26
By the Bank of King Chu's City	26

Weisheng Zhenjue 29
Ode to the Wind and the Flag 29

Kaiyuan Ziqi 31
Emptiness Without Inside and Outside 31

Xuefeng Daoyuan 33
Ode to the Wind and the Flag 33

Guizong Zhizhi 35
On the Top of the Highest Peak 35

Qian'an Qingyuan 37
Bise Freezes Water 37

Baoben Huiyuan 39
The Dying Gathas 39

Jicui Yong 41
Right or Wrong 41

Jianlong Zhaoqing 43
Whispers in Wind 43

Letan Shanqing 45
The Hermit 45
The Fox Buddhism 46

The Gathas of Enlightment 47

Yangshan Xingwei 49
The Gathas of Self-Portrait 49

Longqing Qingxian 51
The Dying Gathas 51

Zhaojue Changzong 53
The Gathas of Parinirvana 53
The Way to Great Wisdom of Manjusri Bodhisattva 54

Baizhang Yuansu 56
The Gathas of Ascending the Hall 56

Shanglan Shun 58
Master Zhaozhou Sees Through Taishan Old Lady 58
The Gathas of Ascending the Hall 59

Letan Hongying 60
The Gathas of Ascending the Hall 60
The Gathas of Speaking the Dharma 61
Baofeng Temple 63

Yungai Shouzhi 64
The Gathas of Ascending the Hall 64

Yunju Yuanyou 66
Decline the Cassock Bestowed by the Emperor 66
Pine and Wind in Moonlight 67
The Dying Gathas 68

Lingyuan Weiqing 69

Ode to *Written on Yellow Crane Tower* 69
To Huang Luzhi 70

Shangu 72

To Elder Huanglong Qing (I) 72
To Elder Huanglong Qing (II) 73
Written on Vaisya Wang's Collection of *Peach Blossom*
  and Apricot Flower Drawn by Wangyou 74
To Daochun
  —It's Rained Every Day Since Set off from Baling to Huanglong Temple
  Through Pingjiang, Linxiang, Tongcheng and It's Cleared up After
  Calling Reverently Upon Master Qing, Happened to Meet the
  Pilgrim Dai Daochun and Wrote a Long Verse to Him. 75
Windy and Rainy, I Have Lodged at Chikou for 3 Days 77
Entitle Huai'an Pavilion 78
The Cowherd 80

Wuxun 81

To Huitang Zuxin (I) 81

Wangshao 83

The Gathas of Enlightenment 83
On the Old Pine in Front of Yulao Hut 84

Dongpo 86

Watching the Tide 86
To Master Donglin Zong 87
Recalling the Old Days at Mianchi in the Same Rhyme as
  Ziyou's Poem 88
Written on the Wall at Xilin Temple 89
Song of the Lute 90

Letan Yinggan 91

The Gathas of Enlightenment 91

Wanshan Shaoci 93

Ode to Passing Through the Entrance 93

Ganlu Zhichuan 95
The Gathas of Ascending the Hall 95

Kaiyuan Zhitian 97
The Gathas of Enlightenment 97

Xingfu Kangyuan 99
The Gathas of Ascending the Hall 99

Xiangtian Fanqing 100
The Dying Gathas 100

Doushuai Congyue 102
The Lofty and Magnificent Cliff 102
Keep Myself to Myself 103

Jiufeng Xiguang 105
Ode to the Predecessors 105

Zhantang Wenzhun 107
Sending off Master Ze 107
Ode to Cold-Heat Principles 108

Banshan 110
Climbing Feilai Peak 110
A Visit to Mount Zhong 111
Impromptu Poem at Mount Zhong 112
Wuzhen Temple 113

Huihong Juefan 114
Watching Yun Stream at Twilight 114
Summer Day 115

    Lodging at Baizhang Monastery on Lantern Festival 116
    The Swing 117
    Writing What I Saw While Boating 119

Suzhe 121
    To Master Jingfu Shun 121
    Sitting at Night, Master Jingfu Shun Expounds the Koan
        The Predecessor Pinches the Nose 123
    Asking Master Dongshan Wen to Have a Talk at Night 123
    Gratitude to Dongshan and Shitai for Their Long-
        Distance Farewell 125
    Guizong Temple—The Fourth of the Seven Odes While
        Visiting the South of Mount Lu 126
    A Visit to Dayu After Raining 127
    Asking the Master of Huangbo Temple About His Illness ... 128

Shitou Huaizhi 130
    Cutting off All Desires 130

Foci Pujian 132
    The Gathas of Zen Awakening 132

Wuzhou Shuangxi Yin 134
    Ode to the Many-Pieced Robe 134

Dawei Qixun 136
    Feelings on the Dharma 136

Guyin Jingxian 138
    The Gathas of Speaking the Dharma 138

Anhua Wenyi 140
    The Gathas 140

Yongfeng Huiri 142
    The Gathas on the Deathbed 142

Lushan Xinan 144
The Gathas of Ascending the Hall 144

Yong'an Chuandeng 146
The Gathas of Enlightenment 146

Guanghui Dagao 149
The Gathas of Ascending the Hall 149

Yuwang Jingtan 151
The Gathas of Ascending the Hall 151

Taizhou Jiexiang 153
The Gathas of Presenting to Master 153

Dawei Zuchun 155
The Gathas of Speaking the Dharma 155

Baojian Fada 157
Mountain Life 157

Yanfu Daolun 159
Zen Life 159

Jingzhao Zongshi 161
Ode to the Whisk 161

Shuangling Xinhua 163
The Gathas 163

Jianfu Daoying 165
A Quatrain 165

Guangjian Xingying 167
One of the 16 Gathas 167

Spring Scenery 168
Leisure Life by Dong Stream 169

Sixin Wuxin 171
Ode to the Koan of Liuzu 171
Ode to *Written on Yellow Crane Tower* 172
Ode to the Last 174

Sansheng Jichang 175
Ode to the Predecessors 175

Baofu Benquan 177
The Gathas in the Same Rhyme as Hanshan's Poem 177

Huangbo Daoquan 179
The Gathas of Ascending the Hall 179

Changling Shouzhuo 181
It's Clear in My Calling 181
Ode to the Predecessors 183

Xingkong Miaopu 184
Monk Chuanzi's Fishing Song 184
Cultivating Oneself Just like Defending a City 186

Juehai Fayin 187
The Peach Blossoms on the Mountain 187

Kongshi Zhitong 189
Ripple Is Not Water 189
The Gathas of Enlightenment 190

Chaozong Huifang 192
The Parting Gathas 192

Yangzhou Qimi	194
Ode to Self-Portrait	194
Yuwang Puchong	196
Ode to the Wind and the Flag	196
Falun Yingduan	197
The Gathas	197
Foxin Bencai	199
Ode to the Predecessors	199
Guangxiao Dezhou	201
The Checkpoint of the Patriarch	201
Daochun	203
A Good Thought	203
Huanglong Daozhen	205
The Gathas	205
The Gathas of Speaking the Dharma	206
Tiantong Pujiao	208
Clay Cattle Till White Clouds	208
Erling Zhihe	210
Bamboo Tube and Pine Window	210
Yuantong Daomin	212
Ode to the Predecessors	212
Longya Zongmi	214
Flowers in Countryard	214

Dongchan Congmi 216
    The Gathas of Ascending the Hall 216

Wujin 218
    On Enlightenment 218
    Visiting Huanglong Temple 220

Xishu Luan 222
    Selling Pine Branches 222

Zhengfa Ximing 223
    Early Autumn 223

Zu'an Zhu 225
    Indication 225

Yingcheng Daowan 227
    The Moon 227

Nanyue Huichang 229
    Scenery 229

Lushan Wuxiang 231
    Everyday Life Is the Path 231

Qingyuan Xuedou 233
    White Clouds and Green Mountains 233

Jiuxian Zujian 235
    One Flower, One Buddha 235

Yunyan Tianyou 237
    The Cattle in the Pawn Shop 237

Doushuai Huizhao 239

Dragon Boat Festival 239

Zhongyan Yunneng 241
The Gathas of Enlightenment 241

Baojue Zongyin 243
The Gathas on the Deathbed 243

Shengyin Xiyu 245
The Gathas on the Deathbed 245

Dawei Haiping 247
Speaking the Dharma 247

Cishi Ruixian 249
The Gathas of the Dharma 249

Fanchong 251
Boating on Song River 251

Wu Juhou 254
King Wu's City 254

Jingshan Zhice 256
The Sleeves Are Full of Fragrance with Wind Blowing 256

Daochang Huilin 258
Dharma Method Is One and Only 258

Wuhui Liangfan 260
The Gathas of Ascending the Hall 260

Puxian Yuansu 262
Passing Through the Entrance 262

Shantang Sengxun **264**
    Ode to Winter 264

Gushan Zuzhen **265**
    Emptiness Is the Key to Enlightenment 265

Bao'en Fachang **266**
    Fisherman Song Words 266

Daochang Juhui **268**
    The Shadow Show 268
    The Gathas of Ascending the Hall 269

Wushi Jiechen **271**
    Ode to the Predecessors 271

Miyin Tonghui **273**
    Today and Tomorrow 273

Shiji Daochuan **275**
    Spring Air 275

Cao'an **277**
    Ode to the Predecessors 277

Jianfu Zechong **279**
    Ode to the Predecessors 279

Deshan Huichu **281**
    Feelings on the Dharma 281

Meng'an Puxin **283**
    Reflections on the Dharma 283

CONTENTS | 13

Guangxiao Guomin 285
   Ode to the Predecessors 285

Pingjiang Xingdao 287
   The Gathas of Ascending the Hall 287

Penglai Yuan 289
   Unamed Verse 289

Xuanmi Li 291
   Ode to the Predecessors 291

Tanyeon Daegam(Koryo) 293
   The Gathas on the Deathbed 294

Xinwen Tanben 295
   Ode to Plum Blossom 295

Cihang Liaopu 297
   To Monk Wushi 297

Lingyin Daoshu 299
   Written on the Wall 299

Longhua Wuzhu Ben 301
   Ode to the Predecessors 301

Dongshan Ji 305
   The Gathas of Speaking the Dharma 305

Ji'an Shen 307
   River Views 307

Xiyan Zonghui 309

Reflections on the Dharma 309

Longming Xian **311**
A Beauty with Snowy Skin... 311

Xue'an Congjin **313**
The Southen Branches Face Its Warmth, the Northen
Branches Its Cold.. 313

Dawei Yi'an Jian **315**
Ode to the Predecessors 315

Xu'an Huaichang **317**
To Eisai 317

Myoan Eisai (Japan)... **320**
Mourning for My Master 321

Appendix: Dongbin Lvyan **322**
The Gathas of Zen Awakening 322
To Master Huijue of Zhidu Temple in Tanzhou 323

Bibliographies **325**

Postscript **330**

目录

慧南普觉祖师 …… 1
　　寄南岳芭蕉庵主 …… 2
　　酬渤潭月长老惠草鞋 …… 3
　　颂云门北斗藏身句 …… 4
　　行人莫与路为仇 …… 6
　　赵州吃茶 …… 7
　　生缘（三关之一）…… 8
　　佛手（三关之二）…… 9
　　驴脚（三关之三）…… 10
　　总颂（三关之四）…… 11
　　退院别庐山 …… 11
　　柏树子 …… 13

晦堂祖心禅师 …… 15
　　退黄龙院作 …… 15
　　无名（之一）…… 17
　　无名（之二）…… 18
　　无名（之三）…… 18

真净克文禅师 …… 20
　　大宁山堂 …… 20
　　和仙上人《秋夜对月》…… 21

寄苏子由 ……………………………… 22
　　寄塘浦张道人 …………………………… 23
　　寄浮山岩中涣达二上人 ………………… 24
　　寄荆南高司户（之五）………………… 26
　　楚王城畔 ………………………………… 26

惟胜真觉禅师 ……………………………… 29
　　风幡颂 …………………………………… 29

开元子琦禅师 ……………………………… 31
　　虚空无内外 ……………………………… 31

雪峰道圆禅师 ……………………………… 33
　　风幡颂 …………………………………… 33

归宗志芝禅师 ……………………………… 35
　　千峰顶上 ………………………………… 35

潜庵清源禅师 ……………………………… 37
　　寒风激水 ………………………………… 37

报本慧元禅师 ……………………………… 39
　　临终偈 …………………………………… 39

积翠永庵主 ………………………………… 41
　　是非辨 …………………………………… 41

建隆昭庆禅师 ……………………………… 43
　　风絮 ……………………………………… 43

泐潭善清禅师 ……………………………… 45
　　隐士 ……………………………………… 45
　　野狐禅 …………………………………… 46

开悟偈 ································· 47

仰山行伟禅师 ························· **49**
　　自题画像偈颂 ··························· 49

隆庆庆闲禅师 ························· **51**
　　遗　偈 ································· 51

照觉常总禅师 ························· **53**
　　圆寂偈 ································· 53
　　文殊妙智门 ····························· 54

百丈元肃禅师 ························· **56**
　　上堂偈 ································· 56

上蓝顺禅师 ··························· **58**
　　赵州勘婆子偈 ··························· 58
　　上堂偈 ································· 59

泐潭洪英禅师 ························· **60**
　　上堂偈 ································· 60
　　述法偈 ································· 61
　　宝　峰 ································· 63

云盖守智禅师 ························· **64**
　　上堂偈 ································· 64

云居元祐禅师 ························· **66**
　　辞御赐袈裟 ····························· 66
　　松风月色 ······························· 67
　　临终偈 ································· 68

灵源惟清禅师 ························· **69**

《题黄鹤楼》颂 ··· 69
　　寄黄鲁直 ··· 70

山谷居士 ··· 72
　　寄黄龙清老（之一） ······································· 72
　　寄黄龙清老（之二） ······································· 73
　　题王居士所藏王友画桃杏花 ····························· 74
　　自巴陵略平江临湘入通城无日不雨至黄龙
　　奉谒清禅师继而晚晴邂逅禅客戴道纯款语作长句
　　呈道纯 ··· 75
　　池口风雨留三日 ·· 77
　　题槐安阁 ··· 78
　　牧　童 ··· 80

秘书吴恂 ··· 81
　　题晦堂祖心（之一） ······································· 81

学士王韶 ··· 83
　　开悟偈 ··· 83
　　咏裕老菴前老松 ·· 84

东坡居士 ··· 86
　　观　潮 ··· 86
　　赠东林总长老 ··· 87
　　和子由渑池怀旧 ·· 88
　　题西林壁 ··· 89
　　琴　诗 ··· 90

泐潭应干禅师 ·· 91
　　开悟偈 ··· 91

万杉绍慈禅师 ·· 93

通玄颂 …………………………………………… 93

甘露志传禅师 …………………………………… **95**
上堂偈 ………………………………………… 95

开元志添禅师 …………………………………… **97**
开悟偈 ………………………………………… 97

兴福院康源禅师 ………………………………… **99**
上堂偈 ………………………………………… 99

象田梵卿禅师 …………………………………… **100**
临终偈 ………………………………………… 100

兜率从悦禅师 …………………………………… **102**
万丈江崖 ……………………………………… 102
常居物外 ……………………………………… 103

九峰希广禅师 …………………………………… **105**
颂　古 ………………………………………… 105

湛堂文准禅师 …………………………………… **107**
送则上人 ……………………………………… 107
咏寒暑 ………………………………………… 108

半山居士 ………………………………………… **110**
登飞来峰 ……………………………………… 110
游钟山 ………………………………………… 111
钟山即事 ……………………………………… 112
悟真院 ………………………………………… 113

慧洪觉范禅师 …………………………………… **114**
筠溪晚望 ……………………………………… 114
夏　日 ………………………………………… 115

上元宿百丈 ·················· 116
　　秋　千 ······················ 117
　　舟行书所见 ·················· 119

苏辙居士 ······················ 121
　　赠景福顺长老 ················ 121
　　景福顺长老夜坐道古人搔鼻语 ·· 123
　　约洞山文长老夜话 ············ 123
　　谢洞山石台远来访别 ·········· 125
　　游庐山山阳七咏其四归宗寺 ···· 126
　　雨后游大愚 ·················· 127
　　问黄檗长老疾 ················ 128

石头怀志禅师 ·················· 130
　　万机休罢 ···················· 130

佛慈普鉴禅师 ·················· 132
　　禅悟偈 ······················ 132

婺州双溪印首座 ················ 134
　　碎衣颂 ······················ 134

大沩齐恂禅师 ·················· 136
　　述怀 ························ 136

谷隐静显禅师 ·················· 138
　　说法偈 ······················ 138

安化闻一禅师 ·················· 140
　　偈颂 ························ 140

永丰慧日庵主 ·················· 142
　　临终偈 ······················ 142

庐山系南禅师 …………………………… **144**
　　上堂偈 …………………………………… 144

永安传灯禅师 …………………………… **146**
　　悟道偈 …………………………………… 146

广慧达杲禅师 …………………………… **149**
　　上堂偈 …………………………………… 149

育王净昙禅师 …………………………… **151**
　　上堂偈 …………………………………… 151

台州戒香禅师 …………………………… **153**
　　呈师偈 …………………………………… 153

大沩祖璿禅师 …………………………… **155**
　　述法偈 …………………………………… 155

宝鉴法达禅师 …………………………… **157**
　　山　居 …………………………………… 157

延福道轮禅师 …………………………… **159**
　　禅　居 …………………………………… 159

静照庵宗什庵主 ………………………… **161**
　　拂尘颂 …………………………………… 161

双岭伫化禅师 …………………………… **163**
　　偈　颂 …………………………………… 163

荐福道英禅师 …………………………… **165**
　　绝　句 …………………………………… 165

广鉴行瑛禅师 …………………………… **167**
　　偈十六首之一 …………………………… 167

春　景 …… 168
　　东溪闲居 …… 169

死心悟新禅师 …… 171
　　颂六祖公案 …… 171
　　《题黄鹤楼》颂 …… 172
　　末后颂 …… 174

三圣继昌禅师 …… 175
　　颂　古 …… 175

保福本权禅师 …… 177
　　和寒山偈 …… 177

黄檗道全禅师 …… 179
　　上堂偈 …… 179

长灵守卓禅师 …… 181
　　唤处分明 …… 181
　　颂　古 …… 183

性空妙普庵主 …… 184
　　船子渔歌 …… 184
　　学道如守城 …… 186

觉海法因禅师 …… 187
　　岭上桃花开 …… 187

空室智通道人 …… 189
　　水波非水 …… 189
　　开悟偈 …… 190

超宗慧方禅师 …… 192
　　临别偈 …… 192

扬州齐谧首座 · 194
　　自像赞 · 194

育王普崇禅师 · 196
　　风幡颂 · 196

法轮应端禅师 · 197
　　偈　颂 · 197

佛心本才禅师 · 199
　　颂　古 · 199

光孝德周禅师 · 201
　　祖师关 · 201

道纯居士 · 203
　　一片心花 · 203

黄龙道震禅师 · 205
　　偈　颂 · 205
　　述法颂 · 206

天童普交禅师 · 208
　　泥牛耕白云 · 208

二灵知和庵主 · 210
　　竹笕松窗 · 210

圆通道旻禅师 · 212
　　颂　古 · 212

龙牙宗密禅师 · 214
　　庭　花 · 214

东禅从密禅师 …………………………… **216**
　　上堂偈 …………………………… 216

无尽居士 ……………………………… **218**
　　开悟诗 …………………………… 218
　　谒黄龙寺 ………………………… 220

西蜀銮禅师 …………………………… **222**
　　卖　松 …………………………… 222

正法希明禅师 ………………………… **223**
　　早　秋 …………………………… 223

祖庵主禅师 …………………………… **225**
　　寄　兴 …………………………… 225

应城道完禅师 ………………………… **227**
　　月 ………………………………… 227

南岳慧昌禅师 ………………………… **229**
　　风　景 …………………………… 229

芦山无相禅师 ………………………… **231**
　　日常是道 ………………………… 231

庆元雪窦禅师 ………………………… **233**
　　白云青山 ………………………… 233

九仙祖鉴禅师 ………………………… **235**
　　一花一如来 ……………………… 235

云岩天游禅师 ………………………… **237**
　　典　牛 …………………………… 237

兜率慧照禅师 ………………………… **239**

端　午 ………………………………………… 239

中岩蕴能禅师 **241**
　　开悟偈 …………………………………………… 241

宝觉宗印禅师 **243**
　　临终偈 …………………………………………… 243

胜因戏鱼禅师 **245**
　　临终偈 …………………………………………… 245

大沩海评禅师 **247**
　　述　法 …………………………………………… 247

慈氏瑞仙禅师 **249**
　　法　偈 …………………………………………… 249

范冲居士 **251**
　　泛松江 …………………………………………… 251

吴居厚居士 **254**
　　吴王城 …………………………………………… 254

径山智策禅师 **256**
　　风吹满袖香 ……………………………………… 256

道场慧琳禅师 **258**
　　法门无二 ………………………………………… 258

乌回良范禅师 **260**
　　上堂偈 …………………………………………… 260

普贤元素禅师 **262**
　　透玄关 …………………………………………… 262

山堂僧洵禅师 …… **264**
  咏　冬 …… 264

鼓山祖珍禅师 …… **265**
  道贵无心 …… 265

报恩法常首座 …… **266**
  渔父词 …… 266

道场居慧禅师 …… **268**
  影　戏 …… 268
  上堂偈 …… 269

无示介谌禅师 …… **271**
  颂　古 …… 271

密印通慧禅师 …… **273**
  今日明日 …… 273

实际道川禅师 …… **275**
  春　意 …… 275

草庵居士 …… **277**
  颂　古 …… 277

荐福择崇禅师 …… **279**
  颂　古 …… 279

德山慧初禅师 …… **281**
  抒　怀 …… 281

梦庵普信禅师 …… **283**
  有　感 …… 283

光孝果愍禅师 ……………………………………………… 285
  颂　古 …………………………………………………… 285

平江兴道禅师 ……………………………………………… 287
  上堂偈 …………………………………………………… 287

蓬莱圆禅师 ………………………………………………… 289
  无　题 …………………………………………………… 289

宣秘礼禅师 ………………………………………………… 291
  颂　古 …………………………………………………… 291

坦然大鉴国师（高丽） …………………………………… 293
  临终偈 …………………………………………………… 294

心闻昙贲禅师 ……………………………………………… 295
  咏　梅 …………………………………………………… 295

慈航了朴禅师 ……………………………………………… 297
  呈无示和尚 ……………………………………………… 297

灵隐道枢禅师 ……………………………………………… 299
  题壁诗 …………………………………………………… 299

龙华无住本禅师 …………………………………………… 301
  颂　古 …………………………………………………… 301

东山吉禅师 ………………………………………………… 305
  述法偈 …………………………………………………… 305

己庵深禅师 ………………………………………………… 307
  江　景 …………………………………………………… 307

西岩宗回禅师 ……………………………………………… 309

感　怀 ………………………………………… 309

龙鸣贤禅师 ……………………………………… 311
　　　冰雪佳人 ………………………………………… 311

雪庵从瑾禅师 …………………………………… 313
　　　南枝向暖北枝寒 ………………………………… 313

大沩咦庵鉴禅师 ………………………………… 315
　　　颂　古 …………………………………………… 315

虚庵怀敞禅师 …………………………………… 317
　　　赠荣西 …………………………………………… 317

明庵荣西禅师（日本）………………………… 320
　　　谒师偈 …………………………………………… 321

附：洞宾吕岩真人 ……………………………… 322
　　　悟禅偈 …………………………………………… 322
　　　与谭州智度寺慧觉禅师 ………………………… 323

参考书目 …………………………………………… 325

后　记 ……………………………………………… 330

慧南普觉祖师

【禅师简介】

隆兴府（南昌）慧南禅师（1002—1069），石霜楚圆禅师之法嗣，禅宗黄龙派之祖。宋代信州玉山（今江西玉山）人，俗姓章，十一岁出家，初从州怀玉寺（一说定水院）智銮禅师，十九岁在怀玉寺受具足戒。二十三岁参庐山归宗寺自宝禅师，半年后又到栖贤寺参澄諟禅师三年，后往靖安县泐潭寺依云门四世宗匠怀澄禅师，再往南岳衡山谒福严寺智贤禅师，最后于石霜山承法于临济传人慈明楚圆禅师。得法后祖师先后住持了同安崇胜寺、庐山归宗寺、黄檗积翠寺、光孝寺等，治平三年住黄龙山崇恩禅院，"传石霜之印，行临济之令"，设"黄龙三关"接世度人，法席鼎盛，宗风大振，蔚然而成黄龙一派。祖师于宋熙宁二年入寂，世寿六十八，谥号"普觉禅师"，嗣法弟子八十三人，有黄龙祖心禅师、泐潭克文禅师、泐潭洪英禅师、仰山行伟禅师、隆庆庆闲禅师、云盖守智禅师、玄沙合文禅师、黄檗惟胜禅师、百丈元肃禅师、大沩怀秀禅师、石霜琳禅师、开元子琦禅师、上蓝顺禅师、三祖法宗禅师、四祖法演禅师、五祖晓常禅师、云居元祐禅师、归宗志芝庵主等。遗有《黄龙南禅师语录》及续补各一卷、《黄龙南禅师书尺集》一卷等行于世。

寄南岳芭蕉庵主

一别灵源又一春，欲期再会恨无因。
吾师有种芭蕉诀①，慎莫传持取次人。

——《黄龙四家语录》之《黄龙南》②

【注释】

①芭蕉：南岳芭蕉庵主是大道谷泉禅师（1056—1064），慈明楚圆的师兄，黄龙慧南的师叔。活了九十二岁，故事收在《神僧传》。

②《黄龙四家语录》：编者惠泉为黄龙四世之法孙，除编集《普觉禅师语录》外，复将黄龙慧南、晦堂祖心、死心悟新、超宗慧方等四家语录汇为一编，名为《黄龙四家语录》，该书收于《卍续藏》第一二〇册。

【赏析】

在黄龙寺前的灵源冲告别又是一年了，多么想再见到师叔大道谷泉禅师您啊，但是左思右想却找不到远道拜访的理由和机会，"欲期再会恨无因"呀。

灵源在黄龙寺的正前方，是进出黄龙寺的必经之途，唐宋之际，朝廷三次封赐黄龙寺，因此黄龙寺的地位相当高，进寺朝拜的无论官员僧众，到此一律"文官下轿、武官下马"，自然的对最为尊贵的客人也是送到灵源冲的灵源桥的。大道谷泉禅师是慧南的师叔，得道的高僧、丛林中的异人，不仅与慧南的师傅也是自己的师兄慈明楚圆交好，而且与慧南的交情也不错，对于这样一位德高望重、亦师亦友的前辈，慧南肯定是送至灵源桥上的，故而诗一开头就是"一别灵源"。

这里起联以写实的手法，将自己对师叔的思念之情、想见又无由相见的怅然心理表露无遗，字里行间感情充沛、思绪充盈，使人一读之下就对他们俩的深厚情谊洞察明了，如果知晓他们之间这种亦师亦友关系的话，那对他们的这种超乎常情的交情就更会心生感慨与羡慕，这也为诗的后阕做了很好的铺垫、为后面的转折埋好了伏笔。

要知道慧南的这位师叔、这位"芭蕉庵主"，是一位世外高人、隐居能手，经常行踪诡秘、神龙不见首尾，而且脾气特别怪，一生不授徒传法，"汝自匡徒我自眠"，这是他向他的师兄阐述心迹的诗句。对于这样一位位尊、年长、道高、德勋的前辈，要劝说其收徒授受一般人是不敢开口的，但作为其侄辈的慧南却敢，仅从这一点就可觑见他们关系的非同一般。

当然毕竟是对长辈说话，而且说的隐然有点难人所难的味道，因此慧南的口气是相当尊敬、相当委婉的，他先戴高帽——推崇师叔禅修高，有"种芭蕉之诀"，接着正话反说，好像是提醒师叔不要稀里糊涂就收下徒弟，你这么高超的法术可一定要慎重选取传人，而实际上是敦促这位师叔早收弟子、早传法人。当然最终慧南的规劝也没有发生作用，因为所有的灯录里都没有其法嗣弟子的记录。

酬泐潭[①]月长老[②]惠草鞋

当年西祖曾留下，今日蒙师特惠来。
睹物思人孰知我，月明着上妙高台。

——《黄龙四家录》之《黄龙南》

【注释】

①泐潭：泐潭寺。泐潭寺始建于唐，初为马祖道场，在江西靖

安县。初名"泐潭寺",后称"法林寺",唐大中四年(850)宣宗赐"宝峰"匾额,乃易名"宝峰寺",沿用至今,因寺筑于石门山境内,故有"石门古刹"之称。

②月长老:洪州泐潭晓月禅师,本州章氏子,琅邪觉禅师法嗣,为黄龙慧南法门的叔伯师兄弟。

【赏析】

诗一开头就引用"只履西归"之典,开门见山、气势磅礴,而且运用夸张的手法,将师兄赠送的草鞋拔高到与达摩祖师的草鞋一样的高度,一秉临济"大开大合、大机大用"的禅风,一展黄龙"见佛杀佛、见祖杀祖"的霸气,所谓高手一出手、就知有没有,短短一十四个字,不仅将对故人惠物的谢意倾情道出,而且言不离道,相机将自己的禅学修为、禅理见解、禅修抱负和盘托出!

"佛法无二""见佛不拜""人自成佛",黄龙禅是一以贯之并秉承"明心见性、见性成佛"的宗旨的,因此慧南接着向师兄表明自己的志向与决心:"睹物思人孰知我,月明着上妙高台。"看见师兄你送给我的草鞋,我就知道你是了解我的,我也一定不会辜负你的期望,定会在天上明月般洒遍尘世的佛光清辉里,着上你送给我的草鞋,不停脚步地跋涉在参究佛法的路上、去往经藏的中心晒经的"妙高台"的攀登中,永不懈怠,生命不息、参悟不止!

颂云门①北斗藏身②句

天上有星皆拱北,人间无水不朝东。
时人欲识藏身病,拈取簸箕别处春。

——《黄龙南禅师语录》

【注释】

①云门：(1)云门宗，禅宗五家七宗之一，南宗青原法系。五代时青原禅师云门文偃所创，因文偃禅师住韶州（广东）云门山光泰禅院，因取其山名宗。(2)云门文偃禅师（864—949），俗姓张，姑苏嘉兴（今浙江嘉兴）人，文偃初参睦州道明，后谒雪峰义存得宗印，为雪峰法嗣。素有"云门天子""临济将军""曹洞土民"之称。有《云门匡真禅师广录》流传，法嗣三十六人：南岳般若启柔禅师、筠州黄檗法济禅师、襄州洞山守初大师等；

②北斗藏身：禅宗公案。僧问："如何是透法身句？"云门答："北斗里藏身。"在中国人的信仰中，南极仙翁掌管人的寿命，北斗金星掌管人的死亡。北斗里藏身，等于是说他的身体在死神的手里。而既然没有身体，北斗也好，南斗也好，它处处在也处处不在；即使说它在北斗，也没什么不对。云门禅师用"北斗里藏身"来回答法身，不是比喻，而是说明，是非常简洁明白的一句话。

【赏析】

星拱北、水朝东，这是亿万年来亘古不变的自然现象，是自然规律内在作用的客观表现，从来不因为我们认识、思维、想象的需要而发生变化，一如伟大而无处不在的佛性，万古长青而且恒定不变。

北斗永远是那个北斗，不管你赋予它什么功用、什么名字，你说它掌管人的死亡也好、说它掌管人的寿命也罢，都是你人为加给它的说辞，是凡人自缚、自碍、自障、自迷、自误的结果，实际上北斗还是本真的那个北斗，不因外界的知见发生丝毫的改变。倒是自以为是、执迷不悟的我们，要赶快去除偏执、去除杂念、去除自障，顺从自然、遵循规律，解除分别心，纠正先入之见，另起炉灶、选过春碓，以一种全新的思维、从一个全新的角度，重新审视世界、把握规律、认识真理、正解佛性。

行人莫与路为仇

杰出丛林是赵州[①]，老婆勘破有来由[②]。
而今四海清如镜，行人莫与路为仇。

——《五灯会元》[③]卷十七《慧南》

【注释】

①赵州：唐代著名禅僧赵州从谂（778—897），俗姓郝，曹州（今山东曹县）人，南泉普愿禅师法嗣，谥"真际大师"。《景德传灯录》卷十有传。

②老婆勘破：禅宗公案名。又称台山婆子：五台山路上有一婆子，凡有僧问台山路向甚么处去。婆云：蓦直去。僧才行三五步。婆云：好个师僧又恁么去？后有僧举似赵州，州云：待我去勘过这婆子。明日便去，亦如是问。婆亦如其答。州还，谓众云：台山婆子，我勘破了。赵州从谂以"勘破婆子"之语，显示随处作主之意。

③《五灯会元》：简称《五灯》，下同。南宋普济撰，二十卷，目录二卷。本书取五种灯录等撮其精要，删繁就简，将五种灯录共一五〇卷之庞大部帙缩为二十卷，会为一书，故作此称。收于《卍续藏》第一三八册。

【赏析】

赵州勘婆公案，是禅宗经常参究的一则话头，慧南跟随楚圆参禅，楚圆以此公案勘验他，慧南汗下不能答，后来大悟作了此诗呈献楚圆。

原诗第二句"老婆勘破有来由"为"老婆勘破没来由",楚圆禅师读后无语,仅以手指"没"字,慧南心领神会,易为"有"字,楚圆遂予印可。既感动又佩服的慧南发自心底深处地喊出:"杰出丛林是赵州!"

这首诗的关键在后两句,经过前面的大是大非、坎坎坷坷,接二连三的问路者,接二连三的跌跤者,而通过赵州的勘验,问路指路同时销落,俱入虚无,终于等来了天下太平、四海风静。各位道友可要珍惜这来之不易的安详,珍惜狼烟四起后的宁静,不要无事生非、恩将仇报,身居福中要懂得惜福,更不要做出行走与路为仇、撑舟与水为敌的大傻事来。

赵州吃茶

相逢相问知来历,不拣亲疏便与茶[①]。
翻忆憧憧往来者,忙忙谁辨满瓯花。

——《黄龙慧南禅师语录》

【注释】

①赵州吃茶:禅宗著名公案。师问二新到:"上座曾到此间否?"云:"不曾到。"师云:"吃茶去!"又问那一人:"曾到此间否?"云:"曾到。"师云:"吃茶去!"院主问:"和尚,不曾到,教伊吃茶去,即且置;曾到,为什么教伊吃茶去?"师云:"院主。"院主应诺。师云:"吃茶去!"

【赏析】

"相逢相问知来历,不拣亲疏便与茶",参禅悟道的路上,不论亲疏远近、贫穷富贵,那真如佛性的获取与领悟,都只能靠你自己,任谁也不能代替,就如饮茶,不是亲口尝试,咋明个中滋味?

这个赵州茶,说起来与黄龙晦堂祖心开悟死心悟新倒颇相像,每每悟新言语抵牾时,祖心就叱之:"住、住、住,说食岂能饱人耶?"黄龙禅一贯主张"少说多做""多虚不如少实""说百里不如行一里",其义旨就在于亲力亲为,与赵州的"喝茶去"话异理同。

当然话虽这么说、理是这个理,但你们看看这天天、月月、年年熙熙攘攘、来来往往的求学者,一个个急急忙忙的,有几个人看到和分辨那盛满茶瓯的鲜花?发现和知见那鲜艳夺目、无处不在的佛性呢?

生缘(三关[①]之一)

生缘有语人皆识[②],水母何曾离得虾。
但见日头东畔上,谁能更吃赵州茶。

——《五灯会元》卷十七《慧南》

【注释】

[①]三关:黄龙宗开宗立派、支撑门户的重要门庭设施和理论基础。具体表现为黄龙祖师慧南的教引"三转语":一曰:人人皆有生缘,上座生缘何处?二曰:我手何似佛手?三曰:我脚何似驴脚?示问三十余年,学者莫能契旨,丛林目为"三关"。

[②]生缘:佛教语,尘世的缘分或受生转世的因缘。

【赏析】

出生籍贯这些耳熟能详、人云亦云的东西是大多数人都能知晓应对的,但一离开文字的知见、失去经验的借鉴,还有几人能自信自立,在世俗的诱惑中保持纯真的天性,于纷繁复杂的红尘里判别迷情、识取真谛呢？就像海里的水母，什么时候能不依靠虾为向导，能够自己找见前进之路、参学之径、开悟之途？

光辉灿烂、照耀万物的真如佛性，每天不离不弃高挂在大众的眼前、张目即见，就像养育世界的太阳依时准点、不偏不倚悬浮在东边的山梁上一样，是那么的熟悉、那么的寻常、那么的普通，但就这么常见、显目的存在，这么熟识、惯见的日用，于中能有几人洞察了其奥妙、发现了其规律、识取了其本性，就像赵州和尚的茶，谁喝出了其中的滋味、品出了个中玄机？

佛手（三关之二）

我手佛手兼举，禅人直下荐取。
不动干戈道出，当处超佛越祖。

——《五灯会元》卷十七《慧南》

【赏析】

佛法无二、冤亲平等，禅悟之道最怕的就是心存亲疏内外的分别之心，事实上世间万物一律平等，所不同的只在它的外表，是事物表现形式的差异，其内里实质是一样的，因为世上佛性如一无二。正因为此，我手与佛手有什么区别呢，你们只需要简简单单、直上直下识取就行了呀。但就是这么简单的道理，却没有几人能"直下荐取"，往往在人佛之间心存障碍、眼分两色，不能体悟凡圣一体、我自为佛之真谛妙识。

古云：坐着说如何起来行。道理是这个道理，既简单又明白，但要真正参透领悟却也不是那么的容易，否则还不满世界的佛祖圣贤，但若你一旦苦尽甜来，悟出了当中的因果、明取了自家田地，那么你也不必再动刀动棒、喝五吆六、云门饼、赵州茶的,就会心地光明、通体舒泰,达到了即佛即祖、甚至超佛越祖的心态与境界。

驴脚（三关之三）

我脚驴脚并行,步步踏着无生①。
会得云收日卷,方知此道纵横。

——《五灯会元》卷十七《慧南》

【注释】

①无生：佛教语。谓没有生灭,不生不灭。《大宝积经》卷八七："无生者,非先有生,后说无生,本自不生,故名无生。"

【赏析】

认识到了我脚驴脚如一,视世上一体大同,外无凡圣之见、内无分别之想,如此则已近道,达到了明心见性、见性成佛的地步了。一只驴脚,千百年来,折杀多少好汉、迷悟多少僧俗,人性的澄清纯明不是与生就有的吗？尘世的迷误、后天的引诱造下了多少罪孽,让纯真的俗众在情迷污浊中不能自拔、受尽折磨,实际上只要你摒弃分别之心、分清体用之别,管它驴脚人脚佛脚,你只用它走、你只认它行不就够了吗？如果这样的话,那你不仅会发现知了无所不能的佛性,而且还会感受到大开大合、云收云卷、自由自在、随心所欲的畅快与豪情,到那时你就可以在滚滚红尘中纵横捭阖、在茫茫大地上来去自由。

总颂（三关之四）

生缘断处伸驴脚，驴脚伸时佛手开。
为报五湖参学者，三关一一透将来。

——《五灯会元》卷十七《慧南》

【赏析】

　　生缘、佛手、驴脚，这个世人认为的"三关"，是老衲我为了方便大众参学而创建的"话头"，现在我已一一为大众解答明白，你们是否已洞察知晓了呢？"千般说万般谕，只要教君早回去"，一众道友，明白了也未呀？

　　佛法、佛性是多么的明了直白，只要你们抛却陈见，不执著己见，去除分别心，认识体悟凡圣无二，自信豁达、有主见，不为迷情蒙蔽、不为欲望左右，就定能发现本身具有的、随时随地存在的佛性，因为我们"人人尽握灵蛇之珠，个个自抱荆山之璞"，只是平日里常常"不求诸圣，埋却己灵"，"今人求道外求声，寻声逐色转劳神。劳神复劳神，颠倒何纷纷"，所以说"凡圣情尽，体露真常。但离妄缘，即如如佛"，实际上"道远乎哉，触事而真。圣远乎哉，体之即神"，"人人顶门上，杲日当空。个个脚跟下，清风匝地"，只要你们在前进的道路上不左顾右盼、在修禅的过程中信心坚定，你们就能获得开悟、证得圆满、了达生死、脱离苦海。

退院别庐山

十年庐岳僧，一旦出岩层。
旧友临江别，孤舟带鹤登。

水流随岸曲,帆势任风腾。
去住本无着,禅家绝爱憎。

——《黄龙南禅师语录》

【赏析】

这首诗写于慧南禅师于归宗寺失火焚烧至烬,禅师因此入狱两个多月,狱中吏胥百计求隙,禅师怡然引咎,不以累人,《禅宗锻炼说》载:

黄龙南住归宗时,一夕火起,大众哗动山谷,而师安坐如平时。僧洪准欲掖之走,师叱之。 准曰:和尚纵厌世相,慈明法道何所赖耶?

因整衣起,而火已及榻。坐抵狱,为吏者拷掠百至,师怡然引咎,不以累人,唯不食而已。两月而后得释,须发不剪,皮骨仅存。真点胸迎于中途,见之,不自知泣下。曰:师兄何至是也!师叱之曰:这俗汉!真不觉下拜。

获释后的慧南无处可去,乃率众至筠州(今宜丰)的黄檗,结茅于河岸,号"积翠庵",该诗就作于慧南别庐山之时,古时走水路赴筠州的线路是穿鄱阳、入赣江、出袁水。

禅师在庐山一住十年,离别旖旎秀美的庐山和十年来相濡以沫的僧众,自不免恋恋不舍——所谓圣人不离常情也。"十年"与"一旦"的强烈反差,流露出依恋流连的情怀。离山之时,虽然禅师刚脱戴罪之身,但由于其崇高品质、威望及为人,庐山的好友故旧、当地百姓都恋恋不舍,一直送到江边。

禅师也是世上高人,虽然刚得免牢狱之灾,但他一点也不沮丧,反而兴致高昂,不仅携鹤登舟,而且对水随岸曲、毫无滞碍,帆因风势、随意轩腾的禅理作了很好理悟。最后更是豁达豪迈,一个"本无着"、一个"绝爱憎",将自己禅定如山、心如止水、事顺自然的高深修行展示得淋漓尽致,同时也使诗篇脱离了低俗的应景之作、弦箭文章的窠臼,大幅度提升了作品的品位、境界和意趣!

柏树子

一踏踏翻四大海,一捆捆倒须弥山[①]。
撒手到家人不识,鹊噪鸦鸣柏树间[②]。

——《五灯会元》卷十七《慧南》

【注释】

①须弥山:又名苏迷卢山、弥楼山,意思是宝山、妙高山,又名妙光山。古印度神话中位于世界中心的山,位于一小世界的中央。传说须弥山周围有咸海环绕,海上有四大部洲和八小部洲。须弥山由金、银、琉璃和玻璃(并非玻璃,而是类似水晶)四宝构成,高八万四千由旬(即一百一十万公里),山顶为帝释天,四面山腰是四天王天。

②柏树:禅宗著名的公案。即庭前柏树子,又作赵州柏树子,赵州柏树,是赵州从谂禅师以庭前的柏树子表示达摩西来意。有僧问赵州说:"如何是祖师西来意?"赵州回答说:"庭前柏树子。"僧说:"你不要用境示来人。"赵州说:"我不用境示人。"僧又问:"那么你且说说什么是祖师西来意?"赵州说:"庭前柏树子。"

【赏析】

学佛参禅说到底是悟生死、明世事,也就是修正、重塑个人世界观和思维体系,因此要破除原有的知见、清除心中的迷蒙,有时就必须痛下杀手、大机大用、大开大合，所谓"破旧立新"，打碎一个旧世界、建立一个新世界，没有一点杀伐动静、没有一点英雄气概是很难做到的，因此祖师一反常态、出人意表地提倡"一踏踏翻四大海，一掴掴倒须弥山"。

这好像有点不像是一个出家人说的话、写的诗，这是因为我们对禅家不了解而导致的误解，实际上禅门中不仅有大机用的狮子吼，而且还有启人心智的"杀人剑、活人刀"等很多禅悟锐器。这里祖师正是活用宗门中的"活人刀"，目的就是要我们脱胎换骨、改头换面，达到"撒手到家人不识"地步，这时你可能就明白懂得了赵州"柏树子"的真谛了，你听老鸦喜鹊都在那棵柏树上欢呼雀跃，为你祝贺呢。

晦堂祖心禅师

【禅师简介】

洪州黄龙晦堂宝觉祖心禅师（1025—1100），黄龙慧南禅师之法嗣。广东始兴人，俗姓邬，号晦堂。年十九依龙山寺惠全出家，翌年试经得度，住受业院奉持戒律。后入丛林谒云峰文悦，居三年，又参黄檗山慧南，亦侍四年。机缘未发，遂辞慧南，返文悦处。时文悦示寂，乃依石霜楚圆。一日阅《传灯录》，读多福禅师至"多福一丛竹"语处而大悟。后随慧南移黄龙山，慧南示寂后，继黄龙之席，居十二年。其间，因师性率真，不喜事务，故曾五度离席闲居。其后入京，驸马都尉王诜尽礼迎之，然师仅庵居于国门之外。元符三年十一月十六日示寂，年七十六，谥号"宝觉禅师"。葬于南公塔之东，号称"双塔"。法嗣有黄龙悟新、黄龙惟新、泐潭善清等四十七人，诗人黄庭坚亦曾就师受法。师之遗著有《宝觉祖心禅师语录》一卷、《冥枢会要》三卷等。

退黄龙院作

不住唐朝寺，闲为宋地僧。
生涯三事衲，故旧一枝藤。

乞食随缘过，逢山任意登。

相逢莫相笑，不是岭南能①。

——《续传灯录》卷十五

【注释】

①岭南能：即禅宗六祖慧能大师，因其生于岭南新州（今广东新兴县东），其弘化又在岭南，故称之为岭南能；又因其俗姓卢，亦称他为卢行者。

【赏析】

黄龙宗的归隐之风承自临济始自晦堂，此诗乃是祖心归隐思想、动机的全面反映与真情流露。祖心在慧南灭寂后，接任住持的十二年中，辞去住持的申请竟然达五次之多，而黄龙可是北宋当时的学术宗教中心，弟子"千二百之众"，可这在大德祖心眼里，不仅不是荣耀，反而是累赘，因而坚决辞去毫不迟疑，从此闲居寺内"晦堂"之室凡二十年。在其闲居期间，谢景温师直守潭州，虚大沩以致，师三辞不往。又嘱江西转运判官彭汝砺器资问所以不赴长沙之意，师曰：

愿见谢公，不愿领大沩也。马祖百丈以前无住持事，道人相寻于空闲寂寞之滨而已。其后虽有住持，王臣尊礼为天人师。今则不然，挂名官府如有户籍之民，直遣五伯追之耳，此岂可复为也？

所以才有这位尊宿"不住唐朝寺，闲为宋地僧"的真实写照，原因则是他"生涯三事衲，故旧一枝藤"，因为他向往的是"乞食随缘过，逢山任意登"的洒脱、率性与豪迈。黄龙禅之所以能"横被天下"，影响及今，正是因为其拥有一大批像祖心这样的大德高僧，他们才识高远、修行高深、影响一方，俱为人天大善知识、足以雄霸一方，但其中有很多大德："只重自身佛法的修悟，无意宗派法系的传承"，这即是黄龙禅宗的特色，也是黄龙禅宗迅速衰落的一大原因。

当然像祖心这样的高德，其归隐循世的目的是为了精研禅学，是为学术献身，"彼以有得之得护前遮后，我以无学之学朝宗百川"，而且他认为自己还差得很远，羞涩地告诉世人："相逢莫相笑，不是岭南能"。

无名（之一）

风萧萧兮木叶飞，鸿雁不来音信稀。
还乡一曲无人吹，令余拍手空迟疑。

——《黄龙四家录·晦堂心》

【赏析】

禅诗中说得最多的就是规劝学人归家还乡，当然这里的归家还乡喻指的是佛性的回归、迷茫的开悟，这和禅门中的公案的作用是一致的。本诗中"风萧萧兮木叶飞，鸿雁不来音信稀"，作者的修行很高深了，所以四顾茫然，"前不见古人，后不见来者"，萧瑟怆然之感油然而生，苍茫大地上鸿雁都难见身影，想寄个音信都那么不容易，更不要奢望有谁来吹响那衣锦还乡的美妙曲调了，弄得我尴尬地迟疑着击打节拍，却听不到任何回音、回响与回应。

诗中表露了作者对后学弟子学术进步的担忧，既是鼓励也是要求更是鞭策后学要奋起直追、迎头赶上，不要让我一人孤军奋战、孤寂无伴，连得道凯旋还乡的乐曲都没人和音伴奏。

无名（之二）

火云欲卷空，圭月渐成魄①。
穷子归未归，相将头尽白。

——《黄龙四家录·晦堂心》

【注释】

①圭月：未圆的秋月。圭：古代帝王或诸侯在举行典礼时拿的一种玉器，上圆下方。

【赏析】

晚霞满天的高旷空间，如银的秋月又到了圆满之时，月亮是圆满了又缺、缺了又圆，时序是秋去春来、春去又秋来，在这循环往复的时空变换里，离开家乡的流浪者、寻觅本心的旅人，你们找到了心中的瑰宝、现世的佛性吗？役役歧路、问无归期的游子，你们意识没意识到、知道不知道，为了功与名、为了得与悟，岁月风霜早已染白了你们的鬓发，发奋吧、努力吧，早成正果、早得福报、早日悟道、早日开脱，毕竟光阴无多、时不我待！

无名（之三）

绝顶云居北斗齐①，出群消息要人提。
其中未善宗乘者②，奇特商量满眼泥。

——《古尊宿语录》③卷四十五

【注释】

①云居：云居山，位于江西省九江市永修县西南部，原名欧山，

是国家重点风景名胜区，其山顶真如寺是佛教禅宗（曹洞宗）的发祥地，总面积二百一十六点五平方公里，主峰海拔九百六十九点七米。

②宗乘：各宗所弘之宗义及教典云宗乘。多为禅门及净土门标称自家之语。碧岩第五十则垂示曰："权衡佛祖，龟鉴宗乘。"

③《古尊宿语录》：是晚唐五代至南宋初期禅宗的一部重要语录汇编。此书四十八卷，收集了上自南岳怀让，下至南岳下十六世佛照德光，共三十七家禅师的言行，其中青原一系有五家，南岳一系有三十二家。而南岳一系中收录得最多的是临济宗，这一情况说明了临济宗在当时独盛的地位，以及人们对临济禅的重视程度。《古尊宿语录》收录的禅师人数不及《五灯会元》收录得多，但对禅师的言行记述则比较详尽，有行迹、拈古、偈颂、奏文、与帝王的对答等，弥补了其他灯录之不足。通过古尊宿语录，不仅可以把握禅宗盛期之梗概，亦可观禅宗主要代表人物的思想全貌。它是研究禅宗特别是禅宗盛期必不可少的珍贵资料。

【赏析】

巍峨高耸的真如禅寺，屹立在云居山的绝顶之处，终日云缭雾绕，几乎要与北斗平齐。置身在这高华之境的悟者，参究的是超出世俗之情的人生至理。但这真谛虽然迥超尘俗，却并不是玄而又玄，而是当下现成，也应该在当下顿悟、当下悟道。那些错会禅宗要旨的、对禅宗宗义了解不那么完善的学子，走火入魔、误入歧途而作"奇特商量"者，十有八九会堕入迷途、落入窠臼，泥沙入眼难见真佛、不见大道。要知道禅的悟入不在奇特、不在花哨，而在平常、而在日用，各位千万要注意、要警醒。

真净克文禅师

【禅师简介】

　　隆兴府（今江西南昌）宝峰克文云庵真净禅师（1025—1082），黄龙慧南禅师之法嗣，俗姓郑，号云庵，陕州阌乡（河南省阌乡县）人。初投复州（属湖北省）北塔广公出家，后参积翠黄龙慧南，嗣其法。因机锋锐利，人称"文关西"。尝居高安洞山寺、圣寿寺、泐潭宝峰禅院、金陵报宁寺等名刹，颇得宰相王安石、张商英之推崇。崇宁元年十月十六日示寂，年七十八，法腊五十二，分骨塔于泐潭、新丰。赐号"真净禅师"，后人习称之为"真净克文"。法嗣三十八人：有兜率从悦禅师、法云杲禅师、泐潭文准禅师、慧日文雅禅师、洞山梵言禅师、文殊宣能禅师、寿宁善资禅师、上封慧和禅师、五峰本禅师、九峰希广禅师、黄檗道全禅师、清凉德洪禅师、超化静禅师、石头怀志庵主、双溪印首座、慧安慧渊禅师等。

大宁山堂[①]

禅家能自静，住处是深山。
门外事虽扰，座中人亦闲。
渔歌闻别浦，雁阵下前湾。

即此非他物，何妨洪府间。

——《古尊宿语录》卷四十五

【注释】

① 大宁山堂：即大宁寺，在洪州（今南昌市）城内。

【赏析】

本诗写僧人修行到一定的层次，就有能力调整保持自己内心的宁静，不管住在何处，都如同深山老林般清静，哪怕外面喧嚣纷扰，坐在房内也能做到清闲自在。这是化陶渊明《饮酒》之五中：

> 结庐在人境，而无车马喧。
>
> 问君何能尔？心远地自偏。

诗意而成，但引典不露痕迹，化句浑然一体，尤其是开篇强调"禅家能自静"，将心远的主观作用重点表现，以突出禅家修为的能动作用。

后两联从"自静""人闲"中调过头来，回到所处的大宁山寺院这一现实中来，你听江浦的渔歌是那么的悠然自在，南飞的大雁在前头的水湾随意变换着阵型，自然中的一切都是这么圆融随意而又和谐安宁，佛性的真谛不就是内心的这种澄明清澈、淡泊宁静吗，那么地处洪州府的闹市中又有何妨呢？

和仙上人《秋夜对月》

香残火冷漏将沉，孤坐寥寥对碧岑。

万井共当门有月，几人同在道无心。

风传乔木时时雨，泉泻幽岩夜夜琴。

为报参玄诸子道，西来消息好追寻。

——《古尊宿语录》卷四十五

【赏析】

香残烛尽的秋日深夜,我与仙上人对坐深谈,由于话题投机,不知不觉天色就已微明,外面的青山渐渐显现出深绿的碧黛色来。虽然月色洒遍千家万户,千千万万人都可以看到这轮明月,但有几人能无心于事、于事无心,能从容地欣赏清景呢?

读到这时,让人情不自禁地想起了苏轼的《记承天寺夜游》来:

元丰六年十月十二日夜,解衣欲睡,月色入户,欣然起行。念无与为乐者,遂至承天寺寻张怀民。怀民亦未寝,相与步于中庭。庭下如积水空明,水中藻荇交横,盖竹柏影也。何夜无月?何处无竹柏?但少闲人如吾两人者耳。

一样的秋天、一样的月夜、一样的对月,克文的诗意和苏轼的情怀简直太雷同了,雷同得好像是一个人的作品。

正因为有了这种心情,于是就有了"风传乔木时时雨,泉泻幽岩夜夜琴"的写意与浪漫,更有为了报答参玄诸子的说法和提醒,西天佛祖的信息是那么的清楚分明,简直不费吹灰之力就可以追求寻找得到。

寄苏子由

遍因访祖参禅后,拙直寻常见爱稀。
有道却从人事得,无心应与世情违。
时光易变惊谁老,真趣难穷自觉微。
尤荷多才深此意,喧哗声里共忘机。

——《古尊宿语录》卷四十五

【赏析】

苏家两兄弟，受当时禅宗儒化风气的影响，同时也受其父与禅师交往的熏陶，比如子由就直接由其父的好朋友、黄龙慧南祖师的大弟子上蓝顺禅师开悟印证，因此两人不仅文名满天下，其禅学造诣也名扬丛林。"遍因访祖参禅后，拙直寻常见爱稀"，可以说克文禅师一点也没夸张，参禅之后的苏辙人品更显得坦诚、直率，而且"有道却从人事得，无心应与世情违"，六祖说："佛法在世间，不离世间觉"，这也正是黄龙禅"日用是道"的特征，从中可以看出苏辙确是得了黄龙禅学真传的。

正是从世间事中步入大道、获得了真趣、取得了自觉，所以真净禅师才特别推重苏辙能从多才的负担中走出来，并通晓大道的"深意"，达到了不被喧哗左右，能在各种干扰中做到忘机入定，那是相当需要功夫、相当需要定力的。

寄塘浦张道人

世俗尘劳今已彻，如净琉璃含宝月。
炼磨不易到如今，宝月身心莫教别。
死生倏忽便到来，幻化身心若春雪。
唯有道人明月心，日用廓然长皎洁。

——《古尊宿语录》卷四十五

【赏析】

世事洞明皆学问，人情练达亦文章。禅师一起笔就直言世上红尘中的一切都已彻悟，那清明透彻的感觉就好像是盛放在干净琉璃瓶上的月亮一样，光辉洒满大地。

达到今天这种境界是很不容易的，所以一定要珍惜不要轻易遗忘。俗世的生死一刹那间就会到来，没有佛性初心的皮囊身体像向阳的春雪般转眼就会化为乌有，只有张道人你那灿如明月清辉漫天的真如本心，才会在混沌的尘世里，愈益灿烂、愈益皎洁、光耀万里、辉映世界。

寄浮山岩中涣达二上人

若是金毛那守窟①，奋迅东西警群物。
有时踞地吼一声②，突然惊起辽天鹘。
所食不食雕之残，戏来还是弄活物。
翻嗟疥狗一何痴，到处荒园咬枯骨③。

——《古尊宿语录》卷四十五

【注释】

①金毛：泛指狮子。因为狮子的毛发通常呈金色，故以金毛借指狮子。

②踞地：踞地狮子的简称。（术语）临济四喝之一。临济录曰：有时一喝如踞地金毛狮子。人天眼目曰：踞地狮子者，发言吐气，威势振立，百兽恐悚，众魔脑裂。

③枯骨：尸骨，也指死尸。这里指死者的朽骨。

【赏析】

狮子为什么称为百兽之王呢？就因为它那舍我其谁、雄视天下的自信与胆略，踞地一吼，连空中霸主辽天鹘都为之胆寒。禅师笔锋一转，提醒人们参禅悟道都应具备这种气质，要培养这种自信，不要拾人牙慧、吃人剩饭，要直下承当、亲身体认，要耕自家田地，明取自己本性，不要人云亦云，要有主见、创见，不要参人死句、死人言下，要像狮子一样特立独行，不食残肉、不吃死物，吃的是自己抓的、咽的是新嫩鲜活的。禅宗里有个很有名的公案，说的也是要人自信自证自悟，这个公案的名字就叫"沩山不言"，故事是这样的：

香岩禅师和沩山禅师同是百丈祖师的弟子。香岩禅师对佛经很熟，如有人问法，他常常是问一答十，自己以为很了不起。但百丈在世时却参禅未得。百丈圆寂后，只好到他师兄沩山那里去参禅了。沩山对他说："师弟啊！我听说你在百丈先师处，问一答十，问十答百。那我问你个问题，你给我答复看。"沩山说："我不问你别的，只问你父母未生你时，如何是你的本来面目？试道一句看。"香岩禅师听后，心里竟一片茫然。于是，归寮将平日所看过的经论文字，从头到尾翻阅一遍，要寻一句来酬对，最后是一无所得。自叹道："画饼不能充饥。"于是屡次乞求沩山说破。沩山说："我若说似汝，汝以后骂我去。我说是我的，终不干汝事。汝还是自己去参吧！"香岩禅师一怒之下烧光了书本文字，辞别沩山自己去参究。一天在地里除草，锄到了石块，拾起随意一扔，"啪"的一声击中竹子，忽然醒悟。欣喜之下回去沐浴焚香，遥礼沩山师兄。赞道："和尚大慈，恩逾父母。当时若为我说破，何有今日之事？"

所以最后禅师告诫后人"翻嗟疥狗一何痴，到处荒园咬枯骨"，只有那些无家可归、得过且过、没有思想的丧家之犬，才会到荒山野地去啃食死人的枯骨，难道我们要像这些野狗一样庸庸碌碌地过一辈子吗？

寄荆南高司户（之五）

男儿丈夫志，开凿自家田。
莫逐云门语，休依临济禅。
人人元具足，法法本周圆。
但作主中主，门门日月天。

——《古尊宿语录》卷四十五

【赏析】

禅诗中有一大部分是要求、阐述、规劝学人自证自悟，培养自信、自立精神，因为古今中外，模仿、抄袭、剽窃总是轻松容易，当然也没有生命力；唯有自己的创造性的东西才是最持久最珍贵的，当然也是最难最艰苦的。

所以此诗开门见山，直言男人当有丈夫志，当志存高远，要耕耘自家的田地、明取自己世妙真谛，不要学人口舌，今天云门、明日法眼，无论临济还是曹洞，那都是别人的、是过去的，再怎么念叨也不可能成为自己的、也不可能成为活句。

再者我们人人都具足了纯洁光辉的真如自性，都有周全圆融的学习参悟的本能，只要我们能自立自强自信，自己当家作主，不坐等靠要依赖别人，我们就能成为自己的主人、主宰世界，那样万能的佛性才能像日月一样，照耀在每个家庭的上空。

楚王城畔

楚王城畔水东流①，树倒藤枯笑不休。
好是自从投子去②，更无人解道油油③。

——《古尊宿语录》卷四十五

【注释】

① 楚王城畔：僧问首山什么是佛法大意，首山以"楚王城畔汝水东流"作答。克文针对这则公案以诗为颂。

② 舒州投子山大同禅师（819—914），本州怀宁刘氏子，幼岁依洛下保唐满禅师出家。初习安般观，次阅华严教，发明性海，复谒翠微，顿悟宗旨。由是放意周游，后旋故土，隐投子山，结茅而居。乾化四年四月示疾，作偈曰："四大动作，聚散常程，汝等勿虑，吾自保矣"，言讫跏趺而寂，谥"慈济大师"。

③ 禅宗公案：赵州行脚到舒州访投子大同禅师，恰遇投子下山，因不识投子，故于路问："莫是投子庵主么？"投子说："茶盐钱布施我。"赵州先归庵内坐，投子后携一瓶油归。赵州说："久仰投子大名，到来只见个卖油翁。"投子说："你只识卖油翁，不识投子。"赵州问："如何是投子？"投子拈起油瓶说："油油。"

【赏析】

"楚王城畔"公案是这样的：唐明问首山：什么是佛法大意？山曰：楚王城畔，汝水东流。因为禅宗的"第一义"就是"无"，人无可言说的"无"。所以首山以楚王城畔水东流来作答，这与赵州答何为祖师西来意曰："庭前柏树子"、洞山答如何是佛曰："麻三斤"是一个道理。佛义无可言说，全靠自己体会领悟，有些言辞看似禅师在扯东扯西，那是因为禅师在借此暗示此问言语无从作答，全赖学者自行感受。

"好是自从投子去，更无人解道油油"，学者于此不可错会克文禅师之真意。从字面上看，这是感叹自从投子禅师以后，更无有人会得"油油"意，似乎是唯投子独尊，从此之后宗门凋零、人才冷落。如果这样解诗，显然被这句话活埋了。克文禅师的意思是以欣赏也有可能是侥幸的口气，嘉许后学没有鹦鹉学舌、拾人牙慧般跟着投子大同整日"油油、油油"，这既是赞赏也是鼓励，更是要求，还是鞭策，因为在探索的道路上，要的就是这种蔑视权威、敢为人先的勇气和霸气。

惟胜真觉禅师

【禅师简介】

瑞州（今江西高安市）黄檗惟胜真觉禅师，黄龙慧南禅师之法嗣，俗姓罗，潼川（今四川三台）人。出家后先居讲肆，学习经论，后投慧南得印可。法嗣一十六人：昭觉纯白禅师、太平齐禅师、石霜允真禅师、白水居约禅师、广利文易禅师、天王居岸禅师、承天处幽禅师、西禅灯禅师、望川山遵古禅师、吕微仲丞相等。

风幡颂

昔时卢老泄天机[①]，直指风幡说向伊[②]。
是风是幡便是你，左之右之不曾离。

——《禅宗颂古联珠通集》卷七

【注释】

①卢老：六祖慧能俗姓卢，故经典中多称其卢老、卢行者等。

②风幡：禅宗公案名。六祖慧能受五祖弘忍付法后，隐居多年，感觉弘法机缘成熟了，便来到了广州法性寺（今光孝寺）。于一暮夜，闻二僧争论，一僧谓"风动"，一僧谓"幡动"，六祖乃谓："不是风动，

不是幡动，仁者心动！"印宗窃闻此语，竦然异之。此公案显示万法唯心，境随心转之理。

【赏析】

六祖慧能因了风幡之争而泄露了禅宗真义的天机，用非风动非幡动乃是凡人心动而直指人心、明心见性、阐明禅道：即是风动也是幡动更是你心在动，向左也好向右也好，不管前前后后、上上下下，澄明的真谛一刻也没有离开过我们的身体，佛性常在、迷者自碍，所谓"佛为无心悟，心因有佛迷"，左右、决定我们悟与未悟的，实际就是我们自身，我们的知见、坚执。

开元子琦禅师

【禅师简介】

蕲州（今湖北蕲春）开元子琦禅师，黄龙慧南禅师之法嗣，俗姓许，泉州人。从本地开元寺智讷禅师出家，后试经得度，学习经教，精通《楞严》和《圆觉》。法嗣六人：荐福道英禅师、双碛允光禅师、尊胜有朋禅师、承天禧宝禅师、三角如璇禅师、双碛先禅师。

虚空无内外

虚空无内外，事理有短长。
顺则成菩提①，逆则成烦恼。
灯笼常瞌睡②，露柱亦懊恼③。
大道在目前，更于何处讨。

——《五灯会元》卷十八

【注释】

①菩提：翻译为觉，是指能觉法性的智慧，也就是指人的智慧。

②灯笼：安置灯火之笼状器具，可避免灯烛为风吹熄，或蚊、蛾等小虫进入而为火所伤。又作灯楼、灯炉、灯吕。其质料除竹、

瓦之外，尚有以纱葛、纸、石、金属等制成。灯笼除为僧房中之照明器外，后世亦转为佛前之供具。

③露柱：指旌表门第立柱柱端的龙形部分，指法堂或佛殿外正面之圆柱。用瓦砾、墙壁、灯笼等俱属无生命之物，禅宗用以表示无情、非情等意。临济慧照禅师语录勘辨：师指露柱问："是凡是圣？"众僧无语，师打露柱云："直饶道得，也只是个木橛。"又"露柱怀胎"比喻无心之活动；"灯笼露柱"意谓以本来面目而呈现者，即指无情之物恒常不断地说示真理之相。

【赏析】

虚空本就没有边际、不分内外，否则何以叫虚空呢？就像佛性不分南北一样，世间万物，佛性一律平等。当然事理是有长有短、有所区别的，就像世人悟出道的时间有长有短、速度有快有慢一样。佛性一体，这是物质世界的本质，是物质世界的基本属性；事理短长，这是物质呈现的独特性与多样性，物质就是这种矛盾又统一的结合体。如果我们能认识到了这一点，就可以立地成佛，否则就将烦恼不断、知见迷茫。你看，给予世界光明的灯笼也不是长日点明的，只是在特定需要（如黑暗）的时候才会动用它，大多数时候都处于静止的状态，但反过来没有生命的石柱它亦有其不顺心的时候，比如人们的手拍脚踢、污泥垢腻等。修行的大道路就在我们眼前，何苦还要骑驴找驴地到处寻觅呢？

雪峰道圆禅师

【禅师简介】

南安军（今江西大庚县）雪峰道圆禅师，黄龙慧南禅师之法嗣，南雄（今广东境内）人。出家后，依黄檗山积翠庵慧南禅师参学。出世住南安云封寺，不知所终。

风幡颂

不是风兮不是幡，白云依旧覆青山。
年来老大浑无力，偷得忙中些子闲。

——《五灯会元》卷十七

【赏析】

这是描写修禅生活的诗歌。首句点出"风动还是幡动"这段禅宗公案，无论是风动，还是幡动，都是通过人的肉眼所看到的，是一种表面现象，实际上飘动的不是风，不是幡，而是像六祖慧能所说的那样，是观看者的心在动。如果俗念顿生、心情浮躁、贪恋尘世，那么终生与禅无缘；若是归心求佛，平心静气，就会体悟到静寂与淡泊，在白云悠悠、青山环抱中，过着闲适的生活，这时候，禅，就在您的心中。后两句意思是：近来年纪渐老，浑身乏力，从忙碌中偷得一丝闲暇。生、老、病、死，是人所共有的，世人忙忙碌碌，耗心烦神，不知老之将至、死之将至，等到鬓发皆白、垂垂老矣，才发现功名利禄于自己不过是过眼浮云，生不带来、死不带去，只有摆脱尘世的喧嚷，修身养性、静心修禅，才会彻悟佛机。

归宗志芝禅师

【禅师简介】

庐山归宗志芝庵主,临江人也,黄龙慧南禅师之法嗣。壮为苾刍,依黄龙于归宗,遂领深旨。有偈曰:"未到应须到,到了令人笑。眉毛本无用,无渠底波俏。"未几,龙引退,芝陆沈于众。一日普请罢,书偈曰:"茶芽蔌蔌初离焙,笋角狼忙又吐泥。山舍一年春事办,得闲谁管板头低。"由是衲子亲之。

千峰顶上

千峰顶上一间屋,老僧半间云半间。
昨夜云随风雨去,到头不似老僧闲。

——《五灯会元》卷十七

【赏析】

黄龙禅宗有一个归隐遁世的特点,"不脱麻衣拳作枕,几生梦在绿萝庵""本自深山卧白云,偶然来此寄闲身",这样的逃世高人很多,志芝庵主也是其中的一个。他喜欢远离尘嚣、独居深山、结茅以居,在人迹罕至的深山老林、绝顶山峰上,每天一睁眼全是苍松古柏、明月清风、山川白云。但白云还有夜随风雨去的匆遽忙碌,哪里有我老僧的闲淡自适、心静如水、波澜不起。

　　世上的万物啊，如何这样想不透、悟不明，一天到晚庸庸碌碌、匆匆忙忙所为何事？你看参破了世事、明喻了本性的老僧我是多么的豁达悠闲，生活在这绝顶高峰，闲境幽情，妙合无垠。当然，老僧所说的"闲"，并非懈怠放逸。"清"是指心念清静，"闲"是指心识回复到本性上，再不受到尘缘（色声香味触法）的束缚。"但自无心于万物，何妨万物常围绕"，黄龙宗禅人在山居生活中，体证着随缘任运的意趣："自缘一榻无遮障，赢得长伸两脚眠""寒则围炉向暖火，困来拽被盖头眠""新缝纸被烘来暖，一觉安眠到五更。"从这些怡然自欣悦的诗句中，我们处处可以禅悟体验到黄龙禅法"无事是贵人"的真髓。

潜庵清源禅师

【禅师简介】

南康军清隐潜庵清源禅师,黄龙慧南禅师之法嗣。豫章邓氏子,依洪岩处信得度具戒。参武泉常、云居舜、泐潭月,疑未决,始趋黄龙。建炎三年八月五日,示寂于抚之漳江,寿九十八,腊七十八。

寒风激水

寒风激水成冰,杲日照冰成水①。
冰水本自无情,各各应时而至。
世间万物皆然,不用强生拟议。

——《五灯会元》卷十七

【注释】

①杲:会意字。从日,从木。日在木上,表示天已大亮。本义:明亮的样子。

【赏析】

凛冽的寒风将水冻成了冰,而温暖的阳光又将冰块化为水,冰与水本身是没有感觉的,这种互为变化都是因为外界环境的原因,是自然规律的结果。世间万物都是这样，遵循着大自然的规律，自然而然地开花结果，根本就不需要人为地、强行地去考虑和想象。所谓道法自然、触目即真、拟思即错，禅宗讲究的是圆融无碍、凡圣无二，用这种襟怀来审视世间万物，就会在情缠欲缚、黏着胶固的万物关系之中，感受到去来任运、洒脱无拘的平常心，从而在绝情中见至情，在无心中显真心。

报本慧元禅师

【禅师简介】

报本慧元禅师(1037—1091),黄龙慧南禅师法嗣。俗姓倪,潮州揭阳人(民国《潮州志·丛谈·人部》有记),到京师,华严圆明禅师(即释道隆)见而异之。后任湖州报本寺住持,两年后圆寂。三十年后政和年间,宋徽宗看到这首诗,极为欣赏,特谥"证悟禅师",塔为"定应",其旁敕建显化寺以奉香火。嗣法弟子八人,有永安元正禅师、凤皇德亨禅师、慧林政禅师、凤皇德亮禅师、高峰圆修禅师、景德院证禅师等。

临终偈

五十五年梦幻身,东西南北孰为亲。
白云散尽青山外,万里秋空片月新。

——《指月录》卷二十七

【赏析】

"五十五年梦幻身,东西南北孰为亲。"虽然我也年过半百,五十有五了,但是我是谁呢?是谁入梦后的神游或虚拟?十方世界里天上、地下、东、西、南、北、生门、死位、过去、未来哪里是我最为亲近的呢?飘悠的白云悠闲自在地消散在无尽的青山之外,万里无云、长空如洗的碧空里,那片皎洁的月亮是多么的晶莹清新。诗人用简洁的语言,将本空无有的佛国法界描写得淋漓尽致,清晰而透彻地阐述了遵循圆融、随性的自然法则与规律,那么法性圆满就像秋日长空的月亮:清新如洗、光辉满地。

积翠永庵主

【禅师简介】

黄檗积翠永庵主，黄龙慧南禅师法嗣。禅师生卒年限、参学行止、塔藏等均不详。法嗣一人：清平楚金禅师。

是非辨

明暗相参杀活机①，大人境界普贤知②。

同条生不同条死，笑倒庵中老古锥。

——《续传灯录》卷第十六

【注释】

①明暗相参：黄龙公案。又尝问僧审奇："汝久不见何所为？"奇云："见伟藏主有个安乐处。"师曰："试举似我。"奇因叙其所得，师曰："汝是伟未是。"奇莫测，归以语伟，伟大笑云："汝非永不非也。"奇走积翠质之于南公，南亦大笑。

②普贤：普贤菩萨，大乘佛教的四大菩萨之一，象征着理德、行德，与象征着智德、正德的文殊菩萨相对应，同为释迦牟尼佛的左、右协侍。毗卢遮那佛、文殊菩萨、普贤菩萨被尊称为"华严三圣"。

【赏析】

与任何一种自然规律一样，佛法也是灵活机动、因时因地而发生变化的，世上没有一成不变的事物，更没有死搬硬套的应对公式，那种读死书、认死理、僵化教条的认知，不仅于事无益，甚至反而有害。此时此地正确的东西，彼时彼地可能就正好适得其反，因此才有作者（积翠永庵主）对审奇和尚说："你对，仰山行伟禅师错。"仰山行伟禅师对审奇和尚说："你错，积翠永庵主不错"，最后也才有黄龙祖师慧南禅师听后的开怀大笑——"笑倒庵中老古锥"！

所以俗话有言："全唯书不如没有书"，读书修禅悟道都是一个道理，要的是活学活用，怕的是因循守旧、循规蹈矩、不知权变，如此则会将书读死、将人读呆。

建隆昭庆禅师

【禅师简介】

扬州建隆昭庆禅师,黄龙慧南禅师法嗣。泉州晋江林氏子也,生卒塔藏不详,法嗣三人:荆门军玉泉超禅师、苏州泗州用元禅师、常州荐福岑禅师。

风 絮

袅袅飏轻絮[①],且逐风来去。
相次走绵球,休言道我絮[②]。

——《续传灯录》卷第十六

【注释】

①袅袅:轻盈纤美的样子;摇曳;飘动的样子。

②絮:像棉絮的东西:花絮、芦絮、柳絮;连续重复,惹人厌烦:絮叨,絮烦,絮聒,絮絮叨叨。

【赏析】

轻盈飞扬的花絮,在风中来回飘荡、曼妙轻舞,一俟风停或风小,花絮就慢慢飘落掉在地上,像密密麻麻的小球聚在一起,来来回回、挨挨挤挤、绵延不断。不要埋怨我整日整日絮絮叨叨,为了你们能获得新生、找到归宿，不至于年年月月东飘西荡，像无根之萍、未定之絮，我这样苦口婆心地叨唠，不就是要你们早日归家、早成正果吗？

禅师的良苦用心，弟子们领会与否，我们不得而知，但是古往今来，哪个师长不是如此操劳、用心，为了后辈的进步、成长而呕心沥血呢？

你看连无知无觉的花絮都知道百计千方地寻找落脚之所、生长之处，难道你们连一朵花絮还不如吗？诗中以咏絮述理抒怀，以花絮的飘零警醒学人要精严自律、勤修苦学、早生慧根、早成般若，不要蹉跎岁月、飘零一生。

诗中的两个"絮"字，同字不同义，一名一动，注意区分。

泐潭善清禅师

【禅师简介】

隆兴府（今南昌）泐潭草堂善清禅师(1059—1142)，黄龙祖心禅师之法嗣，俗姓何，南雄州（今广东境内）人。出家后，游方参学。初礼潭州（今湖南长沙）大沩慕哲真如禅师。慕哲禅师是翠岩可真禅师之法嗣。善清禅师于大沩座下参学有年，却一无所得，于是又前往洪州参黄龙祖心禅师，终得印可。法嗣有黄龙山堂道震禅师、万年雪巢法一禅师、雪峰东山慧空禅师、育王野堂普崇禅师等。

隐　士

大隐于廛小隐山，世人无路得相干。
五湖禅客朝朝会，谁解回头仔细看。

——《赵州禅师语录》

【赏析】

"只重自身佛法的修悟，无意宗派法系的传承"，黄龙禅师归隐成风，是黄龙禅宗的一个突出特点，因此黄龙禅师咏颂遁世、隐士的诗作也特别的多。本诗从归隐的性质入手发问，怎么隐？隐什么?隐于深山的是"小隐",修行不深、功夫没到家,害怕"污染";另一种有胆子身居红尘闹市,这是"大隐";还有一类,出入庙堂、为将为相,心里却是隐士,外人又看不出,这是最高境界的"高隐"了。

当然归隐也罢、出世也罢,两者的目的都是一样,为的是明取自家心性,开发自家田地,但是无论是隐士,还是江湖禅客,虽然他们都辛辛苦苦、朝朝暮暮地忙碌个不停,但却个个都不明白"回头"一看,古云"回头是岸",道就在眼前、就在自身,何须向外营求、满世界寻觅呢!

野狐禅[①]

不落与不昧,依前入皮袋。
不昧与不落,皮袋俱抛却。
令人长忆李将军,万里天边飞一鹗。

——《禅宗颂古联珠通集》卷十

【注释】

①野狐禅:禅宗公案。百丈禅师每日上堂,常有一老人听法并随众散去。有一日却站着不去,师乃问:"立者何人?"老人云:"我非人,于五百年前曾住此山。有学人问:'大修行人还落因果否?'我说:'不落因果。'结果坠在野狐身,今请和尚代一转语。"师云:"汝但问。"老人便问:"大修行人还落因果否?"师云:"不昧因果。"老人于言下大悟,告辞师云:"我已脱野狐身,住在山后,乞师依亡僧礼烧送。"次日百丈禅师令众僧到后山找亡僧,众人不解,师带众人在山后大磐石上找到一只已死的黑毛大狐狸。斋后按送亡僧礼火化。

后来以"野狐禅"来泛指禅宗中流入邪僻、未悟而妄称开悟的歪门邪道。

【赏析】

"听事不真,唤钟作瓮",野狐禅这则公案中,野狐不仅听事不真而且果因倒置,佛家理论认为,有因必有果,有果必有因,因果不二,开什么花结什么果。这样的因果关系涵盖一切,世上既没有无因之果,也没有无果之因,拿到参禅悟道中说,那因果关系更是不能错乱,因为佛性无二,你错断因果的结果那是修行人的大忌,我们从老人一句"不落因果"即坠为野狐五百年就可略知一二。

所以,禅师认为未谙因果,则不论你入的什么,人皮也好狐皮也罢,都没有多大的关系,仍是未明心性;但若你明白了因果,则又不管狐皮也好人皮也罢,都可脱离、抛却。因为我们所见之性唯一无二、人兽无别。只有到那时,自由的身心才可能像李广将军一样在广阔的草原上恣意驰骋,像鱼鹰一样在水天之中来去无碍。

开悟偈

随随随、昔昔昔,随随随后无人识。
夜来明月上高峰,元来只是这个贼。

——《指月录》[①]卷二十八

【注释】

①《指月录》:又称《水月斋指月录》,明代瞿汝稷集。万历二十三年(1595)完成,三十年序刊,收在《卍续藏》第一四三册。指月:示喻文字所载的佛法经文,都只是指月的手指,只有佛性才是明月的所在。源于六祖慧能与无尽藏尼对话的一个典故:无尽藏

尼对慧能说:"你连字都不识,怎谈得上解释经典呢?"慧能回答:"真理是与文字无关的,真理好像天上的明月,而文字只是指月的手指,手指可指出明月的所在,但手指并不是明月。"

【赏析】

如果没有自性,没有主见,没有自己亲身体验的所得,一味地学人口舌,生活在他人的阴影之下,以他人的成就自慰,跟随从前的妄心与杂念走,离修行就会越来越远,就会永远迷失自己,不仅自己认识不到自己,甚至连别人也不认识你了,因为你没有自己的特征、特点与特质,叫人无法分辨。

"夜来明月上高峰,元来只是这个贼。"直到有朝一日,因缘巧合,佛光闪耀、豁然开悟,才恍然发现,遮挡明月光辉、阻碍登上高峰的妖魔鬼怪,原来就是自己的痴迷心窍。人啊,只有去除了痴迷妄想执念等心灵的垢污,才能有怡然自悦的洒脱与洞烛一切的光明,洞见和享受心中纯净如月光般的圣洁与清静。

仰山行伟禅师

【禅师简介】

袁州（今江西宜春）仰山行伟禅师（1019—1081），黄龙慧南禅师之法嗣，河朔（黄河以北一带）人。出家后，于东京大佛寺受具足戒。后因听习《圆觉经》，稍微产生了一点儿疑情，于是便游方参学，专扣祖意。法嗣八人：谷隐静显禅师、黄檗永泰禅师、龙王善随禅师、慧日明禅师、王氏山慧先禅师、寒碛子和禅师、木平庆禅师、圣果永聪首座。

自题画像偈颂

吾真①难邈②，斑斑驳驳。

拟欲安排，下笔便错。

——《续传灯录》卷十五、《禅门宝藏录》卷中

【注释】

①真：肖像，摹画的人像。

②邈：同"貌"。描绘，摹写。如邈真：描绘图像；描摹；邈掠：犹描摹；邈影：绘画。

【赏析】

行伟禅师平时接众,特别强调:自性虽无形无相,不可以用语言描述,亦不可以用思维拟凑,但是它一刻也不曾离开过当前的一念一行,因此学人要于日常应用处着眼。

我真实的样子很难摹画,经历了岁月的风霜雪雨,留下多少斑驳的痕迹,若想要刻意画出来,一下笔就会出错的。世间的很多事都是这样,有些事可以感悟,但是,用语言来表达时总是不那么尽如人意,画像也是这样吧,就算画得惟妙惟肖,但是人最真实的内心又怎么能画得出来呢,佛家言万象皆空,无人相、无我相,人固有一副皮囊亦不过空形幻相而已,一定要画出来,又怎会不出错呢?
(赏析:胡小敏)

隆庆庆闲禅师

【禅师简介】

吉州仁山隆庆院庆闲禅师,黄龙慧南禅师之法嗣,俗姓卓,福州人。其母怀他时,曾梦见胡僧授给她一颗明珠,她将明珠吞下,觉后即有孕。庆闲禅师出生时,曾有白光照室之瑞相。庆闲禅师幼时即好清净,不近酒肉。十一岁辞亲出家,十七岁得度并受具足戒,二十岁时开始游方参学,遍历禅席。法嗣三人:安化闻一禅师、龙须聪禅师、资福普滋禅师。

遗 偈

露质浮世,奄质浮灭。
五十三岁,六七八月。
南岳天台,松风涧雪。
珍重知音,红炉优钵[1]。

——《五灯会元》卷十八

【注释】

①优钵:即优钵罗,优钵罗是一个佛教专有术语,意思是指青莲花,是一种极乐世界里极其独特的莲花。

【赏析】

　　人固有一死，且即便能勘破生死，死亡对人而言总是一件痛苦无奈的事。人在临死时大抵会留下遗言，僧人在临死时留下偈子，不知是否是一种僧家的常规，但多半以简洁的偈语介绍自己的平生经历或感悟。禅师这一偈首句生发感叹：人的一生就像早上的露水一样短暂，自己像露水一样浮现在人世，转瞬间就消失，我也活了这么一把年纪，走了这么多地方，经历了这么多事情，见过这么多世面，最终我认为还是真知真见的佛法才是我们的知音，只有它才能使我们认清自己的根本，了解世界的本来面目，破除对生命的生迷死误，从而达到先知先觉、来去无碍、圣凡无二、天地一体的境界，要珍重、珍惜智慧光明又无所不在的真谛圣智啊，只有精修彻悟清净微妙的法中之法、义中之义，才能到达极乐世界、西方净土，摘取那朵圣洁美丽的优钵罗。（赏析：胡小敏）

照觉常总禅师

【禅师简介】

江州东林照觉常总禅师（1025—1091），俗姓施，剑州尤溪县（今福建省）人，黄龙慧南禅师法嗣。年十一依宝云寺文兆法师出家，又八年落发，诣建州大中寺契恩律师受具。初至吉州禾山禅智材公，后投慧南禅师于归宗、石门、黄檗以至黄龙，二十年之间，凡七往返，南嘉其勤劳称于众。总之名闻天子，诏住相国智海禅院，总固称山野老病不能奉诏，得赐紫伽黎，封号"广惠"；元祐三年徐国王奏，复封号"照觉"禅师。总于衲子有大缘，槌拂之下众盈七百，丛席之盛，近世所未有也。法嗣载于灯谱者凡六十二人，有泐潭应干、开先行瑛、万杉绍慈禅师、兜率志恩禅师、内翰苏轼居士等。元祐六年（1091）八月示疾，九月二十五日浴罢安坐而化，十月八日全身葬于雁门塔之东。世寿六十七，坐四十九夏。

圆寂偈

北斗藏身未是真，泥牛入海何奇特。

个中消息报君知，扑落虚空收不得。

——《建中靖国续灯录》卷十二

【赏析】

据说北斗金星掌管人的死亡,有人曾请教云门禅师关于"法身"的问题,禅师回答:"北斗里藏身。"人死后真的可以藏身于北斗吗?佛说万象皆空,无人相,无我相,法身当是无处不在又处处不在。所以,泥牛入海般找寻不见也不必觉得奇特,"个中消息报君知"其实说的就是这个道理,原本就是虚空又怎么收得起来。这一偈读来令人感觉澄明一片,禅境大开,空空如也,想见禅师修为。忽而想起六祖"菩提本无树,明镜亦非台,本来无一物,何处惹尘埃。"的偈语来,如此,又何来生死之说,终须各自领悟罢。(赏析:胡小敏)

文殊妙智门

非言七佛为师祖①,是与群生作楷模。
直下若能明妙得,搬柴运水现毗卢②。

——《建中靖国续灯录》卷三十

【注释】

①七佛:指释迦牟尼佛及在其以前出现的六位佛陀。即过去庄严劫末的毗婆尸、尸弃、毗舍浮等三佛,与现在贤劫初的拘留孙、俱那含牟尼、迦叶、释迦牟尼等四佛。这七佛皆已入灭,故又称过去七佛。

②搬柴运水:石头一日问庞蕴曰:"子见老僧以来,日用事作么生?"士曰:"若问某甲日用事,直下无开口处。"头曰:"知子恁么,方始问子。"士遂呈偈曰:"日用事无别,惟吾自偶谐。头头非取舍,处处没张乖。朱紫谁为号,丘山绝点埃。神通并妙用,运水及搬柴。"后世以搬柴运水等日用事项来代指修行,有"搬柴运水、无非是道

之说,借以说明佛法无别、触目皆是的禅宗思想与理念。

毗卢:(1)佛名,毗卢舍那之略,即大日如来,也有说是法身佛的通称。(2)梵语,佛光普照的意思。

【赏析】

七佛者,过去庄严劫中三佛,现在贤劫中四佛也。毗卢,乃梵语,佛光普照的意思。修行的人总是希望能得到佛的指引,以求得早日开悟,却不知道其实佛是无处不在的,佛在我们举手投足、一言一行的生活中,若果有心,尘世的生活又何尝不是一种修行,心念一动之间,佛已存在,又何须说七佛才是佛门的师祖,要知道群生才是修行的楷模,尘世中的磨难正是一种修行的过程,如果真能悟得其中妙谛,在搬柴运水的劳作中也能感受到佛的存在,这才是真正的开悟。(赏析:胡小敏)

百丈元肃禅师

【禅师简介】

洪州百丈元肃禅师,黄龙慧南禅师法嗣。法嗣一十二人:仰山清菌禅师、百丈惟古禅师、月珠神鉴禅师、垂拱法满禅师、永寿信诠禅师、洛浦观通禅师、清泉道隆禅师、西峰元弼禅师、法教凝禅师、九仙辅禅师、鹿苑业禅师、凤凰有璨禅师。

上堂偈

春去秋来始复终,花开花落几时穷。
唯余林下探玄者,了得无常性自通。

——《续传灯录》卷十五

【赏析】

春光易老,姹紫嫣红的景光还未看够,转眼间已落红飞尽,怎不令人叹息。北宋诗人黄庭坚曾在一阕词里这样写道:"春归何处?寂寞无行路。若有人知春去处,唤取归来同住……"至若秋天来时,万木凋零,秋风萧瑟,触景伤怀,更平添几多愁思,元代马致远的《天净沙·秋思》可谓秋思之祖了。然而春去秋来,年复一年,似乎没有休止的时候,随着岁月的轮回,花开花谢又到什么时候才会穷尽呢？人却在时光的流转中渐渐老去，人生一世，草木一秋，怎不教人生出许多的春愁秋恨。只有禅林下的探玄者，悟得其中的奥妙，尽管世事无常也能坦然处之。（赏析：胡小敏）

上蓝顺禅师

【禅师简介】

洪州上蓝顺禅师，西蜀人，黄龙慧南禅师法嗣。因住景福香城双峰，又名景福顺。有远识，为人勤渠纯至，丛林后进皆敬爱之。初出蜀时与圆通讷偕行，已而又与大觉琏游甚久。故黄门后赞其像云：与讷偕行与琏偕处，得法于南为南长子。寿八十余坐脱于香城山，颜貌如生。嗣法弟子四人：参政苏辙、方广继通禅师、佑圣云智禅师和金颜逸禅师。

赵州勘婆子偈

赵州问路婆子，答云直恁么去。
皆言勘破老婆，婆子无尔雪处。

——《续传灯录》卷十六

【赏析】

这是一首为台山婆子鸣不平的诗作，禅法中虽然没有诸法恒定之说，更不可以说诸法亘古不变，但也不能根据台山婆子说了个"又一个师僧恁么去"，就断言说台山婆子错了、说她不知变通死搬硬套；

同时虽然修道也不可能都是直心直行的,要因时世因缘变化而变通,但也不能就将说了"蓦直去"的台山婆子说成是头上安头,说她错了;更不可以说修行之道有八万四千法门,而婆子只指示了一条路,就指责说台山婆子错了……凡此种种,皆是以情识臆断揣测,事实上台山婆子本无丝毫错讹处。若台山婆子有错,则种田耕地、莺飞草长、水流花开、读书上班无不有错,世间一切事物一切行作无不有错。学佛法人,是不能这样随便污蔑世间人物的,须知赵州勘破台山婆子,并非是找到台山婆子的什么错误,然后说"我发现台山婆子的错讹处了",而只是说"台山婆子,我为汝勘破了也"。不作此想,则为俗情,难明赵州勘破处,真教"婆子无尔雪处"了也!

上堂偈

夏日人人把扇摇,冬来以炭满炉烧。
若能于此全知晓,尘劫无明当下消。

——《续传灯录》卷十六

【赏析】

一年四季总在不停更替中,不会因人们的期待而永远停留在温暖的春天或凉爽的秋天,世间的很多事都是不随人的意愿改变的,所以,不管碰到什么事情,都要能随遇而安,从容面对,然后积极想办法解决就可以了。就像夏日天气热的时候,人人摇着扇子,为的是那份清凉;到了冬天,人们为了取暖,烧起满炉的炭火。如果能从这里悟得世间的道理,又何惧尘世间的劫难不会消除。(赏析:胡小敏)

泐潭洪英禅师

【禅师简介】

洪州泐潭洪英禅师,黄龙慧南禅师法嗣。邵武军人,俗姓陈。幼警敏读书五行俱下,父母爱之使为书生习进士,师不食自誓恳求出家。及成大僧即行访道,东游至曹山依止耆年雅公不契,后往黄檗积翠依慧南禅师得心印。呼维那鸣钟众集叙行脚始末曰:吾灭后火化以骨石藏普通塔,明生死不离清众也。言卒而逝,阅世五十有九,坐四十三夏。门弟子奉师遗诫,荼毗以灵骨入塔,别收舍利供养。嗣法弟子一十一人,有法轮齐添禅师、慧明云禅师、仰山友恩禅师、大沩齐恂禅师等。

上堂偈

区区何日了[①],人事几时休。
莫道青山好,逡巡便白头。

——《续古尊宿语录》[②]卷《泐潭英》

【注释】

①区区:旧时谦辞,指自己、我。

②《续古尊宿语录》:《古尊宿语录》的续编,师明集,又名《续古尊宿语要》,共六卷,收起于南岳怀让止于隐山璨等共七十余人语录。

【赏析】

要到何时才让我灭寂进入极乐世界呢,我是多么希望快点了结尘世的俗务啊。前面我们多次提到黄龙僧人有一种归隐遁世的风气,这似乎是他们的传统,像本诗的作者,早年慧南祖师曾赞许"荷担大法,尽在尔躬,厚自爱。"游学途中,"所至议论夺席",意气风发、语惊四座,不老之年,竟也生出了"人事几时休的"的感叹。

下联禅师笔锋一转,"莫道青山好,逡巡便白头",人生苦短、转眼已是百年身,时日不多、修行要抓紧,不要迷悟在世俗的诱惑与享乐之中,否则稍一彳亍就头发斑白,少年郎成为白头翁。诗人殷殷渴盼、谆谆劝导,酷似父母对子女的叮咛,生怕游子迷不知归,弹指便成皤然老叟,耽误了求法参学的机会、浪费了大好的青春韶华。

述法偈

阿家尝醋三尺喙①,新妇洗面摸着鼻②。
道吾答话得腰裈③,玄沙开书是白纸④。

——《续传灯录》卷第十五

【注释】

①三尺喙:喙长三尺,是一成语,喙指嘴,意思是嘴长三尺,形容人善于辩说。出自《庄子·徐无鬼》:"丘愿有喙三尺。彼之谓不道之道,此之谓不言之辩。"

②新妇:是南方汉方言吴语,福州、潮汕、萍乡、广丰等地对儿媳的称谓。

③道吾：(1)潭州道吾圆智禅师（769—836），豫章海昏（今江西永修）人，俗姓张，他是药山门下的大弟子。据《祖堂集》卷五的本传所载，圆智俗姓王，钟陵建昌（江西进贤）人，他与昙晟是同胞兄弟。但在此后的《景德录》《宋高僧传》《五灯会元》等文献中，均谓圆智俗姓张，豫章海昏人，他与昙晟并无兄弟血缘关系。圆智亦号宗智，世称"智头陀"，我们仅仅从其名号，即可见其行持之大致出来。唐太和九年九月灭寂，世寿六十七，赐"修一禅师"。(2)道吾山，道吾山古称白鹤山，又名赵王山。坐落在浏阳市城北六点五公里处，这里山峦重叠，群峰竞秀，风景旖旎，历史悠久，中外驰名的佛教圣地。

道吾答话得腰裈：禅宗公案。有施主施裈，药山惟俨禅师提起示众曰："法身还具四大也无？有人道得与他一腰裈。"道吾圆智禅师曰："性地非空，空非性地。此是地大，三大亦然。"药山惟俨禅师曰："与汝一腰裈。"

④玄沙：玄沙师备宗一禅师（835—908），唐末五代僧，福州闽县人。唐咸通初年，年届三十，忽慕出尘，投芙蓉灵训禅师落发，往豫章开元寺受具，后迁玄沙山。行头陀行，常终日宴坐，以其苦行，人称备头陀。应机接物三十多年，学徒八百多人，梁开平二年示寂，世寿七十四。

开书是白纸：玄沙令僧持书上雪峰找义存禅师，峰开见是白纸。遂呈示大众云："会么？"众无语，峰云："不见道君子，千里同风僧。"回举似玄沙，沙云："山头老汉蹉过也不知。"后人有诗颂曰：故遣驰书达远信，不于文字示家风。回来却报玄沙语，蹉过分明理更封。

【赏析】

佛法在行不在说、在悟不在言，故君子要"敏于事而讷于言"，一天到晚伸着长嘴巧呈口舌有什么用,"说百里还不如行一里"呢,道吾禅师因答话简明扼要、惜字如金,而深得药山惟俨禅师的赞许,得到了一条裤子的奖赏,更有玄沙师备禅师送一封无字天书给亦师亦兄的雪峰义存禅师,并深得雪峰的肯定,这些都说明心领神会、两心相照比喋喋不休要胜百倍,在禅悟方面真的沉默是金啊。

这首诗表明了作者重行轻言、践行为要的修行思想和意旨,并且劝勉大家要抛弃言语知见,改变光说少练甚至不练的作风和做派,在修行中实事求是、身体力行,在实际的磨砺中、在现实的生活里去悟得真如、真知、真见、真谛。

宝 峰

宝峰高峻人罕到[①],岩前雪压枯松倒。
岭前岭后野猿啼,一条古路清风扫。

——《续传灯录》卷第十五

【注释】

①宝峰:即宝峰寺,亦名泐潭寺。详见第三页注①。

【赏析】

宝峰古寺在人迹罕至的高山上处,这里不见人影,但闻猿鸣,大雪压松,清风扫路。这首诗融情入景,这等幽静天然处所,正是学道修行的佳境,是真正的禅人的生活场所。真正的禅,就是要在自然而然的无心状态下,不执著于理,也不执著于物,更不执于情的状态下领悟的。"心中无事自逍遥,一个闲人天地间"。诗很清新,融入了大自然的灵气。(赏析:王坤赞)

云盖守智禅师

【禅师简介】

潭州云盖守智禅师(1025—1116),黄龙慧南禅师法嗣。剑州陈氏子。游方至豫章大宁,时法昌遇禅师韬藏西山,师闻其饱参即之,昌使谒翠岩真禅师,虽久之无省,且不舍寸阴。及谒黄龙于积翠,始尽所疑。后首众石霜,遂开法道吾、徙云盖。政和四年,周公稽守潭,遣长沙令佐以诡计邀至开福,斋罢鸣鼓,问其故,曰:"请师住持此院。"遂不得辞,时年九十矣。五年三月七日,升座说偈曰:"未出世,口如驴嘴。出世后,头似马杓。百年终须自坏,一任天下十度。"归方丈安坐,良久乃化。阇维,得舍利五色,经旬,拨灰烬犹得之。坐六十六夏,法嗣九人:宝寿最乐禅师、道场法如禅师、石佛慧明禅师、大乘玑禅师、开福文玉禅师、大宁纪禅师等。

上堂偈

昨日高山看钓鱼,步行骑马失却驴。
有人拾得骆驼去,重赏千金一也无。

——《续传灯录》卷第十五

【赏析】

守智禅师,讲究"缘起性空",也就是说世间万物没有永恒不变的个体,所以就是"性空"。因为变性是空,所以会随着缘起缘灭而变化,这就是"无常"。

此诗中,作者运用倒置、虚拟的手法,将现实的物事幻化、将日常的场景位移,通常的经验与知识在这里均失去作用,就像来到了一个童话世界,你所有的认识、判断、思考全失却了依凭与根据,在这样一个全新的世界里,你不得不重设坐标、重起炉灶,站在一个全新的角度、用另一种眼光、以不同于以往的经验来观察、思考、回答现有的问题,从而触类旁通、发现知见。你看鱼一般生活在江河湖海里,可诗中却说在高山看钓鱼,既然是骑马,丢失的应该是马,怎么说是驴呢?如果丢的是驴,那么拾到的应该是驴,为什么是骆驼呢?重赏千金就是千金,为什么说一分钱也没有呢?这是因为世事无常、生命无常,体相不同、表现有异,但本质如一、佛性无二。

(赏析:王坤赞)

云居元祐禅师

【禅师简介】

南康军云居元祐禅师(1030—1095),黄龙慧南禅师法嗣。俗姓王,江西上饶人。年幼出家,年二十四受戒,宋哲宗元祐年间(1086—1093)应王安石之弟王安上之请就任云居山真如寺住持,接替佛印了元禅师职务。时寺中聚众半千,合力弘教,僧俗同钦,名闻朝野。宋哲宗御赐紫袈裟,大加褒奖,力辞。勤于思维,长于说法,《五灯会元》多载其上堂开示,语极精炼,形象生动。赞宁为立传,入《宋高僧传》。嗣法弟子二十七人,有智海智清、海会守从、罗汉系南、南峰永程、宝相元、永峰慧日庵主等。

辞御赐袈裟

为僧六十鬓先华[①],无补空门号出家[②]。
愿乞封回礼部牒[③],免辜卢老纳袈裟。
——《续传灯录》卷第十六、《佛祖历代通载》卷二十九

【注释】

① 华:指头发花白。华同花。

②空门：佛教谓色相世界，皆是虚妄，能破除偏执，由空而得涅槃，以空为入道之门，故称空门。后泛指佛家为空门。

③礼部牒：御赐紫袈裟须经过礼部备案，形成公文。此处即指礼部通知接受御赐的公文。

【赏析】

"御赐袈裟"是过去皇帝对僧人的一种极高的封赏，能得到这样褒奖的，定是佛门中德望极高的僧人，但是，作者却要辞去这样的荣耀，这就让读者产生了几分敬仰并欲一探原委。禅师在诗中的首句介绍了自己，度过了六十年的僧侣生涯，头发已经花白；接着第二句说虽然自己号称出家，对佛门却没有作什么贡献，这两句既是自谦之语，却是为第三句辞谢皇上的褒奖作铺垫，请礼部将通知接受御赐的公文封回吧；最后一句说，免得辜负了六祖一心向佛、力辞荣华的初衷，以加重语气。这首诗起承转合恰到好处，从诗里不难读出禅师轻淡名利的高尚品德。（赏析：胡小敏）

松风月色

月色和云白，松声带露寒。
好个真消息，凭君仔细看。

——《续传灯录》卷第十六

【赏析】

黄龙宗禅诗有独特的禅意感悟，在行住坐卧一切日常生活中都可以参禅妙道、明心成佛。

禅师的这首诗就是说欲知佛法，当观时节因缘，明月清风，时序更迭，体现着真如法性的自然山水，明明白白呈现在每一个人面前,就看你能否参悟。月色、白云、松涛、露水无一不是真实的存在,显露着天然的奥秘、佛祖的禅心。"此中有真意,欲辩已忘言""春光重漏泄,有口不须陈",一切都在不言中、一切都要在静默里,就看你有心无心、悟到也未。(赏析:王坤赞)

临终偈

今年六十六,三处因缘足。

夜半火烧山,跳入火中浴。

——《续传灯录》卷第十六

【赏析】

老衲我今年六十有六了,于欲界、色界、无色界这宇宙的三个去处了结了因缘。"因缘足",这是禅师之谦辞,意是说自己修行完满,悟得了佛性、脱离了生死、跳出了三界之外,已不是红尘中之俗物、大千世界里的行尸。我马上就要四大纷飞、五蕴归空了,你们去准备好柴草火种,燃起熊熊大火吧,我马上就要到烈火中去沐浴,在烈火中像凤凰一样获得涅槃、获得永生。

诗中不难看出禅师的高深修行和透彻认知,对世事、对生死、对因果,他都早已看破参透、独具见解,早已是指点、引导一方的大知识,早已是名驰寰宇、望及四野的大宗匠,所以他才对生离死别看得那么透彻、说得那么轻巧,不仅没有丝毫悲戚、痛苦、不舍、留恋的离情,甚或反过来好像还有那么点窃喜、惬意、自得、炫耀的意味,给人的感觉好像不是死亡灭寂而是转世重生一样,真正做到了超然物外、心无挂碍,光就直面死亡的这种坦然、豁达、淡定、超脱,就教人钦佩、令人起敬,果然一代高僧、不愧世称活佛!

灵源惟清禅师

【禅师简介】

隆兴府黄龙灵源惟清禅师,黄龙宗二世祖心禅师法嗣。俗姓张(一说陈),江西武宁人。号惟清,字觉天。初入黄龙山崇恩寺,任黄龙宗二世祖心禅师侍者,人称"清侍者"。得印可,住持灵源寺,自号"灵源叟"。张商英曾力聘惟清主持豫章观音寺,力辞不就。佛印了元再主云居山时,惟清往参,任首座。开堂演法,接纳学子,道誉四驰。晚归黄龙山,卒葬本寺。与同代权臣名士张商英、黄庭坚均为至交。法嗣十八人:有长灵守卓禅师、上封本才禅师、法轮应端禅师、百丈以栖禅师、博山子经禅师、黄龙德逢禅师、先孝昙清禅师、光孝德周禅师、寺丞戴道纯居士、满月宁禅师、法轮实禅师、天宁宗觉禅师等。

《题黄鹤楼》颂

闻名直下惊天地,更问所居成自谩[1]。
回首却登归去路,家家门下透长安。

——《禅林类聚》

【注释】

①更问所居：禅宗公案。长沙张拙秀才看《千佛名经》，问师曰："百千诸佛，但见其名，未审居何国土，还化物也无？"师曰："黄鹤楼崔颢题后，秀才还曾题也未？"曰："未曾。"师曰："得闲题取一篇。"

【赏析】

惟清与悟新是同门师兄弟，均是北宋末年名振天下的禅师，所以气派也是不同，连著名理学大师程颐都曾诚恳地求他指教，他也的确给程颐不少指教，何况一首诗偈呢！

只要是佛，一闻其名已经是惊天动地的了，何必还要去追问佛的居住地呢？太不懂礼貌了吧。既然已闻佛名，既然立志学佛，那么就应该找到学佛、成佛的立足点。要找到这个"归去路"，而且应登上这个"归去路"。"归去路"在哪里呢？——"家家门下透长安"。

古罗马有"条条大路通罗马"之说，中国汉唐又有"条条大路通长安"之说，现在则是"条条大路通北京"了。这是千真万确的，因为"心向往之，则无路不通"，"心有灵犀一点通"嘛。从这里可以看到禅宗的灵活性和实践性。

寄黄鲁直

昔日对面隔千里，如今万里弥相亲。
寂寥滋味同斋粥，快活谈谐契主宾。
室内许谁参化女，眼中休自觅瞳人①。
东西南北难藏处，金色头陀笑转新②。

——《罗湖野录》上

【注释】

①瞳人：瞳孔中有看到的人的像，故称瞳孔为"瞳人"。亦泛指眼珠。

②金色头陀：摩诃迦叶的别名，因他的身体呈现出金色而且有光，在释尊诸弟子中，以修头陀第一著称，故被称为金色头陀或饮光。

【赏析】

惟清与山谷居士也是同门师兄弟，一个在家一个出家，均是宝觉祖心的得法弟子，此诗写于山谷居士被谪涪州期间。大意是原来我们虽在一起甚至面对面一起参学，可是由于契悟不同，心与心之间就好像隔了千里似的，如今我们正好相反，虽然远隔万水千山，由于参合心得一体、英雄同见，感觉就像相亲相爱在一起。寂寞的滋味是多么寡淡无味，主宾融洽的相谈教人留恋不舍。在参禅修行的场合要多多请益、多多接受饱参尊宿诸人的钳锤点化，但要排除在眼中寻觅眼珠之类骑驴找驴的妄执邪念。真谛佛性是广布寰宇的，廓大如十方世界也没办法藏得了它，只要是有心人都能感觉、感受得到，你看连摩诃迦叶祖师都高兴得再度微笑吟吟。诗中不仅赞颂了佛法广大、功德浩荡、法席繁盛、道场丛生的欣欣向荣的景象，同时勉励山谷居士注意方法、勤修苦练，以期早成正果，博佛祖嘉许微笑。

山谷居士

【居士简介】

太史山谷居士黄庭坚(1045—1105),黄龙宗二世祖心禅师的在家得法弟子(载《五灯会元》卷第十七、《嘉泰普灯录》卷六、《续传灯录》卷第二十二),字鲁直,自号山谷道人,晚号涪翁,洪州分宁(今江西修水)人。宋英宗治平年间进士。宋哲宗时以校书郎为《神宗实录》检讨官,迁著作佐郎。后因修史"多诬"遭贬。早年以诗文受知于苏轼,与张耒、晁补之、秦观并称"苏门四学士"。与苏轼齐名,世称"苏黄"。诗以杜甫为宗,有"夺胎换骨""点铁成金"之论,风格奇硬拗涩,开创江西诗派,在宋代影响颇大。又能词,兼擅行书、草书,为"宋四家"之一。有《山谷集》《山谷琴趣外篇》等存世。

寄黄龙清老(之一)

万山不隔中秋月,一雁能传寄远书。
深密伽陀枯战笔[①],真诚相见问何如。

——《全宋诗》卷九

【注释】

①伽陀：(1)亦作"伽他"。佛经中的赞颂之词。伽陀为十二部经之一，亦译句颂、孤起颂、不重颂。(2)良药；解毒剂。

【赏析】

黄庭坚是黄龙祖心禅师的在家得法弟子，在九谒黄龙的学禅悟道的漫长岁月里，与同门师兄弟灵源惟清禅师交情颇深、故事很多，唱和的诗词也很多，这是他为惟清所写的众多诗歌中的一首。其时黄庭坚正流放宜州崇宁三年(1104)的中秋节，他孤独、病痛一身，望着天上圆圆的明月，想起了知心好友灵源惟清禅师，但那时不比现在，既无电报更无电话，通信全靠驿站传递，为了表达自己的思念之情，诗人只有以诗寄志。

诗中一开头就点明时间、暗喻地点，"万山不隔中秋月，一雁能传寄远书"，虽然远隔万水千山，但再远也隔不了中秋的月亮，隔不断我们的感情，趁这南归的大雁，捎上我对你思念的诗词书信，带给远方的你。

《解深密经》和《伽陀经》中的法语是那么的博大，足以表达我的观点和心愿，虽然诗文的字迹干枯，但是笔力苍劲，让我们删繁就简，推却繁文缛节，以纯洁真诚的态度和情感做精神上的交流与畅谈吧。

寄黄龙清老（之二）

骑驴觅驴但可笑，非马喻马亦成痴。
一天月色为谁好？二老风流各自知。

——《全宋诗》卷九

【赏析】

黄庭坚不仅是祖心禅师的法外弟子,而且他还与祖心座下的"二大士"——灵源惟清和死心悟新都很要好,甚至死心禅师还曾开导过这位同门师弟。《指月录》卷二十八载:

久之谒死心新禅师,随众入室,心见张目问曰:"新长老死、学士死,烧作两堆灰,向甚么处相见?"公无语,心约出曰:"晦堂处参得底,使未着在。"

所以这首诗虽然是写给惟清的,但诗中称颂的却是死心与惟清两人。

此诗中黄庭坚引经据典、挥洒随意,"骑驴觅驴真可笑",禅宗常以这种比喻来启发人们,道在自心、无须外求。向外求道,就如骑驴觅驴那样可笑。"以马喻马亦成痴",庄子在《齐物论》中说:"以马喻马之非马,不若以非马喻马之非马。天地一指也,万物一马也。"阐述了他那万物一体的观念。所以不论是"以马喻马",还是"以非马喻马",都是戏论,都是痴愚。"一天月色为谁好,二老风流各自知"。这是在中秋节,他们相互致诗互问。天上的月光并不私于一家,而是遍利天下。但人与人不同,黄龙惟清禅师和死心悟新禅这"二老"的"风流"之处,只有他们自己心里才明白了。

题王居士所藏王友画桃杏花

凌云一笑见桃花,三十年来不到家;
从此春风春雨后,乱随流水到天涯。

——《山谷集》

【赏析】

桃花悟道公案是这样的：

福州灵云志勤禅师，初在沩山灵祐禅师座下，因见桃华而悟道，遂作偈曰："三十年来寻剑客，几回落叶又抽枝。自从一见桃华后，直至如今更不疑。"沩山禅师览偈后，遂勘验他，给予印可，并嘱咐道："从缘悟达，永无退失，善自护持。"后有一位僧人将此事告诉了玄沙师备禅师，玄沙禅师道："谛当甚谛当，敢保老兄未彻在。"

黄庭坚做为一代高僧晦堂祖心的在家得法弟子，对此公案当然是烂熟于心的，故而一起笔就直言灵云和尚"三十年来不到家"，当然我们也可以理解为作者的自喻，谦虚地说自己至今没有彻悟，尚需继续努力、用功参学。

"从此春风春雨后，乱随流水到天涯"，二句是说只有勤学苦练，达到玄沙师备禅师要求的那种彻悟境界，才能无论春夏秋冬，还是东南西北，都圆融自在、心随意往，没有任何滞碍，可以在广阔的天地里自由飞翔。

自巴陵略平江临湘入通城无日不雨至黄龙奉谒清禅师继而晚晴邂逅禅客戴道纯款语作长句呈道纯[①]

山行十日雨沾衣，幕阜峰前对落晖。
野水自添田水满，晴鸠却唤雨鸠归。
灵源大士人天眼[②]，双塔祖师诸佛机[③]。
白发苍颜重到此，问君还是昔人非。

——《山谷集》

【注释】

①自巴陵略平江临湘入通城：公元1101年，黄庭坚结束了在四川的六年贬谪生活，从贬所东归，在荆州沙市候命，经冬过年。次年，从荆州南下岳州，经巴陵、平江、临湘、过通城，到修水黄龙寺。巴陵：今湖南省岳阳市，宋时岳州治所；平江：今湖南省岳阳市平江县；临湘：今湖南省岳阳市临湘市；通城：今湖北省咸宁市通城县。

②灵源：(1)地名。黄龙山黄龙寺前，有地名灵源冲，至今其地尚存有灵源石拱桥、相传为黄庭坚笔迹的"灵源"刻石等，均为江西省省级文物保护单位；(2)代指灵源惟清禅师：师因住持灵源寺，而自号灵源叟。

③双塔祖师：在黄龙寺前右方，中间为黄龙宗祖师慧南禅师灵塔，东为慧南禅师首徒宝觉祖心禅师宝塔。其时（1101）尚仅有此二塔，故诗中有"双塔祖师"之语，其后（1117）灵源惟清禅师寂后塔于其西，故后称其地为"三塔嘴"至今。

【赏析】

这首诗的写作背景、时间、缘由在诗的标题中都已交代清楚，像这样取题的诗似乎也不多见，也算是此诗的一大特色吧。

"山行十日雨沾衣，幕阜峰前对落晖"，首联承接标题，写出当时的季节地点以及到达的目的地，此次应是黄庭坚最后一次到黄龙寺，其时也快六十了，贬所西归、前途茫茫，又连日风雨、山路颠簸，但作者仍不气馁，到达黄龙寺时的心情如天气般晴朗。次联句法独特，是其出彩之处，当然亦有所从来：如白居易有"东涧水流西涧水，南山云过北山云"，梅尧臣有"南陇鸟过北陇叫，高田水入低田流"。

这一联诗,以"野水"和"田水"、"晴鸠"和"雨鸠"相对照,不仅写出了大自然的变化过程,而且也暗示了世事由晦转圆、由蚀变满,久乱必治、久雨必晴的因果关系,表达了对未来的向往和憧憬。

"灵源大士人天眼,双塔祖师诸佛机",则为实写,一是表达对慧南祖师和自己授业恩师晦堂祖心二位尊宿的感激与怀念,二是表达了自己对灵源惟清师兄的推崇和赞许。诗的末联充满感慨,而又包含佛理。僧肇《物不迁论》曾说:"梵志出家,白首而归。邻人见之曰:'昔人尚存乎?'梵志曰:'吾犹昔人,非昔人也。'"诗意即本此而来。作者早年曾在此游学、参禅,促进了世界观的形成,此时,屡经磨难,其夙志或本性,就其实际情形来看,实在是半昔半今、非昔非今、亦昔亦今。这里,固然有岁月不再、世事变迁的沧桑之感,同时也有追求理想,坚持人格的坚贞之情,这样就深化了人生的底蕴,将佛理赋予了现实的、积极的精神。

池口风雨留三日

孤城三日风吹雨[①],小市人家只菜蔬。
水远山长双属玉[②],身闲心苦一春锄[③]。
翁从旁舍来收网,我适临渊不羡鱼。
俯仰之间已陈迹,暮窗归了读残书。

——《全宋诗》卷九

【注释】

①孤城:此诗是元丰三年(1080)秋,黄庭坚自京赴太和县任,路过池口(在今安徽贵池)所作。也就是此次,他到三祖山山谷寺去参拜,因喜这里山水风景,便自号"山谷道人"。

②属玉：即鸀鳿，似鸭而大，毛作紫绀色，长颈赤目。

③春锄：即白鹭，以其啄食的姿态有如农夫春锄，所以有这个名称。

【赏析】

"孤城三日风吹雨，小市人家只菜蔬"，诗一开始交代环境及滞留的原因，同时对小城人民的生活状况做了描述，这说明作者具有浓烈的心系百姓、悲天悯人的禅本思想；次联写雨中水鸟的姿态，兼寓身不由己之苦及对自由的向往；三联以对比手法，写自己抱定与世无争之念，尾联归结到摒弃名利、潜心读书上来。

全篇写得自然流畅、禅味十足，特别是作者在诗中施展了其最为得意的"夺胎换骨"的功夫，你看颈联"翁从旁舍来收网，我适临渊不羡鱼"，就是从《淮南子·说林》"临河而羡鱼，不如归家织网"中脱胎，原诗意思是不能光有愿望而不去实践，到了作者手里，换骨之后就一反其意，以临渊而不羡鱼，表达他对名利既不动心，更不汲汲以求，而是自甘贫穷、安于淡泊的志向。这正是是黄庭坚所擅长的"夺胎换骨""点铁成金"手法。

题槐安阁

曲阁深房古屋头，病僧枯几过春秋。
垣衣蛛网蒙窗牖，万象纵横不系留。
白蚁战酣千里血①，黄粱炊熟百所休②。
功成事遂人间世，欲梦槐安向此游③。

——《全宋诗》卷九

【注释】

①③白蚁战酣：李公佐所著《南柯太守传》中载，相传唐代有个姓淳于名棼的人，一日酒醉小睡，迷糊来到"大槐安国"，被招为驸马，并被委任"南柯郡太守"，淳于棼到任后把南柯郡治理得井井有条，并生有五子二女，不料檀萝国突然入侵，淳于棼率兵拒敌，屡战屡败，金枝公主又不幸病故，淳于棼连遭不测，遂失去国君宠信，因而放他回故里探亲，醒时余晖尚在，而梦中经历好像已经整整过了一辈子。淳于棼把梦境告诉众人，大家感到十分惊奇，一齐寻到大槐树下，果然掘出个很大的蚂蚁洞，旁有孔道通向南枝，另有小蚁穴一个，梦中"南柯郡""槐安国"，其实原来如此！这也是成语"南柯一梦"的来源。

②黄粱炊熟：唐沈既济《枕中记》里说，卢生在邯郸旅店住宿，卢生入睡后做了一场享尽一生荣华富贵的好梦。醒来的时候小米饭还没有熟，因有所悟。后世说的"黄粱梦"或"邯郸梦"，都从此而出。

【赏析】

这是黄庭坚在元丰三年(1080)去泰和（今江西）做知县，经过虔州（江西赣县），州有东禅寺，寺僧进文建小阁，请黄为其题阁名。黄题曰"槐安阁"，并赋诗以记。诗题为《题槐安阁》并有诗序曰：夫据功名之会以娉婷一世，其与蚁丘亦有辨乎？虽然，陋蚁丘而仰泰山之崇巍，犹未离乎俗现也。

此诗的前两联直写寺院房陈屋旧巷深僧老人病，突出小寺的破败、荒凉，墙垣长苔、窗蒙蛛网，曲、深、古、病、枯几字连用，将一幅深山破寺、老僧独守的水墨画鲜活地呈现在读者面前，不仅对老僧的安贫守道的精神与操行作了肯定与颂扬，而且为下面的转折预埋了伏笔。

淳于棼梦中率军酣战、血流千里,卢生荣华一生、富贵百年,那都不过是美梦一场啊,所以人生应当"万象纵横不系留",不要太在意那些虚名假誉、荣华富贵,要像槐安阁里的老僧一样安贫乐道、重修行、明自性,但求功成事遂、修持圆满,不慕虚浮的高官厚爵、美女春梦。

牧 童

骑牛远远过前村,吹笛风斜隔垄闻。
多少长安名利客,机关用尽不如君。

——《全宋诗》卷九

【赏析】

牧童一诗相传是黄庭坚七岁时所作,真假就不得而知了。在诗人的家乡修水双井,关于他的传说很多很多。

夕阳时分,牛背上的牧童吹着竹笛,在村前的河边上缓缓而行、悠闲自得,微微的和风将笛声传得很远很远。这是多么温馨欢乐的农家生活啊,看看大道上,熙熙攘攘、来来往往的名利之徒,他们处心积虑、尔虞我诈、钩心斗角、机关用尽,围绕名利的沉沦挣扎,反而把最重要的本真给迷失了,像这样的凡夫俗子,怎么比得上牧童深昧自然禅趣,与世无争、恬淡自怡的天性呢?

秘书吴恂

【居士简介】

秘书吴恂居士,字德夫,兴元府(今陕西省汉中市)人,黄龙宗二世晦堂祖心禅师之在家得法弟子(载《五灯会元》卷第十七、《嘉泰普灯录》卷六、《续传灯录》卷第二十二)。堂谓曰:"平生学解记忆多闻即不问,尔父母未生已前道将一句来。"公拟议,堂以拂子击之,即领深旨。

题晦堂祖心(之一)

中无门户四无旁[1],学者徒劳捉影忙。
珍重故园千古月,夜来依旧不曾藏。

——《罗湖野录》下

【注释】

①门户:原意是指正门、房屋的出入口;后来引申为派别、宗派、门第、人家等。

【赏析】

圆融无碍、浑然一体的佛性,就像无门无户、旋转自如的明月一样,清光辉照万物,愚昧无知的众生却忘却本真自性,拼命地寻找追逐虚无空寂的影子,不仅徒劳无功而且极易走上歧路。要珍惜看重亘古以来一直就在我们精神家园的真如法性啊,不要舍本逐末、买椟还珠、数典忘祖,要时刻记得佛性恒在,即便是黑暗一团的夜晚它也一如既往地在那里,不离不弃、没躲没藏,等待世人去认知、体会、领悟、运转、日用。

学士王韶

【居士简介】

学士王韶(1030—1081),黄龙宗二世晦堂祖心禅师之在家得法弟子(载《五灯会元》卷第十七、《嘉泰普灯录》卷六、《续传灯录》卷第二十二)。北宋名将,字子纯,汉族,属江右民系。嘉祐进士,江州德安(今江西省九江市德安县)人,官拜观文殿学士、礼部侍郎,为枢密副使。著有兵书《熙河阵法》、《敷阳子》七卷、《王韶奏议》六卷,《全宋诗》录其诗四首。

开悟偈

昼曾忘食夜忘眠,捧得骊珠欲上天[①]。
却向自身都放下,四棱榻地恰团圆[②]。

——《五灯会元》卷十七

【注释】

①骊珠:宝珠。传说出自骊龙颔下,故名。

②四棱:(1)四面有棱角。如:四棱铁、四楞木条。(2)四方角落,四周。唐代周贺《寄金陵僧》诗:"行登总到诸山寺,坐听蝉声满

四棱。"

【赏析】

为了了悟至高无上的佛法、为了参透心中的痴迷,曾经是废寝忘食、宵旰达旦,那是多么刻苦努力、奋发向上又彷徨不安的日子啊,一旦开悟而有所得,心中就别提有多高兴了,简直就像捡到了珍贵的龙嘴之珠一样,飘飘然好像要飞上天了;可到如今,修炼到把一切都放下的地步,达到四大非有、五蕴本空的境地,才明白四平八稳、顺其自然、平平淡淡地生活学习做事,那才是佛界的本来面目,是世人谋求的骊珠,也恰恰是修行的圆满功德。

此诗与苏东坡的《庐山烟雨》:"庐山烟雨浙江潮,未到千般恨不消。到得还来无别事,庐山烟雨浙江潮。"有异曲同工之妙,世人在未达到、得到之前,不都是"未到千般恨不消",几人能做到凡圣一心、真妄一体,没有分别心、了无挂欠呢?只有到了化境、放下执著、去除色见之后,才豁然开朗、恍然大悟:"到得还来无别事,庐山烟雨浙江潮"。

咏裕老菴前老松

绿皮皱剥玉嶙峋,高节分明似古人。
解与乾坤生气概,几因风雨长精神。
装添景物年年换,摆捭穷愁日日新。
惟有碧霄云里月,共君孤影最相亲。

——《苕溪渔隐丛话》后集卷三六

【赏析】

以青松的外形与品质来衬托和颂扬高风亮节的老僧人、老禅师,颔联颈联明里写高大苍劲的老松，不仅为天地增添景色、壮观气势，而且越经风雨越精神灼烁，从来就没有萎靡不振、恨天恨地的呻吟和抱怨，多的是笑对苦难、轻松愉悦的乐观与豁达，暗喻诗人自己敢于面对风雨、直面人生，不怕困难、不惧艰难，而且立志修炼成不以物喜、不以己悲、心态沉稳、立场坚定、目标明确、安贫乐道的一代高人的志向与抱负。

"惟有碧霄云里月，共君孤影最相亲"，为了实现这个理想或者说是目标，作者慷慨激昂、决心远大，只要能参悟和寻觅到佛性的真知，哪怕一辈子孤苦伶仃、寂寞独守，像老松一样独对风霜、寡抗雨雪，一生只有天上的明月了解我的心事情怀、来与我作伴相亲，我亦在所不惜、勇往直前。

东坡居士

【居士简介】

苏东坡(1037—1101),字子瞻,黄龙宗二世庐山东林寺照觉常总禅师之在家得法弟子(载《五灯会元》卷第十七、《嘉泰普灯录》卷六、《续传灯录》卷第二十),号东坡居士,眉州眉山(今属四川)人。嘉祐进士,曾任礼部尚书、中书舍人、翰林学士等官职。与黄龙派弟子宝峰克文、泐潭洪英、云居元祐等多有交往,还曾与许多禅师斗试机锋,曾自言前身是个僧人。著有《苏轼诗集》《东坡文集》《东坡乐府》等。

观　潮

庐山烟雨浙江潮,未到千般恨不消。
到得还来无别事,庐山烟雨浙江潮。

——《苏轼诗集》

【赏析】

参学悟道是一个循序渐进的过程,但到了一定程度的积累之后,就达到了从量到质的蜕变,这个蜕变的形式多种多样,但水到渠成、瓜熟蒂落的质变形式是很少见的,一般来说要完成质变必须有一个认识上的飞跃，或思想上的"顿悟"，当然"顿悟"并不是得到一样什么东西，而是清远禅师说的：

"向前迷的，便是即今悟的；即今悟的，便是向前迷的。"

黄龙三世青原惟信禅师的"山水三段论"，很有见地也很知名，其关于山与水论述，就形象地说明了这种状况：在人迷雾中时，看山是山，看水是水；在人顿悟后，山还是山，水还是水。

所以很多禅师在彻证之后都还不敢相信，如黄龙祖心禅师见道后也是这种情况：

南笑云："子入吾室矣。"师亦踊跃自喜，即应曰："大事本来如是，和尚何用教人看话下语、百计搜寻？"南云："若不令汝如此究寻，到无用心处自见自肯，吾即埋没汝也。"

掌握了参禅顿悟前后的这种内心的体验与感受，再来理解《观潮》这首诗就顺理成章、毫无凝滞了：

没有看到庐山云雾、钱塘潮水之前，我们是多么的心急难耐、心向往之，那种心头鹿撞、欲观之而后快的感觉让人坐立不安、魂不守舍，但是一旦看过之后，平平淡淡，也就那么回事，似乎没有什么特别之处，不过庐山云雾、钱塘潮水罢了。

赠东林总长老

溪声便是广长舌，山色岂非清净身。
夜来八万四千偈，他日如何举似人。

——《居士分灯录》卷下

【赏析】

日夜不停的溪涧水声，就是佛陀灿若莲花而又能覆盖面部的"广长舌",为了开导、开悟冥冥众生,不知疲倦、没有停歇地讲经布道;那湖光山色、氤氲变幻、美若仙境的庐山,不就是佛陀清静、庄严的真身吗?它不惧风吹雨打、刀霜剑雪万古不移地呈现在那里,目的是为了让世人明白美妙真如的佛性啊。我在师傅这里,听到、看到、学到、感受到、体悟到这许多的真谛法门,不仅我今生今世享受不尽、取用不完,恐怕连日后向人讲解、传授都很困难、不易找到轻巧的办法。

东坡居士是在照觉常总的启发下,夜里听着庐山的溪声泉韵而明心见道的,因此清澈明丽的庐山,都是纯净无垢的佛性妙现;那风声林啸,也是玄妙法门的吟诵。总之在那一刻,在作者的心里,无论是师傅还是庐山,都是那样博大精深、高大伟岸,让他那样欢畅愉悦、崇敬有加。

和子由渑池怀旧

人生到处知何似,应似飞鸿踏雪泥。
泥上偶然留指爪,鸿飞哪复计东西。
老僧已死成新塔,坏壁无由见旧题。
往日崎岖还记否,路长人困蹇驴嘶。

——《全宋诗》

【赏析】

"人生到处知何似?应似飞鸿踏雪泥",人生到底像什么呢?是什么呢?这不仅是禅家追寻、探讨的根本问题,也是俗世哲学的根本问题。禅家认为"参禅学道,只要知个本命元辰下落处",说的就是这个道理,诗人认为:人生无常,倏忽东西,就像雪泥鸿爪一样,一眨眼又是百年身。成语"雪泥鸿爪",就来自这一诗句。雪泥上的爪印迅速消失,而天上的鸿雁更已不知去向。

还记得五年前的渑池吗?五年之别,老僧已灭寂西归,唯留舍利之塔;旧时的题写已无痕迹,只遗下破败的墙垣一任风雨的欺凌。物是人非、恍然如梦啊,只有又长又远的崎岖路途、走得连驴脚都跛了这事还在我印象中挥之不去。

当然世事变迁,是自然的规律,是人生的宿命。坐看云卷云舒、静听花开花落,直面无常、笑对人生,则是我辈应有胸襟和秉持的心态,只有这样我们才能在人世的道路上从容恬静、圆满无憾。

题西林壁

横看成岭侧成峰,远近高低各不同。
不识庐山真面目,只缘身在此山中。

——《居士分灯录》卷下

【赏析】

这首禅诗流传甚广、影响很大,妇孺皆知。这也是一首阐述本质与形式、内里与外在逻辑关系的哲理诗。

庐山横看、侧视、远眺、近观、高瞻、俯瞰,不同的角度看到的都是不一样的庐山,这是天地的造化、自然的魔力,峰峦起伏、陡峭险峻的庐山,是上天对人类的恩赐,是庐山吸引游人的资本。但在诗人眼里,却成了他印证体用、领悟禅理的工具,成岭成峰成岩成坡的都是同一座庐山啊,它的这些变化都只是它外在的表像,不论它以何种面目出现,庐山的本质不会改变。

为什么我们看见的只是庐山的不同表现,而不能了解它的本真实质呢？最根本的原因就因我们身在其中，被表像蒙蔽了双眼，未能跳出三界外，以旁观者的眼光来品评审视它。本诗告诉我们，认识一个事物，光看它的表面外在是不行的，一定要透过现象看清它的本质、本真，也即根本、实质。否则就像盲人摸象，会闹出各种笑话，甚至造成对事业的损害。

琴　诗

若言琴上有琴声，放在匣中何不鸣？
若言声在指头上，何不于君指上听？

——《苏东坡文集》

【赏析】

琴与指的关系就如鸡和蛋的关系，互生互灭、互灭互生、因因果果、果果因因。"声无既无灭，声有亦非生。生灭二缘离，是则常真实。"正如《中阿含经》中说的："此有则彼有，此无则彼无，此生则彼生，此灭则彼灭。"琴指的这种互为因果的关系，全面而深刻地阐明了世界的广泛联系，任何事物的产生、发展，大到宇宙爆炸、人类战争，小到一枝一叶的开花结果，内里无不蕴涵着种种因果、发生着各种关联，只是有的明显直观，易于观察发现，有的隐蔽晦涩，难以洞察掌握。

禅法也是这样，所谓法不孤起，应缘而生。因此我们要密切注意一切自然现象、关注身边的人和事，善于透过现象看本质，从纷繁复杂的现实中提炼、概括事物的本质属性与根本规律，以指导我们的工作和学习；从红尘万丈中，练就一双慧眼，从中发现洞认灿然的真如佛性，以帮助我们的修行，促成早日见性明心。

泐潭应干禅师

【禅师简介】

洪州泐潭宝峰应干禅师（1033—1096），黄龙宗二世东林照觉常总禅师法嗣。姓彭氏，袁州萍乡人。遍历诸方，晚至照觉禅师泐潭法席，久之未蒙印可。示以鸟窠吹布毛因缘，殊不晓解，一日豁然悟旨，觉乃可之。自此推为上首，道行大播。照觉受命东林，师继法席。师绍圣三年九月庚子示疾，沐浴净发，写偈、言毕而逝。法嗣一十八人：龙牙宗密禅师、圆通道旻禅师、天童普交禅师、东禅从密禅师、胜因咸静禅师、二灵知和庵主、兴化可都禅师、道吾楚芳禅师等。

开悟偈

潦倒忘机是鸟窠[①]，西湖湖上控烟萝[②]。

布毛取出无多子[③]，铁眼铜睛不奈何。

——《续传灯录》卷第二十

【注释】

①鸟窠：本指筑在地洞里的鸟窝，这里指鸟窠禅师。鸟窠禅师：浙江杭州富阳人。俗姓潘，本号道林，法名圆修。出生于唐开

元二十三年(735),晚年移居福清白屿(今江阴镇),圆寂于唐大和七年(833),享年九十九岁,僧龄达八十多年。

②烟萝:草树茂密,烟聚萝缠,谓之"烟萝";借指幽居或修真之处。

③布毛:布上的绒毛。佛教禅宗语,喻佛法无所不在,不可黏着。《景德传灯录·前杭州径山道钦禅师法嗣》:"有侍者会通,忽一日欲辞去,师问曰:'汝今何往?'对曰:'会通为法出家,以和尚不垂慈诲,今往诸方学佛法去。'师曰:'若是佛法,吾此间亦有少许。'曰:'如何是和尚佛法?'师于身上拈起布毛吹之。会通遂领悟玄旨。"

【赏析】

为法忘身最潦倒不堪的当数鸟窠禅师了,他在西湖隐居修炼期间,在西湖背面秦望山有一棵松树枝繁叶茂、盘屈如盖,其在上面一住四十年,因此赢得了"鸟窠禅师"的称号,又因松树上有一个鹊巢,有人也叫他"鹊巢和尚"。鸟窠禅师羽族驯狎以至物我两忘,每一个太守到任,只能从树下仰视。太守裴常棣坚请鸟窠禅师下树结庵,却始终说服不了他。

由于他终午游戏人生,连他多年的侍者会能禅师都失去了信心作辞要学佛法去。师曰:"若是佛法,吾此间亦有少许。"于身上拈起布毛吹之,会通遂领悟玄旨。这就是"布毛取出无多子"的渊薮,如此高深的修行与见解,自然而然是"铁眼铜睛不奈何",不仅铁眼铜睛,恐怕妖魔鬼怪都不能侵害了吧。

万杉绍慈禅师

【禅师简介】

庐山万杉绍慈禅师,黄龙宗二世东林照觉常总禅师法嗣。姓赵氏桂州人。十八受具十九游方,久参总禅师,有省得印可,自此名声藉藉,推为东林上首,遂出世万杉。左丞蔡下赞师真云:灵光头头显现,狝猴亦背一面。若人欲识师真,打破镜来相见。生卒塔藏不详,法嗣二人:白马元禅师、蕲州德章山楚当禅师。

通玄颂

透出玄关遮不得[①],却来深处泛渔船。
竿头不挂多般饵,接得盲龟是有缘。
——《建中靖国续灯录》卷第二十九

【注释】

①玄关:玄关源于中国,是中国道教修炼的特有名词,最早出自《道德经》的:玄之又玄,众妙之门。指道教内炼中的一个突破关口,道教内炼首先突破方能进入正式,后来用在室内建筑名称上,意指通过此过道才算进入正室,玄关之意由此而来。

【赏析】

修行是要取得突破性进展才有所成的,哲学上有量变到质变的说法,实际上就是禅修中的"出关""开关",也就是本诗中的"透出玄关",说法不同意义相同。修行中只有透出了玄关,认识上了一个档次,思想发生了质的飞跃,你才能到达一个更为广阔的世界,在更大的空间里施展更大的才华,但是要注意,佛教的"钓竿"上是不挂多种钓饵的——佛法不二啊;而且还须注意不要特意去选择,钓得到钓不到、钓得到鱼还是钓得到虾,都是上天之意、前世之缘,"法不孤起、有缘者得",所以"接得盲龟是有缘"。

甘露志传禅师

【禅师简介】

庐陵禾山甘露志传禅师,黄龙宗二世东林照觉常总禅师法嗣。禅师生卒年限、参学行止、法嗣弟子等均不详。

上堂偈

牛头没、马头回,剑轮飞处绝纤埃。
南北东西无异路,休言南岳与天台①。

——《续传灯录》卷第二十

【注释】

①南岳:即衡山,又名寿岳、南山,是中国五岳之一,位于衡阳市南岳区。海拔1300米。由于气候条件较其他四岳为好,处处是茂林修竹,终年翠绿;奇花异草,四时飘香,自然景色十分秀丽,因而有"南岳独秀"之美称。清人魏源《衡岳吟》中说:"恒山如行,岱山如坐,华山如立,嵩山如卧,惟有南岳独如飞。"衡山是南中国的宗教文化中心,中国南禅、北禅、曹洞宗和禅宗南岳、青原两系之发源地;中国南方最著名的道教圣地,有道教三十六洞天之第三洞天——朱陵洞天,道教七十二福地之青玉坛福地、光天坛福地、

洞灵源福地。

天台：即天台山，位于中国浙江省天台县城北，西南连仙霞岭，东北遥接舟山群岛。天台山素以"佛宗道源、山水神秀"享誉海内外。

【赏析】

这是一首概述佛性无二、体外如一的禅诗。黄龙禅师对祖师慧南的"三关"都是耳熟能详的，在三关中，祖师对用以表征的"佛手""驴脚"，早就赋予了它们的同一性也即无差异性，"我手何似佛手""我脚何似驴脚"，在禅宗宗义里，体相只是事物的外在，万事万物的分别只是它的外表，其本质也就是它的佛性是永恒的、不变的、无二的，教诫四众不要有分别心，要恒守初心、坚定信心，保持对世界的正确判断与认识。

牛头没了、丢了，但是马头回来了，这在佛法里是没有什么分别的，正因为有这样的认知自然的眼光，所以才有剑轮飞处一片干净、什么也没有留下，心无挂碍才有大地无染啊。东西南北的路都是路，都是用来行走的，古往今来有过什么区别吗？没有啊，所以不要开口衡山、闭口天台，那都是佛门圣地，都是禅悦的地方，其本质都是一样的，其佛性没有哪怕一丁点儿的差异。

开元志添禅师

【禅师简介】

泉州开元真觉志添禅师,黄龙宗二世东林照觉常总禅师法嗣。姓陈氏,本州人。因游东林谒总禅师,一日室中示吹布毛因缘,师于言下开悟。元祐初游京师,徐国大王闻师道风,一日遣使召师入宫。谈奏契旨,即命四禅入宫升坐,复求印可。且饭千僧、阅大藏以为庆赞,及奏宣仁皇太后赐师"真觉禅师"号,固辞不受。赐磨衲袈裟、御笔题金环绦镯。诸宫屡赐紫衣四十余道,回奏遍赐诸方禅律。哲宗上仙,复于福宁殿升座,赐"真觉大师"。禅师生卒年限、参学行止、法嗣弟子等均不详。

开悟偈

老师曾把布毛吹,举处分明第一机。
欲识个中端的处,岭头遥指白云飞。

——《续传灯录》卷第二十

【赏析】

师傅曾经举示鸟窠禅师的"吹布毛"公案来开导我,这是启迪我的最好的方式与办法。作者在此之前游历过很多地方,参访过不少大德高僧,但都没有能够开悟,因此对于照觉常总禅师于室中吹毛印可是非常感激和感动的,他控制不住兴奋喜悦的心情,写下了这首诗,一来表示对师傅的感谢,二来记录自己的感悟,三来纪念志贺入室的因缘,而更令人鼓舞的是作者能够举一反三,百尺竿头再进一步,更为深入地领会和彻悟到"青青翠竹,皆是法身;郁郁黄花,无非般若"的境地,能够跨越"佛法无多子的吹布毛"公案,体会"触目菩提、放眼般若"的日用是道的宏旨,写出了"欲识个中端的处,岭头遥指白云飞"的佳句。

兴福院康源禅师

【禅师简介】

福州兴福院康源禅师,黄龙宗二世东林照觉常总禅师法嗣。禅师生卒年限、参学行止、法嗣弟子等均不详。

上堂偈

山僧有一诀,寻常不漏泄。
今日不囊藏,分明为君说。

——《续传灯录》卷第二十

【赏析】

老僧我有一个修行佛法的秘诀,平常呀我看的死死的、藏得牢牢的,不让有丝毫的泄漏,但是今日我不再囊藏了,就在这青天白日之下、在这大庭广众之间,为大众说个清清楚楚、明明白白,你们大家可要听清楚、听明白啊。

当真有这样的秘诀吗?当然是没有的,当然也有劣智下根之人认为是有的,但那样你就上当了。这里禅师分明在告诫大家:佛法无别、唯悟而已!对下根之辈,禅悟是有秘诀的,而且深藏不露,毫不泄漏;但于上根之人,佛性就在其眼皮底下,唾手可得。

密与不密,在人不在佛啊!

象田梵卿禅师

【禅师简介】

绍兴府象田梵卿禅师（？—1116），黄龙宗二世东林照觉常总法嗣，嘉兴华亭人，族钱氏。幼慧静，秉志纯实，弱冠，投超果寺德强披削。初游讲聚，后易服谒圆通秀，又谒投子青，久之。青入灭，往依照觉，顿契机语。归省亲，道俗迎居白牛海慧，迁永嘉灵峰及会稽象田。政和六年九月中休，说偈言讫，脱然坐逝，四众蚁至，观其容止安详，叹未曾有。法嗣七人：庆元府雪窦持禅师、绍兴府石佛益禅师、信州光孝宗益禅师、常州光孝净源禅师、绍兴府九岩仲文禅师、绍兴府象田珍禅师、华严和尚。

临终偈

五阴山头乘骏马，一鞭奋起疾如飞。
临行莫问栖真处[①]，南北东西随处归。

——《嘉泰普灯录》第六卷

【注释】

①栖真：道家谓存养真性，返其本元。《晋书·葛洪传论》："游德栖真，超然事外。"

【赏析】

"逢山任登、随缘乞食"，"饿则吃来困则眠"，这才是禅家本色！所以"临行莫问栖真处，南北东西随处归。"禅修要的就是圆融无碍、心无旁骛，源律师问大珠和尚："和尚修道，还用功吗？"禅师回答说："用功。"问："如何用功？"禅师说："饿了吃饭，困了睡觉。"问："一切人都是这样，跟大师您用功一样吗？"禅师回答："不同。"问："怎么不同？"禅师答道："他人吃饭时不肯吃饭，百种需索；睡觉时不肯睡觉，千般计较。所以不同。"有句老话说："但自耕耘、莫问前程"，正是此诗的概括与写照，人生苦短、时光易逝，努力吧，前进的路上到处都有风景、都有我们成功的舞台。

兜率从悦禅师

【禅师简介】

兜率从悦禅师(1044—1091),黄龙宗二世真净克文禅师的法嗣,虔州(江西赣县)人。能文善诗,率众勤谨,远近赞仰。因住于隆兴(江西南昌)兜率院,世称"兜率从悦"。元祐六年(1091)十一月三日浴讫,集众坐定,嘱累已。说偈曰:四十有八,圣凡尽杀。不是英雄,龙安路滑。奄然而化。其徒遵师遗诫,欲火葬,捐骨江中。得法弟子无尽居士张公遣使持祭,且曰:"老师于祖宗门下有大道力,不可使来者无所起敬。"俾塔于龙安之乳峰。宋徽宗时,丞相张商英(无尽居士)奏请谥号"真寂禅师"。有《兜率从悦禅师语要》一卷行世。法嗣十二人:兜率慧照禅师、疏山了常禅师、丞相张商英居士、杨岐子圆禅师、投子道胜禅师、慈云明鉴禅师、兜率慧宣禅师、罗溪慧宜禅师、广惠守真禅师、赣州智宣和尚、清溪智言和尚、福州禅林和尚。

万丈江崖

万丈江崖倚碧空,人间有路行不通。
奈何一点去无碍,舒卷纵横疾似风。

——《中国佛教禅诗三百首》(七言)下卷

【赏析】

"万丈江崖倚碧空,人间有路行不通。"伟大光明的真如佛性,在那高高的万丈江崖之上,人间哪里有路能通得上那个妙高峰呢?什么才是通往那圣地的捷径,世上真的有这样的通途吗?

"奈何一点去无碍,舒卷纵横疾似风。"真羡慕天上的云朵,不受天地山川湖海的障碍,可以自由自在,向风一样的通向四维八方。尘世的凡夫俗子,在摒弃了无碍的妄想,于见性明心之后,是不是就具备了这种智慧与能力,达到风舒风卷皆纵横、随去随留自逍遥的境界呢?如果真有这种法力,那就让我快快领会和掌握吧,好让我早日登上那碧空之下的万丈江崖呀。

常居物外

常居物外度清时,牛上横将竹笛吹。
一曲自幽山自绿,此情不与白云知。

——《五灯会元》卷十七《从悦》

【赏析】

"常居物外度清时,牛上横将竹笛吹。"作者开宗明义:老衲我傲世独立、离群索居,经常在方外之地自由自在地过着清静、清心的生活,兴致来时还不忘吹笛自娱,一如牧童横笛牛背,逗风戏云。

"一曲自幽山自绿,此情不与白云知。"我的曲调是那么意境高远、幽深宁静,群山都在我笛声里生机盎然、绿意婆娑,但"青山有心山自绿,白云无意空自忙",我避世独处的心愿与乐趣、闲暇与感悟,是不会让像白云一样匆匆忙忙的过客知晓的,"此中有真意,欲辩已忘言",再说我又该如何向人言说呢?

此诗不仅描写了黄龙僧人山居生活的诗情画意、悠闲恬适、纯乎天性、绝无心机,而且充满禅趣、契证至理、彻见本心、妙合无垠,将黄龙僧人的境界与品趣表现得淋漓尽致、一览无遗,教人油然心动、心生向往。

九峰希广禅师

【禅师简介】

瑞州九峰希广禅师,二世真净克文禅师的法嗣。游方首谒云盖智和尚,次谒石霜琳禅师,该未蒙印可,后谒真净始于言下大悟,后住九峰,衲子尊仰。禅师生卒年限、法嗣弟子等不详。

颂 古

丈夫当断不自断,兴化为人彻底汉。
已后从教眼自开,棒了罚钱趁出院①。

——《续传灯录》卷第二十二

【注释】

①棒了罚钱趁出院:兴化打克宾公案。兴化谓克宾维那曰:"汝不久为唱导之师!"宾曰:"不入这保社!"曰:"会了不入,不会了不入?"曰:"总不与么!"兴化禅师便打曰:"克宾维那,法战不胜!罚钱五贯,设斋饭一堂!"次日,化自白槌曰:"克宾维那,法战不胜,不得吃饭,即便出院。"

【赏析】

学法如做人,太婆婆妈妈、犹疑不决、拖泥带水、首鼠两端那也是不行的,当断不断、反受其乱,因此在纷呈繁杂的世事面前、在乱花迷眼的是非窝中,一个人要有担当、要有决断,要敢于壮士断腕、要有杀伐果敢的勇气,不能彳亍不进、畏葸不前,不能左右为难、自乱阵脚,因此作者对兴化存奖禅师对克宾维那既打又罚赶出院的做法相当钦佩和赞赏,"救人救到底,送佛送到西",兴化存奖禅师正是这样的"为人彻底汉"!只有这样伤其十指不如断其一指的"剧痛",穷追猛打以至陷其于绝境的"巨变",才会让学人"已后从教眼自开",达到教育的目的,不至爱其一时、误其一生。

这里禅师是借题发挥、借古喻今,旨在警醒、教导其后的师傅也好、学生也罢,在学问上、针对疑情时一定要多下功夫、痛下杀手,把问题弄清搞透、不要含糊不清、一知半解,这样一来既于学无益、甚至于事有害。

湛堂文准禅师

【禅师简介】

隆兴府（今江西南昌）泐潭湛堂文准禅师，黄龙宗二世真净克文禅师法嗣。俗姓梁，兴元府（今陕西汉中）人。出家后，一日举杖决渠水溅衣忽大悟，受具后勤服真净克文禅师十年。宋徽宗政和五年（1115）十月二十日，更衣说偈而化。阇维睛齿念珠不坏，舍利晶圆光洁，造塔于南山之阳。无尽居士丞相张公商英撰行业碑。泐潭准禅师法嗣五人：云岩天游禅师、三角智尧禅师、兴化宗选禅师、光孝智端禅师、李彭商老居士。

送则上人

高吟大笑意猖狂，潘阆骑驴出故乡①。
惊起暮天沙上雁，海门斜去两三行。

——《续古尊宿语录》卷一

【注释】

①潘阆：宋初著名隐士、文人，字梦空，一说字逍遥，号逍遥子，大名（今河北）人，一说扬州（今江苏）人。性格疏狂，曾两次坐

事亡命。真宗时释其罪,任滁州参军。有诗名,风格类孟郊、贾岛,亦工词,今仅存《酒泉子》十首。

【赏析】

"高吟大笑意猖狂,潘阆骑驴出故乡。"高声吟唱、猖狂大笑、荒诞无稽、落拓雄放,作者特别欣赏古代的隐士作派,这是与黄龙宗崇尚归隐遁世风气分不开的,或者可以说很多禅师就是在这种风气的影响与带动下,才加入到这个隐士军团里来的。正因为有了这种背景,所以作者对几乎同时的著名隐士潘阆是极为激赏和推崇的。

恣意荒诞、目空一切的潘阆,醉态癫狂、不管不顾、步履蹒跚、旁若无人地左冲右突,惊起了沙洲上停歇的群雁,三行两行地远远飞去。参禅悟道、破除迷情,要的就是这种舍我其谁的刚健与气魄,要有酣畅淋漓真情喷发,要有"金猴奋起千钧棒,玉宇澄清万里埃"的胆略、豪迈和自信,不要左顾右盼,只管勇往直前。

咏寒暑

热时热杀寒时寒,寒暑由来总不干。
行尽天涯谙世事,老君头戴楮皮冠①。

——《宗鉴法林》卷五十九

【注释】

①楮皮冠:楮树皮做的帽子。这里泛指道士帽。

【赏析】

"热时热杀寒时寒,寒暑由来总不干。"热的时候热得人死,寒冷的时候又冻得人死,这一寒一热好像根本就不相干的事,实际上是受自然界的四季规律控制的,看似没有关联的东西,只是它外在的表现。如果你能熟谙世事，就不难发现其中蕴涵的奥妙的，佛性这东西就是这样，没有透过现象看本质的能耐，你是很难发现并掌握它的。当然待你"行尽天涯谙世事"，阅了万卷书、行了万里路后，洞明了世事、练达了人情，那还有什么不能明了的初心、不能洞悉的佛性？更不会在乎身穿什么服装、头戴什么楮皮帽等这些外在的劳什子了。

有宋一代，唯宋徽宗抑佛扬道，虽没有如北魏武帝、北周武帝、唐武宗那样奉行极端的宗教政策——毁灭佛教，却也一度勒令将佛教寺庙改为道观，把僧人变道士，搞了一个偏重道教的"宗教合并"政策。一时间全国的和尚都脱下袈裟穿上了道袍，光头上也戴上了道冠。更佛为道的政策引起了全国上上下下的不安，仅一年之后，宋徽宗就不得不恢复佛教，一场闹剧就结束了。

湛堂文准禅师的偈颂反映了当时的情景，同时也表达了自己见道后的豁达心胸与洒脱态度。

半山居士

【居士简介】

王安石(1021—1086)字介甫,晚号半山,抚州临川(今江西抚州)人,黄龙宗二世宝峰克文禅师之在家得法弟子(载《嘉泰普灯录》卷七、《续传灯录》卷第二十二)。北宋政治家、思想家、诗人、散文家。宋神宗时任宰相,实行变法受阻而败,两次罢相。仕途坎坷,大志难舒,以致心灰意冷,退居江宁(今南京)半山。晚年崇佛,诗风大变,写有不少禅诗。虽近佛,终因不能排解心中郁闷忧愤而终。封舒国公,旋改封荆,世称荆公。今存著作有《王临川集》《王临川集拾遗》。

登飞来峰

飞来峰上千寻塔,闻道鸡鸣见日升。
不畏浮云遮望眼,只缘身在最高层。

——《全宋诗》

【赏析】

"飞来峰上千寻塔,闻道鸡鸣见日升。"山峰本就不会矮,不然也不至于叫峰,何况还有山峰之上的千寻塔呢。那么到底有多么高呢,作者没有明说,只是告诉大家一个传说:只要晚上公鸡一开始鸣叫,站在飞来峰塔上人就能看得见东海的太阳冉冉升起,你们说这飞来峰该有多高啊。现在大家应该明白我为什么不怕天上的云朵遮挡我的视野了吧,个中原因就是我在最高处,还有什么能遮挡得我了呢?

这是一首非常有哲理的禅诗,此诗一方面抒写了作者强烈的自信和到达最高层的喜悦,另一方面阐明了登高才能望远的深刻哲理,告诉后人只有体验和彻悟最高的佛学知识,站在参学的最高处、最前沿,才能视野开阔,感受大自在、获得大智慧。

"不畏浮云遮望眼,只缘身在最高层"里的哲学思想,与王之涣《登鹳雀楼》中"欲穷千里目,更上一层楼"是高度一致的,因此两者同样被传颂千古,广为后人引用。

游钟山

终日看山不厌山,买山终得老山间。
山花落尽山长在,山水空流山自闲。

——《全宋诗》

【赏析】

身居山中,终日看山,但是日看夜看却总也看不厌、看不够,甚至越看越爱,以至生出买山自往、终老山间泉林的念头与冲动。这是为什么呢?古云"仁者乐山",山是仁厚、稳重、慈善、静默的写照,是最为禅者隐士钟情喜爱的去处,而且你看山上的繁花开了谢谢了开,周而复始、循环往复没有穷尽;山间的飞瀑流泉,低吟浅唱、迂回曲折日夜不停,只有沉默的大山,一如得道的高僧,自始至终一言不语、一动不动，任随岭上云舒云卷、静观世事潮起潮落，弃名利似破履、视富贵如浮云，从容淡定、不急不躁，这才是证得真谛、回归本来的彻悟，正是我辈殚精竭虑、日思夜想、心向往之的真如佛性啊。

此诗连用八个"山"字，给人回环往复、朗朗上口、余音绕梁的感觉，而没有生涩拗口、重叠累赘之病症，在加强山的印象、加深山的渲染的同时，也展示了作者遣词用字的功力，教人钦佩敬仰。

钟山即事

涧水无声绕竹流，竹石花木弄春柔。
茅檐相对坐终日，一鸟不鸣山更幽。

——《全宋诗》

【赏析】

涧水无声地绕过修篁涓涓地流淌，竹石花木都展现了春意的无限温柔，一切都这样自然圆融和随性。读这两句诗，使人不由想起"竹密不妨流水过，山高不碍白云飞"的诗句来，"竹密不妨流水过，山高不碍白云飞"重在哲理，而"涧水无声绕竹流，竹石花木弄春柔"则重在自然天性与本真。

静寂安宁的山上是多么适于修身养性、参禅悟道，对着茅檐一坐就是一终日，没有任何的俗务干扰，没有丝毫的红尘侵染，让我们能够在大山的静默里空旷地冥想，在自然的怀抱中静寂地沉思，在与山的问答里，在与自然的对话中，回归人的本性，澄辨人的本质，从而感悟佛性之真谛，参透人生这个严肃的哲学命题。

"一鸟不鸣山更幽"化自南朝诗人王籍的《入若耶溪》名句"鸟

鸣山更幽",但用在此处,"不鸣"更胜"鸟鸣",这也充分说明文无定式、水无定型,得失优劣从乎一心的道理。

悟真院

野水纵横漱屋除,午窗残梦鸟相呼。
春风日日吹香草,山北山南路欲无。

——《全宋诗》

【赏析】

春天的悟真院外,溪涧纵横交错,池塘星罗棋布,层林尽绿、百花盛开,莺歌燕舞、鸟啾蜂鸣,好一派南国春景啊,教人多么愉悦和惬意,连午间的春梦都是为鸟儿的歌声唤醒。在这春风熏陶、春雨滋润万物生长的大好时节,山北山南、山里山外的小路幽径是不是全都被这漫山青翠的小草覆盖漫没了呢?

"乱花渐欲迷人眼,浅草才能没马蹄。"在这纤尘不染、人迹罕至的人间仙境、佛国的圣地,没有任何红尘的烦扰,只有美丽自然的相伴,是多么理想的修行之所、参禅之处啊,就让我在这自然的天地里悟得佛性、终了余生吧。

慧洪觉范禅师

【禅师简介】

瑞州（今江西高安县）清凉慧洪觉范禅师（1071—1128），二世宝峰真净克文法嗣，又名德洪，字觉范，自号"寂音"，赐号"宝觉圆明"俗姓彭，新昌（今江西省宜丰）人。北宋著名诗画僧、诗评家，诗人、散文家、诗论家、僧史家、佛学家，有"禅门司马"之称。

力倡文字禅。曾饱学四方，为无尽居士张商英宰相礼敬。能画梅竹，工于诗词，与黄庭坚交好。《宋诗钞》称其诗为"宋僧之冠"。慧洪禅师生前著作等身，有《林间录》二卷、《林间后录》一卷、《临济宗旨》一卷、《禅林僧宝传》三十卷、《高僧传》十二卷、《冷斋夜话》十卷、《石门文字禅》三十卷、《天厨禁脔》等传世。禅师一生坎坷，十四岁成孤儿，出家后因各种原因三次入狱、一次流放，两次被削僧籍。

筠溪晚望

小溪倚春涨，攘我钓月湾。
新晴为不平，约束晚见还。
银梭时拨刺，破碎波中山。
整钩背落日，一叶嫩红间。

——《石门文字禅》

【赏析】

筠州在现在的宜春宜丰奉新一带，筠溪为那里的一道小河。春雨霏霏，小河因之而水涨潮起，小河一改冬季干枯萧瑟的模样，呈现出一派生机，暴涨的河水冲击侵蚀着这个叫钓月湾的地方。河水在夕阳的辉映下，波澜起伏、踊跃难平，但还是在堤岸的约束下回旋流淌。

在开阔的下游地带，水面宽广、平静如镜，不时有银亮雪白的鱼儿跃出水面又落入水中，发出"拨剌"的声响，打碎了水中倒映的青山碧影，小河的暮色多么安详恬静、引人入胜。

"整钩背落日，一叶嫩红间"，于这万籁俱寂、一片空明的地方，在背对落日整理衣钩的不经意间，我发现了一片新生的小小的嫩嫩的、黄中带绿、绿里泛红的叶子，在这恬静的初春暮光里，春意荡漾、盎然傲世，恍若醍醐灌顶，猛然间我突然明白：这就是生命的旗帜、这就是无言的佛音啊！

夏　日

山县萧条半放衙，莲塘无主自开花。
三岔路口炊烟起，白瓦青旗一两家。

——《林间录》

【赏析】

山区的小县萧条而闲适，城里的人们都无所事事，甚至连县衙的官吏都只上半天的班。夏日的中午，广阔的大地上难见人的身影，静谧的天空下，唯见莲塘里的荷花悄然盛放。那热烈的莲花就是无处不在的佛性，哪怕整个世界都在酣睡，它也永不停歇、度人如故。

三岔街口飘起了炊烟，宁静的街上开始有了动静，避暑的人们要开始各自的营生了，远远望去白色的瓦肆幌子和黑色的酒店旗号也打出了一两个，城市就要进入它本应拥有的喧嚣与热闹了。

城市的繁荣昌盛是它的本质，其反常的安静萧条则是它的特例，这一静一动、该静时静、该动时动，即是山城夏日的特点，也蕴涵有其内在的规律。当然在人们印象中本该是喧嚣、烦闷的夏日城市，在诗人笔下却如此诗意般的宁静，由此也可以看出诗人内心的安详和禅悟后的平和！

上元宿百丈

上元独宿寒岩寺①，卧看篝灯映薄纱，
夜久雪猿啼岳顶，梦回清月在梅花。
十分春瘦缘何事，一掬归心未到家②。
却忆少年行乐处，软红香雾喷京华。

——《冷斋夜话》卷五

【注释】

①寒岩寺：即今江西省奉新县境内百丈寺，禅宗著名的"百丈清规"就诞生于此。2009年由本焕老和尚主持重修，建制、规模、选材、工艺等均为上上之选，为江南名寺。

② 十分春瘦缘何事，一掬归心未到家：此为慧洪博得"浪子和尚"之号的名句。据载王安石次女（蔡卞妻）在读到此两句时，脱口曰：此浪子和尚耳！

【赏析】

慧洪一生好作艳诗，语言绮丽风流。四库馆臣说他"身本缁徒，而好为绮语"。王安石次女、也即蔡京之弟蔡卞之妻王倩,在读到"十分春瘦缘何事,一掬归心未到家"时,脱口而曰:"此浪子和尚耳!"从此慧洪的这一"美誉"便传遍天下!

元宵之夜我独自寄宿在奉新百丈寺,看着灯光映照着灯笼上的薄纱,深夜听着山顶的猿猴的啼叫,看到月光将梅花投映在窗帘上的影像,仿佛就在梦中一样。这样辗转反侧、形容枯瘦,原因就在孜孜以求、朝思暮想的本真不得到家、得不到印证彻悟啊。此时却蓦然领悟:原来寻无可寻、神秘莫测的佛性真谛,并不在深山老林,也不在古刹老寺,而就在我们身边、寻常的日用之中,就在昔日年少时京城的灯红酒绿、软语香雾里,只是我们有眼无珠、熟视无睹罢了。

禅宗里有很多开悟诗偈从表面看都是"艳诗",但那不是真的艳诗,而且这类"艳诗"不仅黄龙有,另的宗派也有,这些我们要注意分辨,实际上这些所谓的"艳诗"都是相对普通的禅诗而言的,大多是依据其华丽的言语及内容的联想而定,实际上都不是真正的艳诗。如:黄龙龙鸣贤禅师的《冰雪佳人》:"冰雪佳人貌最奇,常将玉笛向人吹。曲中无限花心动,独许东君第一枝";杨岐圆悟克勤禅师的《悟道偈》:"金鸡香销锦绣帏,笙歌丛里醉扶归。少年一段风流事,只许佳人独自知"等,都是有名的禅诗,也是有名的所谓"艳诗"。

秋 千

画架双裁翠络偏,佳人春戏小楼前。
飘扬血色裙拖地,荡送玉容人上天。

花板润沾红杏雨,彩绳斜挂绿杨烟。

下来闲处从容立,疑是蟾宫①谪降仙②。

——《千家诗》卷四(七律)

【注释】

①蟾宫:即广寒宫,是汉族神话中神仙居住的房屋,"羿请不死之药于西王母,羿妻嫦娥窃之奔月,托身于月,是为蟾蜍,而为月精。"即是说,嫦娥在偷窃了不死药以后,到了月亮上变为蟾蜍,成为月精,所以广寒宫又称作蟾宫。在中国古代称月亮的书面语,其指代月亮。

②谪降仙:即谪仙,原指神仙被贬入凡间后的一种状态,引申为才情高超、清越脱俗的道家人物,有如自天上被谪居人世的仙人。中国历史人物中,汉朝的东方朔,唐朝的李白,宋朝的苏轼等极有才能的文人,都曾被称为谪仙。这里借指嫦娥。

【赏析】

《秋千》一诗写得自然流畅,不黏不滞,诗中少女的天真无邪、活泼浪漫跃然纸上,其纯朴、真实、自然、恬静,很合乎禅道的圆融、无碍、周全、和畅,作者通过对少女荡秋千这一美感十足的游戏的描写,表达了自己对任运无缺、阴阳调和的佛性真如的热爱和赞美。

翠络流苏缠绕的秋千,好像是从画架上裁剪下来的一样,美丽漂亮的少女在花红草绿的小楼前尽情嬉戏。鲜艳的红色长裙覆盖在绿色的草地上,肤若凝脂的美女被秋千荡送在蔚蓝的天底下,多么活色生香的场景,怎不教人怦然心动?颔联重在动态,颈联便重于静美,无论是"花板""彩绳",还是"红杏雨""绿杨烟",均浓墨重彩,花枝招展;哪怕是"沾"与"挂"这两个动词,经"润"与

"斜"的点缀，也同样令人心旌摇颤，为秋千蓬勃的春意与快意所感染。尾联写秋千女子们的娴静与美艳，仿佛是月中的仙子，绝世而独立、从容而绰约。

舟行书所见

剩水残山惨淡闻，白鸥无事小舟闲。
个中着我添图画，便似华亭落照湾。

——《石门文字禅》

【赏析】

"华亭落照湾"公案说的船子和尚。船子和尚，名德诚，唐代高僧，四川武信人，受法于澧州药山俨禅师。离药山后，飘然一舟，泛于朱泾、松江之间，纶钓舞棹，随缘度世，时人莫测其高深，称他为"船子和尚"。一日与夹山禅师相遇于朱泾，问答之下，言语投机，船子高兴地说："钓尽江波，金鳞始遇"，遂传授生平佛理心得，后覆舟而逝。

巧的是黄龙宗也有一个"船子和尚"：嘉兴府华亭性空妙普庵主，汉州人，久依死心获证。结茅青龙野，吹铁笛自娱，多赋咏。灭寂之前说偈曰："坐脱立亡，不若水葬。一省柴烧，二省开圹。撒手便行，不妨快畅。谁是知音，船子和尚。"是日盘坐木盆，顺流而下，唱完："船子当年返故乡，没踪迹处妙难量。真风遍寄知音者，铁笛横吹作散场。"顷于苍茫间，以笛掷空而没。

慧洪此诗就是咏颂"船子和尚"故事的。

秋冬季节，水枯叶败，四野一派萧瑟，鸥鸟呆立，舟楫闲置，这样的景致实在不敢恭维，真的只能叫惨不忍睹。假若要我出主意提升这里的品位、增加其中的底蕴,以使这地方成为一处风景、一幅美丽的图画,那我就会推举"船子和尚"的传奇,让这里也演绎出船子和尚的豪迈率真、高风亮节、淡泊名利、随缘度世、志诚于道、视死如归,如此,这里就一定会成为另一个"华亭落照湾",成为又一个慷慨悲歌的圣地,成为下一个传颂千古的佛国净土。

苏辙居士

【居士简介】

参政苏辙居士（1038—1112），黄龙宗二世上蓝顺禅师之在家得法弟子（载《五灯会元》卷第十八、《续传灯录》卷第十八）。字子由，苏东坡之弟，苏辙接触佛教较早，先后亲近过佛印了元、黄檗道全、寿圣省聪等，最后于上蓝座下得悟心性。十九岁那年，与其兄苏轼同登进士。徽宗在位期间，苏辙遭蔡京等人所嫌，彻底罢官，遂于许州筑室自养，自号"颖滨遗老"。在归隐之数十年期间，苏辙罕与人交往，终日惟默坐而已，曾作自传十万余言。另有《诗传》《春秋传》《古史》《老子解》《栾城文集》等著作行世。后卒于政和二年，春秋七十四岁。

赠景福顺长老

屈指江西老，多言剑外人[①]。
身心已无着，乡党漫相亲[②]。
窜逐知何取，周旋意甚真。
仍留大雷雨，一洗百生尘。

——《苏辙全集》

【注释】

①剑外：四川省北部有剑门关，关南的蜀中地区称"剑外"。唐代京都长安在剑门关东北,以长安为中心,称此关以南地区为"剑外",剑外也含有"剑门关外"的意思。后以剑外泛指四川。

②乡党：周代五百家为党，一万二千五百家为乡，合而称乡党。泛称家乡，同乡，乡亲。

【赏析】

扳着手指头一算，在江西的四川籍禅师还真多啊！虽然出家人四大皆空、五蕴非有，早没了世相皮囊，更不存在南人北人之分别，但一见到真正的老乡，还是抑制不了那份自然流露的亲情。我被贬谪的遭遇，世人都唯恐避之不及，可老师您却情真意切地巴巴来看望教导我，并且传授我奇妙高深的真如佛法，洗涤我的红尘罪孽，滋润我干枯寂寞的心田。

北宋时期，黄龙宗法嗣里，四川籍的高僧占了相当的分量，随便道来就有云岩天游、性空妙普、西蜀銮、禾山德普、云盖守智、九峰希广、中岩蕴能、张商英、信相宗显等等，其中上顺蓝更是黄龙祖师慧南的大弟子。他与苏辙的父亲文安先生是好友，因此对苏辙兄弟也格外亲切、格外关照。苏辙谪筠州时，顺师以七十有四的高龄，不远百里长途跋涉前来看望、照顾他，并为他讲解禅法、启发开悟并最终为他印证，初心得度、天眼得开这对苏辙后半辈子的影响是非常大的，其后苏辙于许州筑室、号"颍滨遗老"清修近十年，目的非常明确，研修的就是禅学。

景福顺长老夜坐道古人搊鼻语

中年闻道觉前非,邂逅仍逢老顺师。
搊鼻径参真面目,掉头不受别钳锤[1]。
枯藤破衲公何事,白酒青盐我是谁。
惭愧东轩残月上,一杯甘露滑如饴。

——《五灯会元》卷十八

【注释】

① 钳锤:(1)铁钳和铁锤。(2)谓剃落头发,锤打身体。比喻禅家的授受点化。(3)一钳一锤。比喻严格的训练,严厉的教诲。

【赏析】

可惜我碰上尊敬的上顺蓝老师是这样晚,以至一大把年纪了才悟得真经,明了之前的是与非。上顺老师用马祖开导百丈悟道的搊鼻公案,让我没走一步弯路就直接达到了开悟的化境,从此我再也不需要受别的师傅的锤炼敲打了,这叫我多么的开心和兴奋啊。

形容干枯一身破衲叫花子一样的师傅,难道您在世上还有什么牵挂的事么?不要说是参透生死、洞察世事的高德您,就连刚刚才被您启蒙的劣徒我,也能在白酒青盐的日用小事中参悟到佛性的真谛,就像眼前洒落在东墙上那不成形状的一片月光,从中我都知见了美妙的至理,那感觉比喝下了一杯甜蜜的饴糖还要舒服、还要惬意!

约洞山文长老夜话

山中十月定多寒,才过开炉便出山。
堂众久参缘自熟,郡人迎请怪忙还。

问公胜法须时见,要我清谈有夜阑。
今夕房客应不睡,欲随明月到林间。

——《苏辙全集》

【赏析】

　　山中到了深秋十月一定是很寒冷了的,但禅师经常待早斋一开炉就急急忙忙地出山了。别看他身居佛门、名为比丘,事情却是多得很的,寺内几乎每天都要为门人们讲经说法,城市里的居士信众也常来迎接请求开示。要向大师请教精深的佛法大义都必须要等待安排,而想要与我作思想生活琐事的交流与长谈就只好等到夜静更深了。今天晚上客房的铺盖应该不用展开了,我俩就踏着如水的月光,到清凉静寂的林间,和着轻风抚过叶片的鸣响,一起去体验空明温润的世间真谛吧。

　　为什么黄龙禅师有那么多遁世归隐,很突出的一点就是黄龙禅师有刨根问底、探究佛学根本的严谨治学态度与传统,因而极其厌烦世务,典型的如黄龙祖心禅师:南入灭师继住持十有二年,然性真率不乐从事于世务,五求解去乃得谢事闲居。并说:

　　"马祖百丈以前无住持事,道人相寻于空闲寂寞之滨而已。其后虽有住持,王臣尊礼为天人师。今则不然,挂名官府如有户籍之民,直遣五伯追之耳,此岂可复为也?"

　　从本诗中我们也可感觉到,作为一个僧人,克文禅师的应酬确实多了点,这也就难怪黄龙禅师隐居山泉、终老林下的队伍那么庞大了!

谢洞山石台远来访别

窜逐深山无友朋,往来但有两三僧。
共游渤澥无边处①,扶出须弥最上层②。
未尽俗缘终引去,稍谙真际自虚澄。
坐令颠老时奔走③,窃比韩公愧未能④。

——《苏辙全集》

【注释】

①渤澥:古代称东海的一部分,即渤海。《文选·司马相如〈子虚赋〉》:"浮渤澥,游孟诸。"司马贞索隐:"案《齐都赋》云,海旁曰勃,断水曰澥也。"

②须弥:据佛教解释,我们所住的世界中心是一座大山,叫须弥山。须弥的意思是"妙高""妙光""善积"等,因此须弥山有时又译为"妙高山"等。相传山高八万四千由旬(印度计里程的数目,每由旬有三十里、四十里、五十里、六十里的四种说法,但说四十里为一由旬者居多),山顶有善见城,为帝释天所居之处。其周围四方各有八位天道,帝释天在山顶统领须弥山周围的四方诸天,合起来共为三十三天,帝释天即为三十三天主。

③颠老:即大颠宝通禅师(732—824),俗姓陈(或姓杨),法号宝通,自号大颠和尚,生于广东潮阳(旧海阳),祖籍河南省颍川。自幼聪颖异常,成年后博通经史,是一位知识面广的高僧。唐长庆十四年圆寂,终年93岁。

④韩公:韩愈(768—824),字退之,河南河阳人,祖籍郡望昌黎郡,自称昌黎先生,世称韩昌黎;晚年任吏部侍郎,又称韩吏部。卒谥文,世称韩文公。唐代文学家,与柳宗元共同倡导"中唐古文

运动",合称"韩柳"。苏轼称赞他"文起八代之衰,道济天下之溺,忠犯人主之怒,勇夺三军之帅"。散文、诗,均有名。著作有《昌黎先生集》。

【赏析】

放逐谪居在这深山老林,自然而然也没有什么亲朋好友,但幸运的是我却交往了三两个大德高僧,不仅给我慰藉,给我指点迷津,而且给予我启迪、促我提高进步,对于他们的无私帮助与珍贵友谊,我一定会永铭心中。

与景福顺、真净、石台等禅师的交往琐事,我还记忆犹新,是你们经常引导着我畅游佛法的大海,提携着我攀登须弥的高峰,直到世界的最高处,去领略佛性的广大与高深。可恨我俗缘未尽、红尘未了,还要在五行之中、三界之内去磨难,因此不得不在刚刚稍微了达一点禅法的情况下,就得依依不舍地挥别而去。只是难得你们像感化韩愈的大颠宝通禅师一样,真心真意地跑来开悟我,但惭愧不好意思的是,我却不能像韩文公一样聪明透顶、一点即悟,因此我再次谢谢你们的好意,并请几位大师原谅包涵。

游庐山山阳七咏其四归宗寺

来听归宗早晚钟,疲劳懒上紫霄峰。
墨池漫叠溪中石,白塔微分岭上松。
佛宇争雄一山甲,僧厨坐待十方供。
欲游山北东西寺,岩谷相连更几重。

——《苏辙全集》

【赏析】

庐山是著名的佛道名山，山上寺庙道观林立、佛号道声嘹亮，著名的道场有东林寺、西林寺、开先寺、栖贤寺、圆通寺、归宗寺、黄龙寺等。诗中作者对这一壮观场景作了形象细致的描写。

本意是来参听归宗寺的早晚钟鸣的，但因太过疲惫而懒得爬上高高的紫霄山峰了。寺内王羲之的洗墨池叠砌着溪中的石块，小天池后山脊上屹立的白塔在青松中若隐若现。众多的古刹佛殿在山中争奇斗艳，客寮的典座、知客、饭头们精心准备着各种斋饭，静待各路朝山拜寺的僧俗享用。想要游遍山上东南西北的各个寺院，但山连着山、岭接着岭，况且还悬崖深谷让人心惊胆战，这个愿望恐怕也难以实现了。

雨后游大愚

风光四月尚春余，淫雨初干积潦除。
古寺萧条仍负郭，闲官疏散亦肩舆。
摘茶户外蒸黄叶，掘笋林中间绿蔬。
一饱人生真易足，试营茅屋旁僧居。

——《栾城集》卷十二

【赏析】

"人间四月芳菲尽，山寺桃花始盛开。"临近庐山的高安，也有着近似于庐山的小气候，"风光四月尚春余"，诗的首句就说明这里气候的异常，当然这也是世之常情，每年天气的细小差别即是正常的也是在所难免的。但今年"尚春余"的原因是"淫雨初干积潦除"，连绵的春雨，气温偏低自然导致季节延后。大愚古寺虽然萧条，但它地处还是在县城的附近,官吏无事闲散但外出仍要乘坐轿子而不肯步行。只有深谙禅理、随遇而安、平和恬静的我与他们不同,摘取新鲜的茶叶沏茶喝,绿色的茶叶沏后变成了黄色,挖了山上的竹笋,在嫩黄色的笋片里加上绿色的葱蒜炒了下饭。人生已饱,哪还有什么不满足的呢?真想就在寺旁搭建一个茅棚,傍着这些古德过着一无所求的生活。

此诗语言平淡但禅味十足,充分反映了作者平心静气、于外无求的见道心性,作者的这种认识与气质,大有尊宿之风度,十分洽合禅宗追求的"饥则食来困则眠"的随意无碍的行事风格与生活态度。

问黄檗长老疾

四大俱非五蕴空①,身心山河尽消镕。
病根何处容他住,日夜还将药石攻②。

——《苏辙全集》

【注释】

①四大:佛教用语。古印度称地、水、火、风为"四大"。指世界上一切都是空虚的,是一种消极思想。五蕴:五蕴分别是色蕴、受蕴、想蕴、行蕴、识蕴五种。在五蕴中,除了第一个色蕴是属物质性的事物现象之外,其余四蕴都属五蕴里的精神现象。五蕴实际上是佛教关于人体和其身心现象都是由哪些要素构成的理论。五蕴的"蕴"是梵文的音译,意义是积聚或者和合。佛教认为世间一切事物都是由五蕴和合而成,一人的生命个体也是由五蕴和合而成的。

②药石:(1)药剂和砭石,泛指药物。《列子·杨朱》:"及其病也,

无药石之储；及其死也，无瘗埋之资。"(2)比喻规戒。《左传·襄公二十三年》："季孙之爱我，疾疢也；孟孙之恶我，药石也。"清谭嗣同《仁学》四四："诋毁我者，金玉我也；干戈我者，药石我也。"③僧人过午不食，称晚食为"药石"。《黄檗清规》："药石，晚食也。比丘过午不食，故晚食名药石，为疗饿渴病也。"

【赏析】

佛教认为人身四大俱非、五蕴皆无，山河大地尽皆虚空。既然宇宙世界都是空的、子虚乌有、一物不现的，那么人的病根所藏何处、又从何处来？这不是自相矛盾吗？实际上，这是一个物质认识理论与世界现实存在的概念互换、甚至偷换，哲学理论里的虚与无，是概念、假设、定义，不等同于现实中的虚与无，就像我们假设我们在火星上、在水星上，但并不代表我们真的到达了火星上、水星上是一个道理。但是，话又说回来，虽然照理讲人身上不可能有病存在，但既然得了病，该用药的还得用药、该治疗的还得治疗。

这首诗是苏辙看望师叔黄檗寺住持真觉惟胜禅师时写的，诗的语气是诙谐的、戏谑的，这不仅反映了作者与惟胜禅师关系的亲密无间，也从另一个侧面表现了作者活泼、灵活的性格特征和行事方式。

石头怀志禅师

> **【禅师简介】**
> 石头怀志禅师（1039—1103），黄龙宗二世宝峰真净克文法嗣。宋朝婺州金华人，俗姓吴。年少即怀出世之志，十四岁时礼拜智慧院的宝称禅师参禅，二十二岁披剃出家，后参真净禅师悟道，黄龙宗第四世法嗣。宋徽宗崇宁二年坐化，世寿六十四岁，戒腊四十三。

万机休罢

万机休罢付痴憨①，踪迹时容野鹿参。
不脱麻衣拳作枕，几生梦在绿萝庵②。

——《五灯会元》卷十七

【注释】

①痴憨：愚笨朴实。元代张可久《寨儿令·收心》曲："鬓发鬅珊，身子薄蓝，无语似痴憨。"清代黄景仁《除夕述怀》诗："有儿名一生，废学增痴憨。"

②绿萝庵：古寺名，在今湖南省衡阳市南岳区（《湖南佛教寺院志》）。

【赏析】

熄灭心头的欲望吧,让一切心机都让位给痴呆愚憨,混沌空明、天性自现,我的来踪去影只有山上的动物知晓,自由自在地独居山间,天做被来地做床,饥则食来困则眠,经常不脱衲衣、曲肘为枕、随地就卧,多么的随意自然,真愿意世世代代都出家在这绿萝庵寺里。

此诗是作者一生的真实写照,怀志禅师性喜山水、无拘无束、天真灵明、卓尔不群。其在真净门下得法后,声名卓著,诸方力挽出世,师不应,庵居于衡岳石头二十年,不与世接。或问:"住山多年有何旨趣?"师对曰:"山中住,独掩柴门无别趣。三个柴头品字煨,不用援毫文彩露。"崇宁元年冬,遍辞山中之人,曳杖竟去,留之不可。曰:"龙安照禅师吾友也,偶念见之耳。"龙安闻其肯来,使人自长沙迎之,居于"最乐堂"。明年六月晦入寂。

怀志禅师真正做到了诗如其人、人如其诗,不愧高僧称号,教人心诚悦服。

佛慈普鉴禅师

【禅师简介】

平江府宝华佛慈普鉴禅师,黄龙宗二世泐潭真净云庵克文禅师法嗣。本郡人,族周氏。龆龀不茹荤,依景德寺清智下发。十七游方,初谒觉印英禅师,不契,遂扣真净之室。净举石霜虔侍者话问之,释然契悟。绍兴甲子八月十日,书数纸以戒门弟子,莞尔而逝。禅师生卒年限、参学行止、法嗣弟子等均不详。

禅悟偈

枯木无华几度秋,断云犹驻树梢头。
自从斗折泥牛角①,直至如今水逆流。

——《嘉泰普灯录》卷第七

【注释】

①斗折:像北斗星的排列一样曲折。像北斗星一样弯曲,像蛇一样曲折行进。形容道路曲折蜿蜒。斗:这里作动词。使动物之间互争高下,相斗。

【赏析】

枯木无花、断云犹驻,这是再正常不过的事情了,但是这么久都没有变化就有点反常、令人奇怪了!然而更惊异的是,自从泥牛互斗并斗折了牛角后,河里的水就一直倒流至今呢。禅宗里常用一些特殊的手段来开启学人,像二律背反就是禅师们经常运用的方式之一:如禅家常说的"虚空里跑马""石女唱歌"等,这首诗也是通过这种手段,将自己的认知与解悟呈现给世人的:既然没有生命、没有自性、更谈不上佛性的泥牛都能相斗,而且还将角折断了,那么河水逆流又有什么奇怪的呢?在一个倒立的世界里,倒立才是正常的,不倒立才反常与奇怪哩,这正是我们常说的"假作真时真亦假,无为有处有还无"。对于这种体验与感悟,黄龙禅师是很有心得和传承的,像黄龙道震禅师的诗句:"夜半天明日当午,骑牛背面着靴衫",与此诗不仅有异曲同工之妙,而且有心领神会之契。

婺州双溪印首座

【禅师简介】

婺州双溪印首座,黄龙宗二世泐潭真净云庵克文禅师法嗣。自见真净,彻证宗猷,归遁双溪。禅师生卒年限、参学行止、法嗣弟子等均不详。

碎衣颂

不挂寸丝方免寒[①],何须特地裛长竿。
而今落落零零也,七佛之名甚处安。
——《五灯会元》卷十七、《续传灯录》卷第二十二

【注释】

① 不挂寸丝:原为佛家语,比喻心中无所牵挂。后多指赤身裸体。

【赏析】

"寸丝不挂"是禅宗著名公案:大日山净居寺的比丘尼玄机,为了验证法性往访雪峰禅师。雪峰初见时问道:"从什么地方来?"玄机回答道:"大日山。"雪峰用机锋语问道:"太阳出来了没有?"玄机不甘示弱道:"假如太阳出来的话,会把雪峰给融化了。"雪峰

见其出语不凡,再问:"你叫什么名字?""玄机。""一天能织多少?""寸丝不挂!"当玄机礼拜而退时,才走了三五步,雪峰道:"你的袈裟拖在地下!" 玄机听后,赶快回头看一下袈裟的衣角。雪峰哈哈笑道:"好一个寸丝不挂!"——雪峰禅师的"好一个寸丝不挂",这才是禅机!

寸丝不挂比喻修行很高,到了超凡脱俗、看破红尘,没有一丝牵挂的地步。既然到了寸丝不挂的境界,自然也就寒暑不侵了,当然更用不着特地裦长竿了,但是禅师还是苦口婆心地提醒人们:如今浑身寸丝不挂,那么先圣七佛的名字写到什么地方呢?——大众不要入魔,不要上当,必须切记:佛祖既佛性是留在心中、化在灵魂里的,不是挂在嘴上,更不是写在身上向人炫耀显摆的!

大沩齐恂禅师

【禅师简介】

潭州大沩齐恂禅师,黄龙宗二世泐潭洪英禅师法嗣。禅师生卒年限、参学行止、法嗣弟子等均不详。

述 怀

青山叠叠水茫茫,猿爱岩前果熟香。
更有一般堪羡处,谁知别有好思量。

——《续传灯录》卷第十八

【赏析】

　　佛法是那样的宽阔广大、无际无边,像山一样层层叠叠、一重又一重,像水一样茫茫苍苍、一波又一波,在这茫茫海天、万重青山面前,我们该如何去寻找佛法、哪里才是入口、何处才是彼岸呢?在学道之时,无论是开始还是中间,只要是没有彻悟,都会有茫然无措之感,这是学习的规律,也是开悟的前奏,是最让人烦恼、无助、痛苦的时候,只有挺过了这段阵痛、挨过了这种磨砺的人,才会在风雨之后见彩虹,"不是一番彻骨寒,哪得梅花扑鼻香"——说的正是这般道理。

虽然海天一片,但是有志者事竟成,"因岩高千丈、才得果异香",只有惯于在绝壁攀缘的猿猴,才知晓哪里的野果更熟更香。所谓"近水知鱼性、近山识鸟音",通往佛海的道路自然是有的,只是不那么好攀爬而已,但一旦被你找到,那不仅天堑变通途,而且还有你意想不到的妙处,让你享用不尽——"更有一般堪羡处,谁知别有好思量!"

谷隐静显禅师

【禅师简介】

襄州谷隐静显禅师,黄龙宗二世仰山行伟禅师法嗣。西蜀安枢密之别业田,丁家子。南游,参仰山伟公有诗偈:九九八十一,日南长至日。晷运既推移,大家相委悉。非为世谛流布,且要应时纳祐。又:今朝正月五,大众明看取。火上更加热,苦中更加苦等留世。禅师生卒年限、参学行止、法嗣弟子等均不详。

说法偈

释迦掩室谩商量①,净名杜口休更举。
要知极则本根源,识取南庄李胡子。

——《续传灯录》卷第十八

【注释】

①释迦:古印度著名思想家,佛教创始人,出生于今尼泊尔南部。被后世尊称为佛陀、世尊等;汉地尊称他为佛祖,即"佛教祖师",被世人尊为神明。

释迦牟尼(公元前565年—公元前486年)大约与我国孔子同

时代。

【赏析】

"释迦掩室"是说释迦佛在摩竭提国开悟后,觉得自己所悟无法说,他的境界无法用语言向我们这些凡夫众生表达,更无法让我们接受他的教诲。所以三七日中掩室不作声,想直接入涅槃。后来因为帝释的请求才出来弘扬一大藏教,广度我们这些愚顽众生。

"净名杜口"是说维摩诘居士在毗耶离城示现生病而引发三十二位菩萨各说不二法门。在三十二位大菩萨各自讲完自己对不二法门的精彩见解后,轮到维摩诘居士讲。结果维摩诘居士默然,文殊菩萨赞叹:"善哉!善哉!乃至无有文字语言,是真入不二法门。"

佛法就是如此神妙又普通,往往无声胜有声,"于无声处听惊雷",不仅如此,如要穷源朔流,深究佛法之大义、弄清其根本,你只需要随随便便找个人问问就行了——佛在人间、佛在常用啊。"识取南庄李胡子"与"若也不会,问取东村王大姐"是同一手法,意在强调随意之人、普通一人,重在说明佛法无他,平常事而已、平常心而已!

安化闻一禅师

【禅师简介】

潭州安化闻一禅师,黄龙宗二世庐陵隆庆庆闲禅师法嗣。住潭州安化启宁寺弘法,称启宁闻一禅师。禅师生卒年限、参学行止、法嗣弟子等均不详。

偈　颂

拈花微笑虚劳力[1],立雪齐腰枉用功[2]。
争似老卢无用处[3],却传衣钵振真风。

——《续传灯录》卷第十八

【注释】

①拈花微笑:原为佛家语,比喻彻悟禅理。后比喻彼此心意一致。出自《大梵天王问佛决疑经》:"尔时大梵天王即引若干眷属来奉献世尊于金婆罗华,各各顶礼佛足,退坐一面。尔时世尊即拈奉献金色婆罗华,瞬目扬眉,示诸大众,默然毋措,唯有迦叶破颜微笑。"

②立雪齐腰:禅宗典故,传说佛教禅宗二祖慧可大师,与初祖达摩当年在建业(今南京)和梁武帝萧衍论佛之时,傲气十足,极不谦虚。而当他在神人的点拨之下,识破达摩的祖师身份后,历尽

千辛万苦，追随达摩到长江边，并最终想方设法渡过长江，追随达摩到达少林寺。达摩在嵩山五乳峰上的洞里面壁坐禅，对慧可的精心照料，根本不予理睬，只顾面壁打坐，更谈不上有什么教诲。为了求得真法，时值寒冬，达摩在洞内坐禅，慧可则立在洞外，鹅毛大雪铺天盖地，很快就淹没了慧可的双膝，但是他仍然双手合十、兀立不动，虔诚地站在雪地里，最后终于感动了达摩，传以衣钵。

③老卢：指六祖慧能，慧能俗姓卢，故有此称。

【赏析】

此诗重在表明佛法的无为思想，并用佛祖拈花、迦叶微笑这一禅宗典故和慧可雪地拜师这一传说，说明这些外在的东西都是幌子、皮毛、体相，毫无意义、毫无用处，都是在"枉用功"，只有像慧能一样不识字、不读经、未拜师、未剃度，但却具足真智慧、真知见，那才是彻悟、有佛性，不信且看，为何只有慧能这样一个什么也不知、什么也不是，世俗眼中一点用处也没有的人，却能传以衣钵、大振禅教之风呢？

禅师用几个至关重要的典故和公案，并通过典故与公案所反映的事实，清楚明确地阐述了佛法在真、佛义在简、佛性在常的至理，将那些把佛、禅引向虚无、引向教条、引向文字的"野狐禅"等异端邪说进行了批判，捍卫了禅宗"不立文字"的纯洁本质。

全诗的转折在最后一句，其思想内涵和远见高识于此显露，诗的价值亦于此奠定、提升与确立。

永丰慧日庵主

【禅师简介】

信州永丰慧日庵主,黄龙宗二世云居山元祐禅师法嗣。本郡丘氏子,卅岁出家,于明心寺得度。自机契云居熟游湘汉,暨归永丰,或处岩谷、或居廛市,令乡民称"丘师伯",凡有所问以"莫晓"答之。忽语邑人曰:"吾明日行脚去,汝等可来相送。"于是赆路者毕集,师笑不已,书偈而逝。禅师生卒年限、参学行止、法嗣弟子等均不详。

临终偈

丘师伯莫晓,寂寂明皎皎。
日午打三更,谁人打得了。

——《续传灯录》卷第二十一

【赏析】

禅修中为了获得开悟,无论是学子还是师傅,都是无所不用其极的,流行的说法是"既要杀人剑,亦须活人刀",其水里来火里去、百般逼拶,目的只有一个:早日到家。

本诗就是不按常理的一个例子,其"日午打三更",与傅大士的"空手把锄头,步行骑水牛"、黄龙道震禅师的"夜半天明日当午,骑牛背面着靴衫"走的是一个道子,按常理半夜才打三更的梆子,可诗句中却写击鼓打更的时间是日午,这显然是违背常规、不循常理,因而他明知故问:谁人打得了?

有打得了的人吗?当然有。就像"空手把锄头",空手怎么把锄头?把锄头扔了不就空了吗,当然扔是从心里扔;"步行骑水牛",骑着水牛怎么步行呢?不骑不就步行了吗,同理只是骑着水牛不作骑想,烦恼天天有,不拣自然无,诗人把锄头和水牛比作烦恼,烦恼拿不起就放下,放下就轻松了。而且世界的万事都在不断的变化当中,没有永恒不变的东西,诗人手拿锄头却说无,骑着水牛却说步行,把一切看空,这是一种境界,是处事的一种理念,也是一种人生态度,其目的是要我们用出世的精神做入世的事业,即兢兢业业做事,洒洒脱脱为人。

这就是禅宗的超乎逻辑、超乎想象、超越生活的思想理念。它指引我们换个角度看世界、换种思维想问题,这样所看到的、所想到的就与平常的完全不同了,世界也因此更生动、更丰富、更多彩了。

庐山系南禅师

【禅师简介】

庐山罗汉院系南禅师,黄龙宗二世云居山元祐禅师法嗣。汀洲张氏子。师临示寂,升座告众曰:"罗汉今日倒骑铁马、逆上须弥,踏破虚空不留朕迹。"及归方丈跏趺而逝,生卒及塔藏不详。法嗣三人:云峰慧昌禅师、浮山德宣禅师、张戒居士。

上堂偈

禅不禅、道不道,三寸舌头胡乱扫。
昨夜日轮飘桂花①,今朝月窟生芝草②。

——《续传灯录》卷第二十一

【注释】

①日轮:太阳。日形如车轮而运行不息,故名。
②月窟:传说月的归宿处,泛指边远之地。也实指月宫、月亮。

【赏析】

大音稀声、大美无言,世间大凡达到极致的东西都少有自夸自炫的,总是静默、低调、潜行者居多,所以禅林里有"释迦掩室、净名杜口"之赞之叹，诗经里有"桃李不言、下自成蹊"之誉之慨。俗话说得直白："一桶水不响，半桶水晃荡"，但话糙理不糙，而且放之四海皆准、套之古今均验，这种现象与人事，想必大众早已熟视无睹、多见不怪了吧。

可是禅宗是最注重躬行的教派，讲究苦修头陀行，奉信"说百里不如行一里"，因此特别厌恶和打压那些不学无术、徒呈口舌的四众，尤其是那些道行高深的尊宿大德，对此种人更是眼皮都不愿一瞬的，像黄龙高僧宝觉祖心禅师，对其高足死心悟新禅师，但凡一开口祖心就骂："说食能饱人乎？"甚至于举拂尘打脸打嘴的。所以作者一起笔就定调：禅不禅、道不道，连续两个否定词，态度鲜明地表达了对口舌之利的不屑与轻蔑，紧跟着一句"三寸舌头胡乱扫"，更是将这种蔑视推到一个无以复加的地步。接着禅师用日月作喻，颂扬日月无言不语，可它却恩佑兆民、福泽全世，劝勉信众要像山含玉而生辉、水蕴珠而溢彩。

永安传灯禅师

【禅师简介】

苏州承天永安传灯元正禅师,黄龙宗二世报本慧元禅师法嗣。郓州平阴县人,姓郑氏。受业本州太平兴国寺,礼藏智为师。参诸方,晚到苏州万寿寺,时元禅师居焉。因令师看庭前柏树因缘,发明心地,得元印可,举令住此寺。禅师生卒年限、参学行止、法嗣弟子等均不详。

悟道偈

赵州柏树子,去处勿人知。
抛却甜桃树,寻山摘醋梨。

——《续传灯录》卷第二十一

【赏析】

何为祖师西来意呀,这是困杀多少好汉的公案,当然只从字面作解,那也太简单了,不说三家村里的田舍汉尽能知晓,起码县学里的监生们都能口若悬河、滔滔不绝,但事实果真如此吗?答案当然是否定的,不然天下高僧应多如过江之鲫才是,何至于寥若辰星,乃至当今江湖绝迹?

语言知见、望文生义总是容易的，也是浅薄易被左右的。唐代有一位德山宣鉴大师，精研律藏，而且通达诸经，其中尤以讲《金刚般若波罗蜜经》最为得意。因俗姓周，故有"周金刚"的美称。当时南方风行禅宗顿悟之法，一句之下立地成佛，德山大师就大不以为然地说：

"出家沙门，千劫学佛的威仪，万劫学佛的细行，都不一定能学成佛道，南方这些禅宗的魔子魔孙，竟敢诳说：'直指人心，见性成佛。'我一定要直捣他们的巢窟，灭掉这些孽种，来报答佛恩。"

于是德山大师挑着自己所写的《青龙疏钞》，"即从三峡穿巫峡，便下襄阳向衡阳"，豪气冲天地出了四川。一日来到湖南的澧阳正在饥肠辘辘之时，看到前面有一家茶店，店里有位老婆婆正在卖烧饼，德山大师就到店里想买个饼充饥，老婆婆见德山大师挑着那一大担东西，便好奇地问说：

"这么大的担子，里面是装什么东西？"

"是《青龙疏钞》。"

"《青龙疏钞》是什么？"

"是我为《金刚般若波罗蜜经》作的注解。"

德山大师对于自己的著作，现出很得意的神情。

"这么说，大师对于《金刚般若波罗蜜经》很有研究？"

"可以这么说！"

"那我有一个问题想请教您，您若能答得出来，我就供养您点心；若答不出来，对不起，请您赶快离开此地。"

德山大师心想：

"讲解《金刚般若波罗蜜经》是我最擅长的，任你一位老太婆，怎么可能轻易就难倒我！"

随即毫不在意地说："有什么问题，你尽管提出来好了！"

老婆婆奉上了饼，说道："在《金刚般若波罗蜜经》中说：'过去心不可得，现在心不可得，未来心不可得。'不知大师您是要点哪一个心？"

德山大师被老婆婆问得呆若木鸡，脑中一片混沌什么话也答不出来。又惭愧又懊恼的德山赶紧挑起那一大担的《青龙疏钞》，灰溜溜地回去发奋用功，而且再也不敢轻视禅门宗法了。

正是明了"纸上得来终觉浅"，才有了禅师"抛却甜桃树，寻山摘醋梨"的认识和践行，成人不自在、自在不成人，宝剑锋从磨砺出、梅花香自苦寒来啊！

广慧达杲禅师

【禅师简介】

福州广慧达杲禅师,黄龙宗二世玄沙文禅师法嗣。禅师生卒年限、参学行止、法嗣弟子等均不详。

上堂偈

佛为无心悟,心因有佛迷。
佛心清净处,云外野猿啼。

——《续传灯录》卷第二十一

【赏析】

佛法为无二法门,只有在没有分别心之时、在心里清静、心无杂念的情况下才能悟到禅的真谛,因此说"佛为无心悟";但事实上、现实中,人们往往心里想着佛,有了挂念,从而迷失了本性、找不到了真我——"心因有佛迷"。

禅门里有一个很有名的公案,叫"丹霞示尼",这个故事说的也是"无心""有心"之理,对我们在处理很多问题时都相当有帮助,故事是这样的:

一次一个女尼来向丹霞禅师问道:"如何才是道的真谛?"

丹霞禅师一语不发，用手在女尼屁股上轻轻掐了一下。

女尼的脸腾地红了，又惊又怒地骂道："原来你心里还有这个！"

"不是我有，是你有！"丹霞禅师冷冷地回答道：

"道不远人，人自远道啊。"

我无心所以我得道，你有心故你到处寻道。所以劝诫我们，不要有二心，不要执著，要懂得放下，特别是心思、烦恼、贪欲的放下，因为只有你内心清净了、内心不吵闹了，你才听得到其他的声音，才能恢复与生俱来的对外界的感知，既才不会迷失本性——听得到"云外野猿啼"！

育王净昙禅师

【禅师简介】

庆元府育王无竭净昙禅师（？—1146），黄龙宗二世保宁玑禅师法嗣，嘉禾人也。晚归钱塘之法慧，绍兴丙寅夏辞朝贵归付院事，四众拥视，挥扇久之书偈而化，火后舍利如霰，门人持骨归阿育王山建塔。禅师生卒年限、参学行止、法嗣弟子等均不详。

上堂偈

本自深山卧白云，偶然来此寄闲身。
莫来问我禅兼道，我是吃饭屙屎人。

————《续传灯录》卷第二十一

【赏析】

我本世上一闲人，青山绿水任我前。作者字里行间均透露出洒脱、随性、无牵无挂的豪迈气概，这是很符合修禅悟道的要求和要领的。修禅，修的就是性情、心态；悟道，悟的就是生死、世事。你看作者的心态：本自深山卧白云——静听花开花落、闲看云卷云舒，是多么的自在惬意；行事：偶然来此寄闲身——逢寺随缘住、遇山任意登，是多么豁达的心胸。不在意人间的荣华富贵、无视世上的功名利禄，而且即便成就为一代高僧、贵为朝廷尊客，权贵仰目、僧俗尊崇，在自己眼中，仍是一只知吃饭屙屎的痴人俗汉，根本不把自己当做什么——我本世上一凡人，不知禅来不问玄。其随缘任运的功夫当真了得，果然不愧一代名僧。

台州戒香禅师

> 【禅师简介】
> 　　台州真如戒香禅师，黄龙宗二世保宁玑禅师法嗣。兴化林氏子，禅师生卒年限、参学行止、法嗣弟子等均不详。

呈师偈

孟冬改旦晓天寒，叶落归根露远山。
不是见闻生灭法①，当头莫作见闻看。
——《五灯会元》卷十八、《续传灯录》卷第二十一

【注释】

①见闻：目见佛，耳闻法也。法华经序品曰："见闻若斯。"生灭法：世上的一切事物，都是运动变化新旧代谢的，没有常住不坏、永恒不变的东西存在，凡有生必有灭。《大般涅槃经》："诸行无常，是生灭法，生灭灭已，寂灭为乐。"

【赏析】

　　隆冬快要破晓的时候天气特别的寒冷，你看山上树叶落尽，连远处的山体都露出了它的本来面目。"孟冬改旦晓天寒，叶落归根露远山"，这两句诗很有黄庭坚《登快阁》中"落木千山天远大"

的味道，使人一读之下顿生心胸宽广、天地开阔之感，当然本诗中仅从"归根"二字就可嗅摸出淡淡的禅味佛意来，更不要说后两句的感慨：这肃杀的严冬景象，可不是我们平常眼看耳闻的生灭寂没之道啊，千万不要上了眼见为真、耳听为实——我们所谓的"亲见亲闻"的当，"叶落归根"不仅仅就是寂灭死亡，"落英不是无情物，化作春泥更护化"呢，自然有它的兴亡更替之道，不是我们可以人为更改，也不因我们思维变化而变化，但我们一定要认知它并遵循它的规律，只有这样在修行的道路上才能做到无碍、不执、任运自如。

大沩祖璿禅师

【禅师简介】

潭州大沩祖璿禅师,黄龙宗二世大沩怀秀禅师法嗣。福州吴氏子,生卒塔藏不详,法嗣五人:中岩蕴能禅师、云顶宗印禅师、乾元希式禅师、灵峰了真禅师、天真法空禅师。

述法偈

雨下阶头湿,晴干水不流。
鸟巢沧海底,鱼跃石山头。

——《续传灯录》卷第二十一

【赏析】

雨下阶头湿,晴干水不流。这是很正常的自然现象,下雨的时候无论是雨淋还是溅水,阶头基本上都会湿的;而又晴又干的气候下,除了大江大河,一般的溪、涧、渠、沟也都不会有水流流动。这两句是写实、写真,目的用意在后,这叫反衬,突出的是后面要表达的观点或思想。你看,"鸟巢沧海底,鱼跃石山头"——现实中有这种可能吗?这与前两句的实写相对应,显得太虚了、太不正常了、太不可思议了,就像红配绿、黑衬白一样,特别的显目耀眼,这就是反衬的作用，也是作者特意营造和追求的效果，其目的是要取到死里求生、生时再死的强烈感受，以强化受众的感官刺激，达到余音绕梁、挥之不去，一喝三日耳聋、终生记忆犹新的功效。

宝鉴法达禅师

【禅师简介】

明州育王宝鉴法达禅师,黄龙宗二世南岳福严慈感禅师法嗣。讳法达,饶州浮梁(今属江西景德镇)人,姓余氏。卯岁厌俗,剪爱离尘,严承师训,长通经业,比试辇下,落发天清。求道南游,初历浙右,未获开悟,复回江西;次造南岳福严法席,感师一见,观器印心。安抚何公向师名望,命居太平,少卿王公次迁广利,都尉郭侯特奏章服师名。生卒塔藏、法嗣均不详。

山 居

居山日少出山多,惹得闲名孰奈何。
争似白云深处坐,野猿幽鸟任高歌。

——《续传灯录》卷第二十一

【赏析】

名义上是住在深山里,但我道行还是不够呀,因为为名为利所累、因为为世事俗务所挠,徒挂住山之虚名,事实上出山的日子倒比在山上的时间还要多。你看由于经常下山应酬,搞得老衲我的臭名让俗间都知晓了,这让我咋办才好呢?真想像白云那样无忧无虑、无牵无挂地住在山里头,就和山上山下的猿猴、山鸟等动物一样自由自在、毫无顾忌地想唱就唱、想叫就叫,那该多好啊。

　　作者一方面是感慨自己俗务缠身,一方面责备自己六根不净,为虚名世务所累,未能平心静气地埋头修行,同时也警示后人要引以为戒,要似白云深处坐,静听松涛溪涧歌。

延福道轮禅师

> 【禅师简介】
> 蕲州月顶延福道轮禅师,黄龙宗二世五祖山晓常禅师法嗣。禅师生卒年限、参学行止、法嗣弟子等均不详。

禅 居

时雨频过比屋凉①,野田昆甲尽同光。
禅家高卧无余事,赢得林梢磬韵长②。

——《续传灯录》卷第二十一

【注释】

①比屋:所居屋舍相邻。

②磬:古代打击乐器,形状像曲尺,用玉、石制成,可悬挂。佛寺中使用的一种钵状物,用铜铁铸成,既可作念经时的打击乐器,亦可敲响集合寺众。

【赏析】

应时的好雨频频到来、连绵不断,就像知道人们的心情和需要一样,正所谓"好雨知时节、润物细无声",自然界的规律总是那么神奇,却又无声无息。你看雨水洒落不仅为东邻西舍、家家户户送来清新凉爽,连荒野大地的所有生物都一起跟着沾光享福。自然的规律是这么伟大而有序,那么我还有什么好担心和忧虑的呢,就让我放心地高卧大眠吧,世上的一切冥冥之中早已做好了安排的,只要你并行不悖、照章办事、依规而行,你就会有收获,就会参透无明、脱离烦恼、进入清静无为的般若境地,甚至和风吹过树林的鸣响,都会成为美妙动听、悠扬绵长佛号梵音。

郑板桥有一首很出名的诗,诗名较长《潍县署中画竹呈年伯包大中丞括》,其内容更叫人感动:"衙斋卧听萧萧竹,疑是民间疾苦声。些小吾曹州县吏,一枝一叶总关情。"《禅居》与郑板桥的诗作有异曲同工之妙,同样是听风听雨、同样是写高卧无眠、同样是忧国忧民,其格调、情操、品德是一样的高大、伟岸,让人感动和赞扬,不同的是《禅居》从现象看到了本质,从自然现象的表层,升华到对自然规律的认知和因果关系的感悟,从禅理、事理方面来讲,应该是更进了一步。

静照庵宗什庵主

【禅师简介】

鼎州德山静照庵宗什庵主,黄龙宗二世石霜琳禅师法嗣。禅师生卒年限、参学行止、法嗣弟子等均不详。

拂尘颂

我有一柄拂子,用处别无调度。

有时挂在松枝,任他头垂角露。

——《续传灯录》卷第二十一

【赏析】

黄龙祖师慧南创立"三关"以后,仿效或套用三关的人,无论是黄龙宗内还是宗外皆不绝如缕,慧南传人中,如祖心常举拳头问:"唤作拳头则触,不唤作拳头则背,汝唤作什么?"开元子琦问:"一人有口道不得姓名为谁?"隆庆庆闲更是不时变换问语:"祖师心印,篆作何文?""诸佛本源,深之多少?""十二时中上来下去,开单展钵,此是五蕴败坏之身,那个是清静法身。"等等;黄龙宗之外,仿效或套用三关的人也是俯拾皆是,如杨岐宗的大慧宗杲竹篦子设问:"唤作竹篦则触,不唤作竹篦则背,不得下语,不得无语,速道、速道。"天童昙华则往往突然拈起拄杖子曰"唤作拄杖,玉石不分;不唤作拄杖,金石混杂。"等等。这些问话的共同特点是摆脱经典和公案的束缚,以日常生活中司空见惯的事情和现象发问,且问话不深奥又紧扣禅机,表面看答案非此即彼,实则二律背反、进退两难,其本质上和慧南"佛手、驴脚"之问是一样的。

　　此诗的作者也是一位仿祖高手,他常于室中以拂子示众曰:"唤作拂子依前不是,不唤作拂子特地不识。汝唤作什么?"而这首诗也是作者因僧请益,而以颂答之。当然诗中表现的再不仅仅是禅语机锋、感悟火花了,而是由此上升到了对佛法的解析与理会,诗中开头就说"用处别无调度",不仅别无调度,而且"有时挂在松枝,任他头垂角露",佛法这东西哪里没有、哪里不是呢,根本无须借助任何工具与器物,只要你有一颗纯真的心哪里都可发现佛法的真谛。

双岭仳化禅师

【禅师简介】

隆兴府（今江西南昌）双岭仳化禅师，黄龙宗二世晦堂祖心禅师法嗣。法师生平行状、生卒年限、法嗣弟子等均不详。

偈　颂

翠竹黄花非外境，白云明月露全真①。
头头尽是吾家物，信手拈来不是尘。

——《五灯会元》卷十七

【注释】

①全真：保持天性。

【赏析】

"青青翠竹，总是法身；郁郁黄花，无非般若。"翠竹黄花都充满了智慧、都是佛的化身，都能体现佛法大意；蓝天白云、明月清风，也都保持着原始质朴的天性，世间万事万物都有其天生的真如自性，只要我们保持自身清净无尘，不被污染，信手一拿、随意触摸的都是逍遥洒脱的真知圣智、佛性天机！

这里，自然是诗人讴歌的对象，也是禅人参悟的启示物。诗人领悟了自然运转的"物理",而禅家窥见了万物呈露的"天机"。大自然中展现着真如法性的自然山水,明明白白地呈现在每个人的面前。日出、云散、风和、木秀、花笑、鸟啼、秋山、落叶、碧天、环月、翠竹、黄花……无一不是"吾无隐乎尔",呈露着自性的奥秘,显现着祖师的禅心。这是触目菩提的禅悟之美,是"春光重漏泄,有口不须陈"的现实境像。信手拈来的是洒脱,是尘世与我何干的态度,逍遥自在自在其中。

荐福道英禅师

【禅师简介】

饶州荐福道英禅师,黄龙宗二世开元子琦禅师法嗣。北宋诗僧,福建泉州人。法嗣五人:等觉普明禅师、妙果德圆禅师、鹤林智璘禅师、崇宁庆舒禅师、密严善忠禅师。

绝 句

南北东西住险峨,古岩寒桂冷依依。
无人到我经行处,明月清风拟付谁。

——《补续高僧传》卷八

【赏析】

"南北东西住险峨,古岩寒桂冷依依。"今天人论禅,有一句名言经常被提起,那就是"天下名山僧占多",在一般人眼里,似乎出家人很会享福、很有头脑,修宇建庙,选的尽是风景名胜、名山大岳。殊不知所谓"丛林",意即崇山峻岭,当初僧人建丛林,哪个不是刀耕火种、与兽与伍?只是到后来因为有了高僧大德,有了影响,僧俗慕名而来,那些荒山野岭才有了名,变成人们向往的"名山"。所以诗中作者感叹,走遍东西和南北,处处都是住险峨,到处都是寒岩冷石，这样人迹罕至的地方，自然少有人来人往，既然这样，那么清风明月的圣洁、闲适自得的意趣又与谁分享呢？我明悟的道心、佛法的衣钵该怎样传下去呢？

　　作者是有远见卓识的一大高僧，他有感而发，切中时弊，黄龙宗的禅师只重自身的修悟、无意禅法的流传做法，从一开始就不容忽视，及至后来愈益严重，果然在其四传五传之后，宗门法嗣大为衰落，从如日中天、横被天下而致籍籍无名，真叫人痛心。当然这在黄龙来说是大势所趋，少数人的觉悟是起不到决定性作用的。

广鉴行瑛禅师

【禅师简介】

庐山开先广鉴行瑛禅师,黄龙宗二世东林常总法嗣,皇帝赐"广鉴"师号。桂州永福县(今广西桂林)人,姓毛氏,本州菩提寺受业。初谒庆闲禅师稍悟玄旨,次参照觉顿息所疑,出世庐山开先禅寺。素善黄太史鲁直,鲁直戏谓师为"如来藏中之说客、菩提场中之游侠"。开先广鉴行瑛禅师法嗣十四人,有绍兴府慈氏瑞仙禅师、潭州大沩海评禅师、庆元府芦山智通禅师、蕲州德山声绝禅师、潭州道林法照禅师、建昌军光孝文璟禅师、隆兴府九仙次彦禅师等。

偈十六首之一

炼铁围山作钓钩①,饵悬八万四千牛。
毗卢海内闲抛下,虾蟹鱼龙尽缩头。

——《续古尊宿语录》卷六《广鉴瑛》

【注释】

①围山:大围山,位于湖南省浏阳市东北部,湘赣交界处。

【赏析】

修行这么多年，做成这么大道场，学尽各种佛法，目的是要引导开悟天下的芸芸苍生，一旦功德圆满、横空出世，必定会佛光普照、大地生辉，各种妖魔鬼怪、贪嗔恚愚等将吓得潜迹隐形、无影无踪。

整诗的意思是颂扬禅法的伟大与万能，世人若能练就法身、证得菩提、昧得三果，则不知可以教化皈依多少愚懋、积下旷世无边的功德因果。

饵悬八万四千牛，一意是指八万四千度无极法门，二意是八正道以及四法印或四无量心的密语。这里为复数，指众多。

虾蟹鱼龙尽缩头，化自唯一的《野航》："虾蟹鱼龙一网收"，不仅化得天衣无缝、不着痕迹，而且一个"尽"字，气势磅礴、力愈千均，比之"一网收"更具豪情。

春　景

三月青春强半，溪山雨散云飞。
庭花自开自落，梁燕双去双归。

——《续传灯录》卷第二十

【赏析】

三月青春强半，溪山雨散云飞。庭花自开自落，梁燕双去双归。几个简简单单句子，几个平平常常的景象，不见奢华、没有华丽，而美丽非常的春色美景就赫然呈现在我们面前，一如丹青高手的勾勒，寥寥数笔、风流自现，足见作者成诗状物遣词之功力。更难能可贵的是，透过如此平常、平实的景象，通过"散、飞、开、落、去、归"几个动词的连用，将万事随缘、师法自然、处事圆融的禅修意境表现得淋漓尽致，将一场普普通通的春景写得禅味、禅意十足，可全诗中字字在写景、句句皆言春，无一字抒怀、无一字述禅，而品读之下、领悟之后，却又字字有玄机、句句有禅意——真乃不著一字、尽得风流！

东溪闲居

联络藤萝一径，行穷始到松门。
篱畔野华不艳，堂前流水非喧。
午饭龙离铁钵，夜深月落金盆。
此是真修行处，何人得意忘言。
灵山河沙圣众[①]，黄梅七百高僧[②]。
悟华晓称迦叶[③]，传衣夜唤卢能[④]。
心自本来不有，法道得了何曾。
斋后酽茶三盏，丛林一任喧腾[⑤]。

——《嘉泰普灯录》第六卷

【注释】

①灵山：旧称耆阇崛山，新称灵鹫山或灵山，因山形似鹫，而且山上鹫鸟又多，故名。位于摩竭陀国，王舍城东北。

②黄梅：位于湖北省东南。黄梅县有东、西二山，系禅宗四祖道信及五祖弘忍参禅得道处，五祖并以之为弘扬东山法门之根据地。其中道信住于黄梅西北十七公里之双峰山（西山）正觉寺，弘忍则振弘教化于黄梅东北十七公里处之冯茂山（东山）真惠寺，六祖慧能继承五祖弘忍之衣钵，弘法于黄梅西南城外之东渐寺。自此以后，黄梅遂丛林处处，而成为佛教圣地，史称黄梅佛国。最大者为老祖

寺、四祖寺、五祖寺三大禅林。清代圣祖曾颁赐"天下第一山"匾额。又黄梅西北二十三公里处有黄梅山,以山中多梅树而得名。

③迦叶:摩诃迦叶波的简称,是佛十大弟子之一,以头陀第一著称。

④丛林:通常指禅宗寺院,故又称禅林。又以芳香之旃檀树林比喻佛门龙象所住之清净丛林,故亦称旃檀林。

【赏析】

山路布满了藤萝,一直走到尽头才到松木做的大门口,篱笆旁的野花都似乎懂得禅意,知道收敛内蕴,不是一意的娇艳夺目;堂前的流水也似乎知了玄机,静静的一点儿都不喧嚣。这才是真正的修行之地啊,让人得意忘形、乐不思归。身居这样的清静圣地,让人不自觉地沉浸到佛学的境地,脑中映照着一帧帧全是佛教里的经典影像:灵山上像河沙一样众多的圣祖圣贤、黄梅东山道场里弘忍座下七百得道的高僧、见花悟道开创禅宗的始祖摩诃迦叶、夤夜接受衣钵的慧能大师,只是这些前辈祖宗们到底得了佛法没有呀,你看连我都像他们一样,身处这么幽居之地,心地里已经是一片空寂、一派空荡,什么也不想、什么也不念、什么也没有,不管这么多了,就由着他们在外面随意的折腾,我们自在地去喝我们的茶吧。

禅师的意境是非常高的,有诗曰:"心远地自偏",作者通过对一个偏僻幽寂去处的观察、描写、体验和感受,得到了"斋后酽茶三盏,丛林一任喧腾"的顿悟,领会到了佛法的有无与世界的静寂喧腾无关,佛性禅心在心不在境、在内不在外。

死心悟新禅师

【禅师简介】

隆兴府黄龙死心悟新禅师（1044—1115），黄龙宗二世祖心禅师法嗣，俗姓黄（亦作王），韶州曲江人，自号"死心叟"。悟新禅师天生左肩上有一块紫肉，右袒如穿僧伽梨状，众人皆谓他是过来人。悟道后继席黄龙，学人云集，多所成就，与黄庭坚等人交好。政和五年十二月十三日，晚小参，说偈曰：说时七颠八倒，默时落二落三。为报五湖禅客，心王自在休参。十五日泊然坐逝，茶毗，舍利五色。后有过其区者，获之尤甚。阅世七十二，坐四十五夏。塔于晦堂丈室之北。著有《死心悟新禅师语录》传世。法嗣一十六人：有禾山慧方禅师、南荡法空禅师、九顶慧泉禅师、上封祖秀禅师、性空妙普庵主、钟山道隆禅师、扬州齐谧首座、空室智通道人等。

颂六祖公案

六祖当年不丈夫[①]，倩人书壁自糊涂。
分明有偈言无物，却受他家一钵盂。

——《续古尊宿语要》

【注释】

①六祖：即禅宗六祖大鉴慧能大师，详见第一十六页注①。

【赏析】

要从严格意义上来讲，六祖慧能当年也欠男人，没有成为真正的大丈夫，先不说别的，姑且就说请人在墙上题诗这一件事，他就做得好糊涂，为什么这样说呢？大家想想看，偈言上说得清清楚楚、明明白白的"本来无一物"，可他暗地里却又接受了五祖的一钵一衣，这不是睁眼说瞎话，口是心非吗？这也是一代宗祖能做的事吗？

死心悟新禅师与灵源惟清禅师号称黄龙"二大士"，是黄龙三代人物中杰出代表之一，其禅法"迅机逸辩，雷轰电扫，学者莫敢撄其锋"，"脊骨硬如铁，去住自由，今天下道人中，一人而已"，其犀利的机锋、超凡的胆识，让他不仅发现了经典公案的瑕疵，而且敢呵佛骂祖直言指谪。

当然，六祖受钵是接受法传，六祖言空是阐述禅理，一理论一现实，根本不是一码事，不可同日而语，各位千万不要上了死心的当，正如大慧宗杲所言："且道钵盂是物不是物？若道是物，死心老亦非丈夫。若道非物，争奈钵盂何？"

《题黄鹤楼》颂

黄鹤楼前法战时，百千诸佛竖降旗。
渠无国土居何处①，留与多才一首诗。

——《死心悟新禅师语录》

【注释】

①渠无国土：禅宗公案。详见第七十页注①。

公案中长沙景岑禅师的用意在于：崔颢黄鹤楼的题诗是千古绝唱，也并不妨碍其他的人有所题咏，你也可以题出与崔颢一样流芳百世的好诗。同理在禅修中，每位学佛者自心之中都有自己的净土，不必在外面去寻什么净土。自己心中没有净土，凡人又怎么可能成佛呢？既然一切众生皆有佛性、皆可成佛，那么自心净土便非分外之想了。

【赏析】

"黄鹤楼前法战时，百千诸佛竖降旗"，黄鹤楼前的法战，百千诸佛是敌不过秀才张拙的，只有高竖降旗之一路。当然，这是死心的见解与看法。

实际上"渠无国土""佛居何处"是俗众凡人最想知道的一个问题，秀才张拙不仅问出了大众的心声，其问题本身也成了禅门中参悟千年的公案，见仁见智、各执己见。

站在禅法根本义旨上来理解，这是一个不需言说的问题，"世上本无事，庸人自扰之"，"万法本闲，唯人自闹"，万物自有其运行的规律，何须强差拟议，好肉上生疮，无事生事呢？佛有佛的去处，诗有诗的写法，一切自有安排，无须杞人忧天。

末后颂

末后一句子,直须心路绝。
六根门既空,万法无生灭。
于此彻其源,不须求解脱。
生平爱骂人,只为长快活。

——《续传灯录》卷第二十二

【注释】

①末后一句:(术语)临终最末之一句,即示悟最要之一句也。证道歌曰:"一句了然超百亿。"禅林句集干曰:"一句定乾坤,一剑平天下。"

【赏析】

这是悟新禅师的一首偈子,写的是他一生修行、学经的体会。第一、二句是说要体验什么是最后、最根本的真理,就一定要断绝心理上的一切思维;如果眼耳鼻舌身意这六种感官不再扭曲事物的真相,就可以看见"万法无生也无灭"的本来面目。第三句是说在这方面通透禅悟了,不必求得摆脱生老病死的一切痛苦。

《续传灯录》记载,黄龙悟新禅师"魁岸黑面","以气节盖人好面折人"。面折,即当面指责别人的过失,故禅师自谓"生平爱骂人"。《临济录》记录了临济禅师的一句话:"赤肉团上,有一位无位真人,常从汝等诸人面门出入,未证据者看看。"这位无位真人,就是真实的"自我"。吃饭、睡觉、工作,嗔怒欢喜,就是真我的面目。直视真我、不掩饰真我,才能发出菩提善心,得到悟道的快乐,因此第四句所说的"只为长快活"并非世俗莽汉的"快活"。(赏析:胡红仁)

三圣继昌禅师

【禅师简介】

汉州三圣继昌禅师,黄龙祖心禅师法嗣。彭州黎氏子,禅师生卒年限、参学行止、法嗣弟子等均不详。

颂　古

五陵公子争夸富①,百衲高僧不厌贫②。
近来世俗多颠倒,只重衣衫不重人。

——《续传灯录》卷第二十二

【注释】

①五陵:位于长安的五个汉王陵墓。《西都赋》:"北眺五陵",言长陵、安陵、阳陵、茂陵、平陵,皆高贵豪杰之家所居。

②百衲:指衲衣,即僧衣。系以破旧布之修补缝缀而成。又作弊衲衣、坛衲衣。因常以五色或多种颜色混合制成,故亦称五衲衣。僧侣由于穿着衲衣,故亦自称衲僧、老衲、布衲、野衲、拙衲等。

【赏析】

长安富贵之地、锦绣之乡的纨绔子弟竞相炫财耀富,而身穿破衣烂袄的饱学高僧却安贫乐道,这是人生常态,古今中外概莫能外,俗世几时看重过真才实学呢，几人不是对财富金钱趋之若鹜、对有钱之人奉若神明？此诗与黄龙宗另一位西蜀銮禅师的《卖松》："众卖华兮独卖松，青青颜色不如红。算来终不与时合，归去来兮翠霭中。"有诸多的相同之处，都对现实中只重衣冠、不重实学，只慕声色享乐、不重用功钻研，只重外表、不重内里的风气做出了讽刺、批评、谴责和劝导。

首联运用对比手法，表现出继昌禅师对于当时富家子弟竞相斗富、奢侈荒淫的糜烂生活十分不满。认为当时普通民众的生活艰难困苦，他们这样不顾别人的死活，而只管自己享乐，没有丝毫的同情心。禅师认为他们虽然富裕，但并不值得羡慕，人生的价值和乐趣并不在于物质的富有，精神生活的富有才是最有意义的。继昌禅师虽然生活清贫，但他常处于禅悦之中，自然也不失去生活的乐趣，所以禅师认为"百衲高僧不厌贫"。第二联是说世俗之人只知道从一个人的外表（衣冠和外貌）来评判一个人，不知道以人的内在来评判。这种"只重衣衫不重人"的风气形成，正是人世间的颠倒错乱。

其实，判断一个人，不能仅凭他的外表，更重要的是要看他的品行和学问。如果仅仅以貌取人，有可能使那些衣冠楚楚，善于投机钻营的小人得到重用，而大批品行高洁，具有真才实学的人却被排斥在外。（赏析：胡红仁）

保福本权禅师

【禅师简介】

漳州保福本权禅师,黄龙祖心禅师法嗣。临漳(今河北省邯郸市)人也,性质直而勇于道,乃于晦堂举拳处彻证根源,机辩捷出。禅师生卒年限、参学行止、法嗣弟子等均不详。

和寒山偈

吾心似灯笼,点火内外红。
有物堪比伦,来朝日出东。

——《续传灯录》卷第二十二

【赏析】

这是一首自省佛性的诗。首联禅师把佛性比作灯笼,人人自身都有这只灯笼,区别就在于点着与没有点着,也就是"悟"与"迷"的不同。如果不悟,自身的佛性犹如被世俗的尘埃所掩,如同灯笼没有点着一样,一团黑暗;一旦悟禅,世界万物虚空静寂,其本质皆是"空"的,没有多大差别,这就像灯笼点火一般,内外通红,十分明亮,照见万物。第二联是说佛性是无物可以比拟的。唐代僧人寒山曾写过《吾心似秋月》一诗:"吾心似秋月,碧潭清皎洁。

无物堪比伦，教我如何说。"此诗三四句与寒山《吾心似秋月》一诗第二联有着异曲同工之妙，不过此诗是正话反说，意思是：假设有物可以与佛性相比的话，那就等到明早太阳出山、灯笼熄灭以后。此时，灯笼熄灭便代表着由"悟"而"迷"，佛性就会被世俗尘埃再次遮盖。此诗用灯笼比喻佛性，独具匠心。（赏析：胡红仁）

黄檗道全禅师

【禅师简介】

瑞州黄檗道全禅师，二世真净克文禅师的法嗣。生卒、塔藏、法嗣均不详。

上堂偈

一槌打透无尽藏，一切珍宝吾皆有。
拈来普济贫乏人，免使波咤路边走[①]。

——《续传灯录》卷第二十二

【注释】

①波咤：亦作"波吒"；苦难、折磨。

【赏析】

这是道全禅师五年开悟后上堂开示作的偈语，它是一堂经法的纲领，词意浅近，语势强劲，发人深省。修持佛法一般要经过"问""思""修""行""果"五个阶段，这首诗以形象的语言阐释了修行的全过程，表达了禅师普济众生的坚定决心。

"一槌打透无尽藏"，是说听闻佛法，觉得佛德广大无边，作用于万物，无穷无尽。"一切珍宝吾皆有"，是思考佛法、观修佛法的结果。皈依、观修佛法,让众生看破假象,放下执著,放下妄想无明,放下贪嗔痴慢疑,让心动如不动,知足常乐,万事随缘,拥有宝贵的精神财富。"拈来普济贫乏人"说的是行持佛法,普遍救助那些未断除烦恼、迷惑的人。"免使波咤路边走"是最后得果,修持佛法是为了众生免受折磨、免除苦难。(赏析:胡红仁)

长灵守卓禅师

> 【禅师简介】
>
> 东京长灵守卓禅师,黄龙三世惟清禅师法嗣,宣和五年十二月二十七日示寂。《长灵和尚语录》全一卷(无示介谌编)传世,收于《卍续藏》第一二〇册。集录长灵守卓住舒州甘露禅院及庐州资福禅院之拈香祝、上堂语及偈颂、拈古、真赞等。卷末并附行状一篇。法嗣八人:育王介谌禅师、道场慧琳禅师、道场居慧禅师、显宁圆智禅师、乌回良范禅师、本寂文观禅师、温州符庵主、径山惟表首座。

唤处分明

唤处分明应处亲,不知谁是负恩人。
东家漏泄西家事,却使旁人笑转新。

——《禅宗颂古联珠通集》卷八

【赏析】

"唤处分明应处亲,不知谁是负恩人。"呼唤的是那么清楚明白,回答的也是那么亲切自然,那么呼与答中到底谁是辜负佛恩之人呢?

"唤处分明"的公案是这样的：照顾慧忠国师起居饮食的侍者，三十多年仍未开悟，慧忠国师想帮他在修行上有所契悟。有一天，他就使个方便，当侍者在那边作务时，慧忠国师在这边叫：佛祖呀！没有人答应。慧忠国师又叫：佛祖呀！还是没有人答应。慧忠国师就更大声地叫：佛祖呀！侍者就问：国师，您在叫谁呀？慧忠大笑：佛祖！我在叫你呀！侍者一听，又吃惊又诧异：国师！我是侍者，不是佛祖，您怎么叫我佛祖呢？慧忠国师心想：唉！这侍者不肯直下承担，不肯承认自己有佛性，称呼他佛祖，他都不肯答应，只得慨叹地说：将来是你辜负我，不是我辜负你！

佛理认为人人具有佛性，但不是人人能修得真谛、证得本心，原因当然多种多样，但浑浑噩噩、不识自性、不敢承当也是其病之一。

黄龙石塔宣秘禅师一次上堂，至座前，掬一僧上法座，僧惶惶欲走。师遂指座曰："这棚子，若牵一头驴上去，他亦须就上屙在，汝诸人因甚么却不肯？"以拄杖一时赶散。禅师之所以生气骂人、挥杖驱逐，恼的就是门人不识自性、缺乏自信。

慧南祖师说："人人尽握灵蛇之珠，个个自抱荆山之璞"，又说："汝等诸人，何不识取？若也识得，十方刹土，不行而至，百千三昧。无作而成。若也未识，有寒暑兮促君寿，有鬼神兮妒君福"，正是"大丈夫、大丈夫，灵光煊赫阿谁无"。

但慧忠国师的侍者心窍迷失、不识自性，就如人无识宝之瞳、枉自身处宝库，机会再好、在大师身边再久也是枉然。所以作者写道"东家漏泄西家事，却使旁人笑转新"——连旁观者都听出了话中有话、明白了叫唤的真意，可当事人还不明就里、浑然不觉！

颂 古

风劲叶频落,山高日易沉。
坐中人不见,窗外白云深①。

——《宗鉴法林》卷九

【注释】

①此诗所颂公案为"非心非佛"公案:马祖示众曰:"汝等诸人,各信自心是佛,此心即是佛心……"有僧问曰:"和尚为什么说即心即佛?"祖曰:"为止小儿啼。"僧曰:"啼后如何?"祖曰:"非心非佛。"僧曰:"除此一种人来如何指示?"祖曰:"向伊道不是物。"曰:"忽遇其中人来时如何?"祖曰:"且教伊体会大道。"

【赏析】

秋风越猛树叶就越容易飘落,山势越高自然太阳下山得就越早了。坐在房中的人可能没有注意到,外面天上的云彩一刻也没有停止过它的步伐,变幻多姿让人目不暇接。

这些都是自自然然地发生、习以为常的自然现象,但这些不同表现的外像下,都深藏着相同的佛性、暗合着恒一的佛理,都是无处不在、无所不能的真如佛性在无声无息、悄然运行的结果,参学的大众要细心体悟、认真领会啊!

性空妙普庵主

【禅师简介】

嘉兴府华亭性空妙普庵主(1071—1142)，黄龙宗三世死心悟新禅师法嗣，汉州人（今四川广汉）。追船子遗风，结茅青龙之野，吹铁笛以自娱。多赋咏，得之者必珍藏。绍兴庚申冬造大盆，穴而塞之，修书寄雪窦持禅师曰：吾将水葬矣。壬戌岁持至见其尚存，作偈嘲之曰：咄哉老性空，刚要喂鱼鳖。去不索性去，只管向人说。师阅偈笑曰："待兄来证明耳！"令遍告四众，众集师为说法要。乃说偈曰：坐脱立亡不若水葬，一省柴烧二省开圹。撒手便行不妨快畅，谁是知音船子和尚。言毕遂顺潮而下，其笛声呜咽，顷于苍茫间见以笛掷空而没，众号慕图像事之。后三日于沙上趺坐如生，道俗争往迎归留五日，阇维舍利大如菽者莫计。二鹤徘徊空中，火尽始去。奉设利灵骨建塔于青龙。

船子渔歌

船子当年返故乡[①]，没踪迹处妙难量。
真风遍寄知音者，铁笛横吹作散场。

——《嘉泰普灯录》卷第十

【注释】

①船子：船子和尚（生卒年不详），名德诚。唐代高僧和词人，四川武信人，后长期居住在华亭朱泾（今金山朱泾）一带。他节操高洁，度量不群。受法于澧州药山弘道俨禅师，尽道三十年。离药山后，飘然一舟，泛于朱泾、松江之间，接送四方来者，纶钓舞棹，随缘度世，时人莫测其高深，称他为"船子和尚"。一日与夹山禅师相遇于朱泾，一问一答，言语投机，船子高兴地说："钓尽江波，金鳞始遇"，遂传授生平佛理心得给夹山禅师。

【赏析】

船子和尚当年参悟到家的时候，那种识破生死、洞悉一切的空明境界，是多么奇妙不可言说，人一辈子的修行不就为了有朝一日的明心见性、顿悟成佛吗？

这里的"返故乡"意即到家，是禅宗佛教里开悟得道的意思。

"没踪迹处"喻指不二的禅法、佛境。传说夹山善会找到船子德诚后，被船子和尚三次打入水中，在沉浮起落间得悟大佛。船子和尚对他说，你溯江而上，在深山里耕耘度日，待有可教诲的，觅取一个半个传承，不要断绝。临别时船子和尚说："你此去，须藏身处没踪迹，没踪迹处莫藏身。吾三十年在药山，只明斯事。"

所以诗中性空禅师一语双关地宣称，和尚的后事已有传人，大事得了，再也没什么可牵挂的东西了，那么我也可以像德诚大师一样心满意足地归家入寂了，现在我就吹笛代言，与诸位永别，作为人生的散场。

学道如守城

学道犹如守禁城,昼防六贼夜惺惺①。
将军主帅能行令,不用干戈定太平。

——《指月录》卷二十九

【注释】

①六贼:即六根。1. 眼,能见色者是。以能对色而生眼识,故谓眼根。2. 耳,能闻声者是。以能对声而生耳识,故谓耳根。3. 鼻,能嗅香者是。以能对香而生鼻识,故谓鼻根。4. 舌,能尝味者是。以能对味而生舌识,故谓舌根。5. 身,能感触者是。以能对触而生身识,故谓身根。 6. 意,能知法者是。以能对法而生意识,故谓意根。

【赏析】

学道之事实际上与将军守卫城池是一回事、一个道理,都要不分昼夜地警戒,时刻警惕防范外敌的侵袭。除了白天要对色声香味触法六尘,即眼耳鼻舌身意这六贼严防死守外,夜晚也不能有丝毫松懈,否则这六贼就可能会自劫家宝,故修道之士,眼不视色、耳不听声、鼻不嗅香、舌不知味、身离细滑、意不妄念,以避六贼。

当然如果你能做到持身端正、清静无为、心无杂念、微澜不起、稳如磐石、定如泰山,远离一切妄念偏执、去除烦恼、不贪嗔痴迷,那么也是可以不动干戈、息兵偃旗、兵不血刃地取得胜利、到达彼岸、立地成佛、天下太平的。

觉海法因禅师

【禅师简介】

平江府觉海法因庵主,郡之崛山朱氏子,黄龙宗三世慧日文雅(二世克文嗣)禅师法嗣。年二十四,披缁服进具,游方至东林谒慧日。日举灵云悟道机语问之。师拟对,日曰:不是!不是!师忽有所契。师承教,居庐阜三十年,不与世接,丛林尊之。建炎中盗起江左,顺流东归,邑人结庵命居,缁白继踵问道。晚年放浪自若,称"五松散人"。

岭上桃花开

岭上桃花开,春从何处来?
灵云才一见①,回首舞三台②。

——《五灯会元》卷十八《法因》

【注释】

①灵云:福州灵云志勤禅师,本州长溪人也。初在沩山,因见桃华悟道。有偈曰:"三十年来寻剑客,几回落叶又抽枝。自从一见桃花后,直至如今更不疑。"沩览偈,诘其所悟,与之符契。

②三台:指三座著名的宫殿:铜雀台、金兽台、冰井台(故址

在今河南漳县西南)。

【赏析】

　　山岭上的桃花开放了,美丽的春天已到来了。冬去春来、万物生长,这是多么美好的季节啊,只是这么美妙的时光、大好的节气是从哪里来的呢?它有什么道理与规律吗?为什么灵云志勤和尚一见到桃花,一下子就能取得彻悟,成为精神的贵族、禅学的高手呢?

　　灵云悟了没有、真悟假悟、浅悟彻悟,真实情况到底如何,一直以来尚有另说:志勤禅师呈桃花诗,沩山灵祐予以印可后,有人将此事告诉了玄沙师备禅师,玄沙师备禅师说:"谛当甚谛当,敢保老兄未彻在。"这就是著名的"玄沙未彻"公案。

　　当然诗中赞颂的是灵云见桃花后,能透过桃花的表面现象,而洞悉冬去春来这一自然规律的灵明天性和钻研精神,要后学不要偏执于表象,要有勤奋刻苦、探索世界、敢于创想、独立自信的精神、胆略与勇气!

空室智通道人

【禅师简介】

空室道人智通，黄龙死心悟新禅师（二世晦堂祖心法嗣）之法嗣，龙图范珣之女。智通道人幼时极聪慧，长大后嫁给丞相苏颂之孙子苏悌。大概是婚姻不幸，不久即厌离世相，后回到娘家，请求父母允许落发出家，其父不肯，于是她便居家清修，号"空室智通道人"。后父母俱亡，兄涓领分宁尉，通偕行。闻死心名重往谒之，心然之，由是道声籍甚。政和间，居金陵，尝设浴于保宁，后挂锡姑苏之西竺，易名为尼"惟久"，缁白日夕师问，得其道者颇众。示寂时，书偈跌坐而终。有《明心录》行于世，佛果禅师为之序，灵源、佛眼皆有偈赞之。

水波非水

浩浩尘中体一如，纵横交互印毗卢。
全波是水波非水，全水成波水自殊。

——《指月录》卷二十九

【赏析】

独一无二的真如大法,在哪里才能找到?去浩浩荡荡、红尘滚滚的大千世界里寻找吧,真如法性就在它们之中,上下左右高低明暗里到处都有它的身影,只要你存心留意、拥有智慧,你就能找得到并印证得了。

各位注意一下水中之波、波中之水,注意一下水与波的这种互为因果的关系,就能于中明了一些微妙的现象与道理:水中的波浪都是水形成的,但是我们不能把波说成是水吧;相反地水能形成波浪这一现象,但我们同样不能把水就说成是波浪。

这是为什么呢?这就是佛性的伟大、世界之奇妙!

开悟偈

物我元无异,森罗镜像同①。
明明超主伴,了了彻真空。
一体含多法,交参帝网中②。
重重无尽处,动静悉圆通。

——《五灯会元》卷十八

【注释】

①森罗:(杂语)谓宇宙间存在之各种现象,森然罗列于前也。法句经曰:"森罗及万象。"一切之所印。陶弘景文曰:"万象森罗,不离两仪所育。"

②帝网:悬于帝释天宫的宝网。

【赏析】

于佛性而言,世界是不分你我,没有分别之心的,不同的表象与特征，只是事物存在的形式差异，其内里、实质、运行规律、变化原因都遵循同样的规律，佛法无二说的就是这个道理。正因为佛性无二，所以任何事物都是平等的，没有主次之分，没有好坏之别，都在帝释天的宝网之中互为印证、互为变换、纵横交错、彼此支撑。

这样一个看似混乱无章的世界，重重矛盾、因果、生灭、变化无穷无尽、无休无止，但它却又那么圆融和谐、顺畅自然，让人觉得不可思议，但只要你明了了其实质、悟出了其真谛、掌握了其规律，对这匪夷所思的一切就会洞若观火、豁然领悟。

超宗慧方禅师

【禅师简介】

禾山超宗慧方禅师（1072—1129），黄龙宗三世死心悟新禅师法嗣（二世祖心嗣）。临江龚氏子，名惠方，道号超宗。出家禅居寺，年十九试经得度，具戒。遍参知识，晚入黄龙，见死心禅师，机缘有契，遂留执侍，阅十有四年。于时死心高视诸方，以壁立险绝为方便。学者莫可近傍，鲜有投其机者，独于广众中，称师堪任正续，以最后大事托之。师居禾山十年，迁豫章云岩，建炎三年己酉（1129）三月己酉示寂。寿五十有七，腊三十八。火余齿舌不烬，舍利五色。塔于寺之南天台。著有《禾山超宗方禅师语录》存世。

临别偈

一住禾山又八年[1]，临歧一句妙难传[2]。
后宵欲见云岩老[3]，云绽青天月正圆。

——《超宗慧方禅师语录》《僧宝正续传》

【注释】

①禾山：在永新西北边陲，有七十一峰，最高峰秋山海拔一千三百九十一米，为境内第一高峰。峰顶怪石嶙峋，瀑布流泉。徐霞客、欧阳修、梅尧臣、黄庭坚等人均上山游览过，并留下诗文。唐宰相姚崇曾寓于此，故筑有姚相台。石崖上刻"龙溪"二字，为唐书法家颜真卿手迹。唐宰相牛僧孺、宋宰相刘沆均曾于此山甘露寺就读。

②临歧：本为面临歧路，后亦用为赠别之辞。

③云岩老：指黄龙死心悟新禅师。因死心悟新禅师曾住持过云岩寺，故此处称之为云岩老。云岩：即云岩寺，始建于唐，在今江西省修水县县城对面、修河南岸。

【赏析】

在禾山一住又是八年了，临别时的那一句赠言神妙得很，我都不知道该怎样去转述传扬；后天我就要去见云岩寺的老和尚了，就好像见到云缝里的月亮一样，天地一片光明、心地一堂敞亮。这是禅师告别青州禾山禅寺，迁居豫章云岩寺参见黄龙死心悟新禅师时做的一首临别诗，诗中不仅感谢在禾山禅寺所得到的真妙之传，更是表达了对新的师傅的无限崇拜和对参悟更高层次禅境的向往憧憬之情。

扬州齐谧首座

【禅师简介】

扬州齐谧首座,黄龙宗三世死心悟新禅师(二世晦堂嗣)法嗣。本郡人也,死心称为饱参,诸儒屡以名山致之不可,后示化于潭之谷山异迹颇众。禅师生卒年限、参学行止、法嗣弟子等均不详。

自像赞

个汉灰头土面,寻常不欲露现。
而今写出人前,大似虚空着箭。

——《续传灯录卷》第二十三

【赏析】

这是扬州齐谧首座为自画像写的一首诗,表达了深刻的禅理。第一联概括了画像主人公的性格特点。大乘佛教指出,修行成就后,还要发大悲心,返回尘世中去救度众生。灰头土面即指应众生缘而化现的凡夫形象。如宋朝圆悟《碧岩录》第四三则:"若不出世,则目视云霄;若出世,便灰头土面。目视云霄,即是万仞峰头;灰头土面,即是垂手边事。"

禅宗提倡"随缘任运""无修为修"的方式,把吃饭穿衣、斫柴挑水都视为佛法。灰头土面说明佛法寻常,没有特别之处,就在日常生活中、就在你我身边,只是正因为它没有特殊的表现形式,所以往往被人忽略,"于外无视、于内无明",所以反而以为它神秘莫测、难以谋面,实际上作者这是正话反说,你看紧接着他写道"而今写出人前,大似虚空着箭",如今我将它画好挂在你们面前,你们还不是宛若虚空里放箭,谁又能看得到或找得见目标靶心呢?所以说"道不远人、人自远道","法不离世、无心不得"。虚空着箭,运用了比喻,即虚空射箭。好像拿一把弓射箭,可是你不是向东、西、南、北方向射,而是向虚空射,终究不能到达目的地。(赏析:胡红仁)

育王普崇禅师

【禅师简介】

庆元府育王野堂普崇禅师,黄龙宗三世草堂善清禅师(二世晦堂嗣)法嗣。本郡人也,禅师生卒年限、参学行止、法嗣弟子等均不详。

风幡颂

非风非幡无处着,是幡是风无着处。
辽天俊鹘悉迷踪,踞地金毛还失措。

——《续传灯录卷》第二十三

【赏析】

不是风也不是幡的话,那佛法就没有下落、没地方寻找,如果又是幡来又是风的话,那佛法就没有接触、安置的地方,把它附着安放在哪边好呢,教我左右为难、里外不是啊。如果只有这两种选择的话,那么连高飞天际的俊鹘都会迷失方向、找不东南西北,连百兽之王的金毛狮子也会走投无路、惊慌失措的。"天不生仲尼,万古如黑夜",伟大的六祖啊,如若没有你的"仁者心动",那这世界一定还是一片混沌与迷茫啊。

法轮应端禅师

【禅师简介】

潭州法轮应端禅师,黄龙宗三世灵源惟清禅师法嗣(二世晦堂嗣)。南昌人,俗姓涂。少依化度善月圆颅登具,后谒真净文禅师机不谐。至云居,会灵源分座,为众激昂,师扣其旨。然以妙入诸经自负,源尝痛札之,师愤然欲他往因请辞,及揭帘忽大悟,汗流浃背。源见乃曰:是子识好恶矣。由此誉望四驰。名士夫争挽应世皆不就,政和末太史张公司成以百丈坚命开法,师不得已始从。禅师生卒年限、参学行止、法嗣弟子等均不详。

偈 颂

六合倾翻劈面来[1],暂披麻缕混尘埃。
因风吹火浑闲事,引得游人不肯回。
坏不坏,随不随[2],徒将闻见强针锥。
太湖三万六千顷,月在波心说向谁。
　　——《嘉泰普灯录》卷十、《宗鉴法林》卷二十四

【注释】

①六合：常用于指上下和四方，泛指天地或宇宙。

②坏不坏，随不随：即"劫火洞然，大千俱坏"公案。僧问大随："劫火洞然，大千俱坏，未审这个坏不坏？"大随云："坏！"僧云："恁么则随他去也？"大随云："随他去。"僧不肯。后到投子，举前话。投子装香遥礼，曰："西川有古佛出世。"又谓僧云："汝速回去忏悔。"僧回，大随已寂。再到投子，投子亦化。

【赏析】

在旧世界崩溃的"坏劫"之末，火灾、水灾和风灾接踵而来。《仁王经》说："劫火洞然，大千俱坏。"那么我们的佛性呢？毁坏还是不毁坏，是随它去还是不随它去呢？答案是因人、因地、因时而不断发生变化，绝然不存在有统一的、标准的定论，但是有太多的人却徒然将道听途说的东西当为瑰宝，生吞活剥不用心体会。这就像皎洁的月光洒在浩渺的太湖，湖中粼粼波光印着月光，每一片水波都倒映一个月亮，每个人看到的波中之月和每片月光给人的感觉都是不一样的啊，光明的佛性也是这样，它虽然与月亮一样只有一个，但给红尘的启迪却是随缘任运、变化万千，而且众生平等、并不特别眷顾哪一个，识起与否、至功也未，那就看各人的心智机缘了。

佛心本才禅师

【禅师简介】

潭州（今湖南长沙）上封佛心本才禅师，黄龙三世惟清禅师之法嗣，俗姓姚，福州长溪（今福建霞浦）人。本才禅师自幼出家得度，并受具足戒，游方至大中、豫章、分宁等地，后住潭州上封寺。高宗绍兴年间示寂。法嗣四人：普贤元素禅师、鼓山僧洵禅师、鼓山祖珍禅师、仁王大心谟禅师。

颂　古

素琴张午月，流水落花深。
寂听稀声彻，泠泠太古音[①]。

——《宗鉴法林》卷九

【注释】

①泠泠：1. 形容清凉；冷清；2. 本指流水声。借指清幽的声音。

【赏析】

清辉洒遍、明月高悬的深夜，万籁静寂的旷野中，在流水叮咚的伴奏下，在落花清香的氤氲里，清脆悠扬的琴声是那样动听、那样扣人心弦。那是遥远的太古时期的天音啊，你只有在平心静气、全神贯注、一念不起的状况下,才能听得清那清幽之音的真意、体悟得透那上古之声的玄妙。

禅之根本在"非心非佛",一无所有的"无",叫人很难理解。对其义旨的准确理解与彻悟,是自古及今的一道难题,这在禅宗公案里多有论述。此诗颂扬的是马祖道一大师对此公案的阐述:

马祖示众曰:"汝等诸人,各信自心是佛,此心即是佛心……"有僧问曰:"和尚为什么说即心即佛?"祖曰:"为止小儿啼。"僧曰:"啼后如何?"祖曰:"非心非佛。"僧曰:"除此二种人来如何指示?"祖曰:"向伊道不是物。"曰:"忽遇其中人来时如何?"祖曰:"且教伊体会大道。"

光孝德周禅师

【禅师简介】

温州光孝德周禅师（？—1145），黄龙三世惟清禅师之法嗣，信州璩氏子。于景德尊胜院染削，问道有年，后至黄龙闻举少林面壁，顿悟，述二偈以呈，龙许之，自是名流江浙。禅师生卒年限、参学行止、法嗣弟子等均不详。

祖师关

回互不回互，觑见没可睹。
透出祖师关，踏断人天路。

——《续传灯录卷》第二十三

【注释】

①回互：回环交错；往复、来回；转换、变化。
②觑：本意指伺视或窥视，泛指看。

【赏析】

变化了也像没有变化，看见了也似没有看见，我现在不管这一套，就权当没有这一切、权当这一切都不存在。这是成大事者高瞻远瞩、目标坚定的大气与豪迈，在大是大非面前、在生死诀别关头，在成败取舍之间，人是要有点杀伐果敢的，在关键的节点处，万不可犹豫不决、坐失良机，而要像禅师一样，为了"透出祖师关"，悟取佛性的真知、真见、真如、真谛，参破玄关、出脱生死，那么自然可以无视一切、罔顾常规，哪怕是踏断天上人间的所有通道也在所不惜，不就是毁掉旧路换新途吗？正好，"金猴奋起千钧棒，玉宇澄清万里埃"，打破旧世界、重整新乾坤，不正是我辈儿郎要担承的重任和应具备的精神风貌吗？

道纯居士

【居士简介】

寺丞戴道纯（生卒年不详），黄龙宗三世灵源惟清禅师法嗣（载《五灯会元》卷第十八、《续传灯录》卷第二十三），字孚中，官至寺丞，与黄庭坚、慧洪等相交厚。《全宋诗》中收有其诗作，如《句》：唐室未应嫌季晚，相为不朽有元颜。

一片心花

杳冥源底全机处①，一片心花露印文②。
知是几生曾供养，时时微笑动香云。

——《全宋诗》卷五、《续传灯录》卷二十三

【注释】

①杳冥：指天空，高远之处；阴暗貌；犹渺茫；谓奥秘莫测。
②印文：用印花模子刻出花纹，趁模胎未全干，用印模在上面印出花纹。

【赏析】

常听有些人说自己没有慧根，悟不透什么是禅机。这个慧根说

的其实就是人的领悟能力。禅在许多人的心里是奥秘莫测的。却不知道每个人的心里都有自己的禅，一分善念、一分宽宏、一分安静都是禅的境界。人们将这些真、善、美的东西存在心底，指引着自己在这世间的一切行为，当这些善的行为陪伴着自己走过人生时，又何尝不是一种修行。也许某一天你会突然发现，在不经意间慧根早已深植在心底并开出花儿来，时时传达出芬芳的气息。（赏析：胡小敏）

黄龙道震禅师

【禅师简介】

隆兴府（今江西南昌）黄龙山堂道震禅师，黄龙宗三世泐潭善清禅师（二世晦堂嗣）之法嗣，俗姓赵，金陵人。道震禅师少依觉印禅师为童子，觉印英禅师后移居泗州（今安徽泗县）普照寺，道震禅师亦随而前往。当时正好赶上淑妃择度童行，道震禅师因而得度，并受具足戒。久之辞，谒丹霞淳禅师，一日与论洞上宗旨，淳器之。师自以为碍，弃依草堂一见契合。日取藏经读之，一夕闻晚参鼓，步出经堂，举头见月，遂大悟，亟趋方丈，堂望见即为印可。初住曹山，次迁广寿、黄龙。法嗣三人：德山慧初禅师、天龙糭禅师、真州北山作禅师。

偈 颂

白云深覆古寒岩，异草灵花彩凤衔。
夜半天明日当午，骑牛背面着靴衫。

——《罗湖野录》

【赏析】

据说很多得道高僧都有过因为受某种机缘的触发而开悟的经历，从而获得了至高无上的智慧，这种机缘可能是一朵花开，是一片云起，从此那些曾经想不明白的道理随之都有了答案。其实真正的开悟是什么也许没有唯一的答案，当我们的心不迷惘，不担忧，完全自由的时候，其实就是一种开悟。白云飘荡在古老的山岩上，异草灵花等待着彩凤衔去，时间的脚步也不会停下，只看到骑牛人的背面，也能知道他穿着靴子和衣衫。每一种事物都有自己的所在，也都有自己的归宿，眼中看到什么就是什么，逍遥自在也是一种开悟状态。（赏析：胡小敏）

述法颂

石人问枯桩①，何时汝发花。
枯桩怒石人，何得口吧吧。
石人呵呵笑，枯桩吐异葩。
红霞辉玉象，白玉碾金沙。
借问通玄士②，何人不到家。

——《续传灯录卷》第二十三

【注释】

①石人：比喻没有生命的个体。这里借指缺乏自性、不通佛性、没有开悟的参道者；枯桩：原意为腐朽的树桩，引申为傀儡木人，无有感知感觉，不通佛性、不知自性；

②通玄：通晓玄妙之理。唐代戴叔伦《晖上人独坐亭》诗："性空长入定，心悟自通玄。"

【赏析】

此诗中石人、枯桩、玉象、白玉等都具备了活人的特征,不仅能动能言,而且具有人的感情与思想,能准确表达人的喜怒哀乐,这在禅诗中根本不要奇怪,因为禅宗里经常用一些石人、哑女、枯木、泥牛等来比喻没有自性、没有开悟的俗人、后学,在这里作者罗列一批"工具",且均赋予其一定的生命、知觉、感悟与佛性,其目的是要让大众通过他们的表达从而作出判断——"借问通玄士"——你们说说看,他们中"何人不到家?"这是要求学人在日常生活与工作中要细心体会、细致观察,见微知著、以小见大、由表及里、透过现象看到本质,只有这样才能学到真知、悟到真道,否则拾人牙慧、人云亦云,永远都只能是个二道贩子,成就不了大师尊宿。

天童普交禅师

【禅师简介】

庆元府（今浙江龙泉）天童普交禅师，黄龙宗三世泐潭应干禅师（二世东林总嗣）之法嗣，俗姓毕，本郡万龄人。普交禅师幼时颖悟，还未成年，即落发得度。造泐潭得心印，后开法天童，宣和六年(1124)说偈而寂，寿七十七，腊五十八。法嗣一人蓬莱圆禅师。

泥牛耕白云

宝杖敲空触处春，个中消息特弥纶①。
昨宵风动寒岩冷，惊起泥牛耕白云②。

——《五灯会元》卷十八

【注释】

①弥纶：统摄，笼盖；经纬，治理；综括，贯通。
②泥牛：禅林用语。比喻绝踪迹、断消息，即一去不返之意。盖"泥牛"一词，比喻思虑分别之作用。故以"泥牛"入海比喻正与偏、平等与差别之交互掺杂；又以"泥牛"入于大海之中即全然溶化，失其形状，故亦用以比喻人、物之一去不返，毫无消息。

【赏析】

　　宝杖所触碰的地方处处是春的消息，这些消息真是无处不在，昨夜有风吹过寒岩，虽然风中还带着寒意，泥牛却知道耕种的季节来了。禅师用浅显的诗语给我们讲了一个很深的道理：自然界的一切存在都遵循着潜在的规律，比如冬天会悄悄过去，春天会悄悄来临，它们不会因为我们没有察觉就会停步。是不是花开的那一天就是春来了呢？当然不是，春天到来的消息早就存在各种现象中，也许是地底下一棵草的萌芽，也许是檐上的冰融化的一滴水，这些都需要我们细心去感悟与发现，就像佛无时不在我们的身边。（赏析：胡小敏）

二灵知和庵主

【禅师简介】

庆元府（治所在今浙江龙泉）二灵知和庵主，黄龙宗三世泐潭应干禅师之法嗣，俗姓张，苏台玉峰人。北宋徽宗宣和七年（1125）四月十二日，知和禅师示寂，跌坐而逝。知和禅师圆寂后，正言陈公特地为他撰写了行状，并详细地记录了他在示疾期间的种种异迹。后来还为他塑了像，旁边有二虎陪伴。

竹笕松窗

竹笕二三升野水①，松窗七五片闲云。
道人活计只如此，留与人间作见闻。

——《五灯会元》卷十八

【注释】

①竹笕：引山泉之水用的长竹管。

【赏析】

这是一首禅味十足的禅诗，言简意明但禅机深重，禅啊就是这么简单、现实、直观，"青青翠竹，尽是法身；郁郁黄花，无非般若"，所谓法身无象；笕接几升山沟之水，闲观窗外几片浮云，自由自在、了无挂碍，禅者的生活，处处都流露着禅机，学人只要全身心地投入进去，处处都可以领悟到禅机，处处都可以实证禅的境界，"饥来吃饭，困来即眠""神通及妙用，运水与搬柴"，所谓日用是道。可惜，多数人由于内心无明覆蔽，意识不到自身本来具有的佛性和体验禅的潜能，这就叫作"百姓用而不知"。"道人活计只如此，留与人间作见闻。"作者的用意很明显，就是要告诉人们参禅修行很简单，一点也不高深神秘，禅就在生活里、就在你我间。

圆通道旻禅师

【禅师简介】

江州圆通道旻圆机禅师，世称"古佛"，黄龙宗三世泐潭应干禅师之法嗣。兴化蔡氏子。母梦吞摩尼宝珠有孕，生五岁足不履口不言。母抱游西明寺见佛像，遽履地合爪称南无佛乃作礼。依景德寺德祥出家试经得度。遍往参激皆染指，亲沩山喆禅师最久，晚慕泐潭往谒。法嗣七人：圆通守慧禅师、黄龙道观禅师、左丞范冲居士、枢密吴居厚居士、谏议彭汝霖居士、中丞卢航居士、左司都贶郑居士。

颂 古

灵云昔日悟桃花，十里春风树树斜。
敢道老兄浑未彻，梦中开眼见玄沙①。

——《禅宗颂古联珠通集》卷二十三

【注释】

①玄沙：唐福州玄沙山宗一禅师，名师备，雪峰义存禅师法嗣。

【赏析】

福州灵云志勤禅师，初在沩山灵祐禅师座下，因见桃华而悟道，遂作偈曰："三十年来寻剑客，几回落叶又抽枝。自从一见桃华后，直至如今更不疑。"沩山禅师览偈后，遂给予印可，并嘱咐道："从缘悟达，永无退失。善自护持。"后有一位僧人将此事告诉了玄沙师备禅师，玄沙禅师道："谛当甚谛当，敢保老兄未彻在。"

作者开门见山直点明灵云因桃花而悟道，而且模拟灵云开悟时的神态心情：那真是激情澎湃，春风得意马蹄疾，你看十里长堤，千万树盛开的桃花，在醺人的春风里摇曳起伏、婆娑婀娜。但是一个急转，诗人回到现实，并且一个回马枪、头一瓢冷水：敢道老兄浑未彻，我也敢说灵云老兄你没有彻底开悟，为什么呢？因为我在禅悟的时候开了天眼，感悟到了和玄沙师备前辈一样的真知洞见。

沩山是一代宗师，自然绝不轻易印可他人。但是玄沙禅师却下断语："谛当甚谛当，敢保老兄未彻在"，可说是截断众流，千圣消声！不少学人到这里荆棘密布、虎陷狮迷。有的说灵云禅师没有彻悟，有的说玄沙错下名言，殊不知正恁么时祖师在你头顶盘旋，还见么？所以古德为人，老婆心切，欲盖弥彰！今人不识羞，个个向祖师言下敲磕，纵有所悟，荆棘林中尘境飞扬，大海里死却多少时也！虽然如此，众人还见玄沙么？若见，超人今日要共与你商量，若也不见，桃花枝枝向北寒！

龙牙宗密禅师

【禅师简介】

潭州龙牙宗密禅师,黄龙宗三世泐潭应干禅师法嗣,豫章人,虎丘隆禅师游方,尚及亲见。禅师生卒年限、参学行止、法嗣弟子等均不详。

庭　花

休把庭花类此身,庭花落后更逢春。
此身一往知何处,三界茫茫愁杀人[①]。

——《嘉泰普灯录》卷第十

【注释】

①三界:欲界、色界、无色界,是名三界,亦名三有。欲界始从地狱上至六天,皆有六欲之情,通为欲界;色界总有四禅,合十八天,初禅梵天已上无有女形,色身清净故曰色界。非是散善所能惑也,要修禅定得生其中;无色界有四天,此众生过去时厌患色碍,修无边虚空三昧生在其中,无有身形,但有四心故,曰无色界。

【赏析】

大自然中的花草是多么的悠然自得、随遇而安,"看庭前花开花落、望窗外云卷云舒"，这自古就是神仙的境界与追求，是滚滚红尘中无数俗人们的痴心与妄想，是我辈们毕生奋斗、苦修践行的目标与动力。庭前的花草，早已摸准了大自然的规律，参透了开落的因果，而我、我们呢，最终的归宿将是何处？三界茫茫、一望无涯，何日才能领悟、看穿、渡过，到达三界之外的彼岸、佛家向往的梵天乐土呢？

东禅从密禅师

【禅师简介】

福州东禅祖鉴从密禅师,黄龙宗三世泐潭应干禅师法嗣,汀州人也,禅师生卒年限、参学行止、法嗣弟子等均不详。

上堂偈

开口不是禅,合口不是道。
踏步拟进前,全身落荒草。

——《嘉泰普灯录》卷第十

【赏析】

"九年面壁人,有口还如哑","说食岂能饱人哉"……禅宗不立文字,目的就在于排除文字知见、脱离口舌纷争,以免死于句下、流于言辞。但无论如何防患、多少高僧教诲,断章取义、死咬文字、徒逞口舌、虚谈空言仍愈演愈烈,以致成为后世禅宗凋敝的主因之一,这既令人痛心但也无可奈何,因为不论何朝何代,不学无术之辈、沽名钓誉之徒总是如过江之鲫,网之不尽、泛滥成灾,因此作者才有"开口不是禅,合口不是道"的感叹,当然这样起笔,不仅直奔主题,同时也使作者的洞见、高识跃然纸上,思想品味凸然行间。当然禅师不仅提出问题，而且还解决问题，如何才是正确的修行方式呢？俗话说：说百里不如行一里，踏步走呀，那才是修禅的王道，当然走也要注意方向，要"全身落荒草"——到世俗人间去、到芸芸大众中去！

无尽居士

【居士简介】

　　丞相张商英居士（1044—1122），黄龙宗三世兜率从悦禅师之在家得法弟子（载《五灯会元》卷第十八、载《续传灯录》卷第二十六），字天觉，号无尽居士，四川新津人，北宋宰相。张商英长身伟岸，洒脱不拘，恃其意气，不肯屈居人下，气节豪迈。著有《护法论》《续清凉传》《无尽居士集》等。

开悟诗

鼓寂钟沉拓钵回①，岩头一掷语如雷②。
果然只得三年活，莫是遭他授记来③。

——《五灯会元》卷十八

【注释】

　　①拓钵回：即德山托钵公案。雪峰在德山做饭头。一日饭迟，德山托钵至法堂。峰晒饭巾次，见德山云：这老汉，钟未鸣，鼓未响，托钵向什么处去？德山便归方丈。峰举似岩头。岩头云：大小德山，未会末后句。山闻使侍者呼岩头来，问曰：汝不肯老僧耶？岩头密

启其意。德山至来日上堂,果与寻常不同。岩头至僧堂前拊掌大笑云:且喜老汉得会末后之句,他后天下人不奈伊何。

②岩头:鄂州岩头全奯禅师,德山宣鉴禅师之法嗣,俗姓柯,泉州人。初礼青原谊公落发,后往长安宝寿寺受戒,并学习经律诸部。学成后,即行脚参学,游历诸方禅苑,与雪峰义存、钦山文邃禅师为友。光启三年(887)四月初八,一大群贼寇责怪全奯禅师没有给他们供馈,于是用剑相刺。全奯禅师神情自若,大吼一声而终。其吼声传遍数十里地。后门人梵其尸,获舍利四十九粒,并为起塔,谥"清严禅师"。

③授记:授记即预言成佛。被授记者,无论中间经历怎样轮回,终能在一段不长的时间里成佛。一般来说只有佛有资格预言别人成佛。释迦牟尼佛是受燃灯佛授记的。

【赏析】

首句"鼓寂钟沉拓钵回"——雪峰义存在德山宣鉴禅师的庙里当厨房的管事。有一天开饭迟了,德山禅师托着饭钵从法堂里出来。这时雪峰正在晒饭甑子里的饭布,他看见老和尚拿着饭钵,就说:"开饭的钟鼓都还没有敲,您托饭钵到哪儿去呢?"德山禅师一言不发,就转回了方丈。次句"岩头一捞语如雷"——雪峰把这件事告诉了他的师兄岩头全奯。岩头说:"老德山和你这个小德山都没有懂得'末后句'的奥妙。"第三句"果然只得三年活"——德山禅师知道后问岩头:"你认为我这个老和尚不行吗?不如你吗?"岩头悄悄地向德山禅师表达了他的意思,德山就没有再说什么了。从此果然与平常所讲的大不相同。岩头到了僧堂前面,抚掌大笑,并说:"我太为老和尚高兴了,他老人家终于懂得'末后句'这一最高的境界了,以后天下所有的人都难不倒他。但可惜的是,他老人家在世上的时间只有三年了。"最后一句"莫是遭他授记来"——三年后,德山禅师果然去世了。

此诗明里写的是"德山托钵"公案,但实际上是作者自悟的感慨:从悦禅师问张商英:"于佛陀的言教有疑惑吗?所疑为何?"商英答:"我疑香严独颂,还有德山托钵话。"

从悦禅师:"既有此疑,安得无他?"接着又说:"只如岩头所言,末后一句是有呢?是无呢?"商英说:"有!"从悦禅师听到这话,大笑而回。他的笑刺激得第张商英浑身不自在,一夜睡不安稳。到了五更下床时,不慎打翻尿桶,忽然大悟,高兴得他大叫:"某已经捉到贼了!

贼在何处?贼在知见,贼在自障啊!

三藏经论,名师教化,皆只是禅者悟道的上半联,至于下半联这所谓的末后一句,全靠自知自觉、自证自了、不假依止。

谒黄龙寺

久响黄龙山里龙,到来只见住山翁。
须知背触拳头外①,别有灵犀一点通。

——《全宋诗》卷四、《指月录》卷二十六

【注释】

①背触拳头:指黄龙禅师晦堂祖心的"触背关":晦堂禅师接引学人,每每竖拳问曰:"唤作拳头则触,不唤作拳头则背,汝唤作甚么?"由是久之,后人称之为"触背关"。

【赏析】

早就听过黄龙山宝觉晦堂祖心禅师是僧中之龙、大名如雷贯耳——这既是客气也是发自心底的赞语,因为一路来张商英虽贵为高官,但经过与几个黄龙宗的弟子的较量,对黄龙宗的学识、智慧、机锋早已心服口服、崇拜有加了——可是我见到的却只是一个普通平常的山里老翁啊。当然我知道(就是这么一个毫不起眼的老头)除了他接引学人的"背触关"外,我和他还有许多心领神会、相互感应、两心相通的契合因缘在哩。

宝觉禅师见学者,必举手示之曰:"唤作拳是触,不唤拳是背。"莫有契之者,丛林谓之触背关。张丞相(商英)奉使江西时,至兜率,拜悦禅师为师,遂甘称其门人。及造其庐,见宝觉,乃作上偈。

灵源叟(惟清)时为侍者,乃作赞,其略曰:"闻时富贵,见后贫穷。老年浩歌归去乐,从他人唤住山翁。"

鲁直(黄庭坚)大笑曰:"天觉(张商英)所言灵犀一点,此磊苴为虚空安耳穴。灵源作赞分雪之,是写一字不着画。"

山谷居士所见最高、恰如其分、中肯得当!

西蜀銮禅师

【禅师简介】

西蜀銮禅师,黄龙宗三世东京法云佛照杲禅师之法嗣,出家后专攻经论,精通大小乘。后投东京法云佛照杲禅师座下参学。

卖 松

众卖花兮独卖松,青青颜色不如红。
算来终不与时合,归去来兮翠霭中。

——《五灯会元》卷十八

【赏析】

大家都在卖花而我却来卖松枝,松枝虽然实用,但单一青绿的色彩当然不如鲜花的五颜六色、绚丽多姿,不合时宜的做法终究难以致广,既然世无知己知音,还不如隐身到云雾缥缈、翠绿欲滴的深山老林中去参悟禅理、明心见性罢。

诗中表达了作者对禅林风气不古的感叹,指出了道义推广的艰难和世人贪图浮华、忱于享乐的劣根,同时形象地讥讽了僧子学人投机取巧、钓誉图名的做法和趋新鹜浅的风气。"禾黍不阳艳,竞栽桃李春。翻令力耕者,半作卖花人","可怜田舍汉,尽做卖花郎。"不好生在自家田园耕种,却去沿街流连卖花!

正法希明禅师

【禅师简介】

成都府正法希明禅师,黄龙宗三世青原惟信禅师法嗣。汉州人也,禅师生卒年限、参学行止、法嗣弟子等均不详。

早 秋

林叶纷纷落,乾坤报早秋①。
分明西祖意,何用更驰求。

——《续传灯录》卷第二十三

【注释】

①乾坤:一般代表天地,阴阳。乾:代表天,坤:代表地。

【赏析】

树叶纷纷飘落,这是天地在向世界报告秋天的到来,这种日升月落、春去秋来的自然规律,不就是达摩祖师西来的本意么,去除知见自执、遵循天道人性,就是我们日日追逐、夜夜苦寻的"祖意""法道"啊,实际上这些东西就在我们身边,就在我们的日常生活中,就在我们眼见耳闻的一切里,赵州从谂大师说西祖意是"庭前柏树子"、洞山宗慧说西祖意是"麻三斤"、云门文偃大师说西祖意是"糊饼",不都是在告诫我们佛就在日用之中,佛就是平日的搬柴运水,佛就是寻常的吃饭穿衣,佛法是这样的分明显眼、触目即见,哪里还用我们去辛苦追求呢。

祖庵主禅师

> 【禅师简介】
> 祖庵主,黄龙宗三世青原惟信禅师法嗣。见青原之后缚屋衡岳间,三十余年人无知者,偶遣兴作偈,由是衲子披榛扣之,无尽张公力挽其开法,不从,竟终于此山。生卒塔藏不详,法嗣一人:延庆叔禅师。

寄 兴

小锅煮菜上蒸饭,菜熟饭香人正饥。
一补饥仓了无事①,明朝依样画猫儿。

——《续传灯录》卷第二十三

【注释】

①饥仓:指饥饿之腹。明代陈继儒《读书镜》卷七:"饮食于人日月长,精粗随分塞饥仓。"

【赏析】

修行的生活是多么悠闲自在啊,你们看我每天都是在小锅的下面煮菜而上面则蒸饭,等到菜熟饭香的时候,我也正好开始感到饥肠辘辘了,待到菜了饭饱后我就又没什么事了,明日又像今日依样画猫儿，我就是这样今日复明日、明日再复明日，没有任何的变化，简单又自然，是多么的舒心惬意，简直比神仙都要快乐。

  禅师通过简单、单调的日常生活场景的描写，启发和告诉人们悟道就是一件如此自然平常的事情，没有半点神秘，一点也不深奥，它就是我们平日的吃饭着衣、家长里短，什么是修行？"饥则食来困则眠。"

应城道完禅师

【禅师简介】

安州应城寿宁道完禅师,黄龙宗三世褒亲瑞禅师法嗣,禅师生卒年限、参学行止、法嗣弟子等均不详。

月

古人见此月,今人见此月。
此月镇长存,古今人不别。
若人心似月,碧潭光皎洁。
决定是心源①,此说更无说②。

——《续传灯录》卷第二十三

【注释】

①心源:犹心性。佛教视心为万法之源,故称。

②无说:从佛自己本身来说,他没有说一个字。所以《金刚经》上讲,哪个人要是说佛说法,这个人叫谤佛,毁谤佛,佛从来没有说过法。

【赏析】

古人曾见今时月,今月曾经照古人,古今月相同,古今人不同。

月亮是长存不变的，但人却一代一代的兴衰更替，这是自然规律，是谁也无能更改的。人只有修行明了和月亮一样永恒不变、永生不老的佛性，那心地才会与幽深碧绿的潭水一样，光辉明亮、温暖透彻。当然你是否有这种认识、感悟、理想与追求，那取决于每个人的内心感知与先天灵性，还取决于每个人的个体差异和经验判断，这不是来源于佛祖的意旨和说教，因为佛陀从来就没有说过法，而这种小小的开悟与觉达，就更不可能是它的法演了。

南岳慧昌禅师

【禅师简介】

南岳云峰景德慧昌禅师,黄龙宗三世庐山罗汉寺南禅师法嗣。禅师生卒年限、参学行止、法嗣弟子等均不详。

风　景

禹溪流水如蓝染,云密峰峦画不成。
山色水声全是体①,不知谁解悟无生②。

——《续传灯录》卷第二十三

【注释】

①体:一切事物的本体,与界、性等同义。

②无生:不生不灭的意思,也是涅槃的道理。世间一切皆生灭虚妄之相。无生者,谓无虚妄之生。既无有生,云何有灭?不生不灭,乃究竟实相也。

【赏析】

首联写景:禹溪的流水像被染了蓝靛一样的浓绿,而重峦叠嶂的青山和层层密布的云彩那是想画也难以画成的,这五颜六色、异彩纷呈的美丽景色,是多么吸引和打动人啊,我们一个个流连忘返、连心都醉了。次联是此诗的关键,作者从写景一个跳跃转折到思虑、感悟上来:再美再好的山水景色,那也只是事物之外在、物质的表象啊,有谁能透过这美景的表面而直达本质,由体而用、由现象而根本,进而找到它的规律,并从事物的根本规律广而至于体悟苍生、体会佛性,从而达到无我、无他、无生、无往的境地与境界呢。

芦山无相禅师

【禅师简介】

明州芦山无相法真禅师，黄龙宗三世光孝兰禅师法嗣。江南李主之裔，禅师生卒年限、参学行止、法嗣弟子等均不详。

日常是道

四京[①]人着衣吃饭，两浙[②]人饱暖自如。

通玄峰顶香风清，花发蟠桃三四株。

——《续传灯录》卷第二十三

【注释】

①四京：北宋王朝共有四京，即东京开封府、西京河南府、北京大名府和南京应天府。初沿五代晋、汉、周旧制，以开封府为东京，河南府（今河南洛阳）为西京。宋真宗景德三年（1006）二月，以赵匡胤曾任后周归德军节度使所领之宋州（今河南商丘）为帝业肇基之地，升为应天府；大中祥符七年（1014）正月，又升为南京。宋仁宗庆历二年（1042）吕夷简以宋真宗咸平三年（1000）驻跸大名府（今河北大名东北）亲征契丹，奏请大名府为北京。东京为首都，是全国政治、经济和文化中心；西京为分司所在；北京是河北重镇；南

京在四京中规模最小。

②两浙：亦作"两淛"，浙东和浙西的合称。唐肃宗时拆江南东道为浙江东路和浙江西路，钱塘江以南简称浙东、以北简称浙西。宋代有两浙路，地辖今江苏省长江以南及浙江省全境。

【赏析】

普天下无论是东南西北的四京人，还是大江两边的两浙人，都毫无例外的一样是着衣吃饭、讲求饱暖自在，这说明什么道理呢？这不就如佛性一般无二吗？通玄峰顶的那几株蟠桃开花了，以至山上的清风都那么香浓，佛法是如此的寻常，蕴涵于世界的一切之中，不分彼此、不论贵贱、不择时序，只要你留意、只要你心静、只要你无欲，普天万物，放眼皆般若、触目皆菩提，于中都能发现佛法、见到自性、获得真如。

庆元雪窦禅师

> 【禅师简介】
> 庆元府雪窦持禅师,黄龙宗三世象田卿梵禅师法嗣,郡之卢氏子。壮弃俗为僧,遍造禅关,晚谒象田,始悟心要。禅师生卒年限、参学行止、法嗣弟子等均不详。

白云青山

悟心容易息心难①,息得心源到处闲。

斗转星移天欲晓,白云依旧覆青山。

——《续传灯录》卷第二十三、《嘉泰普灯录》卷第十

【注释】

①悟心:犹悟性。息心:梵语"沙门"的意译。谓勤修善法,息灭恶行,排除俗念,不再奢望,不再渴望,放弃一切。

【赏析】

禅修中,要达到彻悟本性、了脱生死,那是很难很难的,多少比丘比丘尼穷其一生、耗尽心血,也没能开悟获得印可,留下终生遗憾,但是相比排除俗念、放弃一切、熄灭心火来说,"悟心"又要比"息心"容易得多了。我是多么渴望早日达到"息心"的境界

啊，到那时，我们将通体舒泰、到处清闲自在，不论如何斗换星移、白天黑夜地轮回，我们的心境还是像蓝天上的白云一样，无所挂碍、随心所欲地在天上飘浮，与日月为伍、与青山嬉戏。

九仙祖鉴禅师

【禅师简介】
隆兴府九仙法清祖鉴禅师,黄龙宗三世慧日雅禅师法嗣。严陵人也,禅师生卒年限、参学行止、法嗣弟子等均不详。

一花一如来

万柳千花暖日开,一花端有一如来。
妙谈不二虚空藏①,动着微言遍九垓②。
——《罗湖野录》、《嘉泰普灯录》卷第十

【注释】
①妙谈:(术语)殊妙之谈话。教行信证三末曰:"律宗用钦师云:至如华严极唱法华妙谈,且未见有普授众生一生皆得阿耨多罗三藐三菩提记者。"不二:又作无二、离两边。指对一切现象应无分别,或超越各种区别。

②九垓:(1)亦作"九畡"、"九陔"。中央至八极之地。韦昭注:"九畡,九州之极数。"晋·葛洪《抱朴子·审举》:"今普天一统,九垓同风。"(2)亦作"九阂"。九层,指天。《文选·司马相如〈封禅文〉》:"上畅九垓,下泝八埏。"李善注:"垓,重也……言其德上达于九重之

天。"晋代郭璞《游仙诗》之六："升降随长烟，飘飘戏九垓。"

【赏析】

　　温暖的春天来了，大地上到处莺歌燕舞、繁花似锦，那百花齐放、百花争鸣的花朵，虽然仪态万方、各式各样互不相同，但是与生俱来的佛性却是一样的，没有丝毫的差别，你看那美丽的花朵中间不都端坐着一个庄严的如来师尊吗？

　　伟大光辉的佛性啊，是那么公正平和，无论是人是物、是愚是贤、是美是丑，给你的启迪永远是那么公允、从来没有变化，只要你解悟了它的真谛，那么你的谈吐、表现都会神妙可人，哪怕你的言语再少，只要阐述的是真理真义，也必定会震撼世界的！

云岩天游禅师

【禅师简介】

　　隆兴府（今江西南昌）云岩典牛天游禅师，黄龙宗三世泐潭文准禅师（黄龙二世克文法嗣）之法嗣，俗姓郑，成都人。初试郡庠，复往梓州试，二处皆与贡籍。师不敢承，窜名出关，适会山谷道人西还。因见其风骨不凡议论超卓，乃同舟而下。竟往庐山投师剃发不改旧名。首参死心不契，遂依湛堂于泐潭。一日潭普说，师闻脱然颖悟，出世云盖、次迁云岩。尝和忠道者牧牛颂曰：两角指天，四足踏地。拽断鼻绳，放甚屎屁。张无尽见之甚击节。后退云岩过庐山，栖贤主翁意不欲纳，乃曰："老老大大，正是质库中典牛也。"因庵于武宁，扁曰"典牛"，终身不出。涂毒见之已九十三矣。法嗣二人：径山智策禅师、报德智一禅师。

典　牛

　　质库[①]何曾解典牛，只缘价重实难酬。
　　想君本领无多子，毕竟难禁这一头。

——《续传灯录》卷第二十六

【注释】

①质库：中国古代进行押物放款收息的商铺。亦称质舍、解库、解典铺、解典库等。即后来典当的前身，在南朝时僧寺经营的质库已见于文献记载。

【赏析】

天游禅师从云岩隐退之后，有一天，他前往庐山访栖贤寺。当年，他就是在那里出家的。寺主不想留他，便说道："老老大大，正是质库中典牛也。"意思是说，老大一把年纪了，还不合时宜地东奔西走，你投错地方了，这不是你该来的地方。天游禅师听了这句话之后，便留下这一偈而去。

这首诗的直译就是典当铺里几时用牛做过抵押品？为什么不用呢，原因只是牛的价格实在太高啊！想来你（指栖贤寺主）的本事也不过如此，并没有多少能耐，连吝啬贪欲之念都压禁不住，更何谈别的更高层次的修为呢。

实质的意思是我有什么不合时宜之处呢，恐怕是你有眼无珠吧，高僧大德就在你面前，你却对面不相识，以凡心俗念将真谛、圣智拒之门外，不是愚僧痴汉又是什么？诗人通过自己的亲身经历，将世人、丛林中叶公好龙、一知半解之辈进行了强烈的鞭策和无情的嘲讽。

兜率慧照禅师

【禅师简介】

隆兴府兜率慧照禅师,南安(福建南安)郭氏子,黄龙宗三世兜率悦禅师法嗣。禅师生卒年限、参学行止、法嗣弟子等均不详。

端　午

端午龙安亦鼓钹[1],青山云里得逍遥。

饥餐渴饮无穷乐,谁爱争先夺锦标[2]。

——《续传灯录》卷第二十六

【注释】

①龙安:地名,又名龙安寨,兜率禅寺所在地,今属江西省修水县渣津镇。

②锦标:锦标一词最早使用于唐代,是当时最盛大的体育比赛——竞渡(赛龙舟)的取胜标志。而竞渡则是春秋战国时的一项体育活动,在唐以前并无"夺标"的规定。到了唐代,竞渡则成了一项独具特色,而又极为隆重的竞赛活动,其目的即在于争夺第一名。为了裁定名次,人们在水面上插上一根长竿,缠锦挂彩,鲜

艳夺目，当时人们称之"锦标"，亦名"彩标"。竞渡船只以首先夺取锦标者为胜，故这一竞赛又称为"夺标"。"标"成了冠军的代名词。

【赏析】

端午佳节里，龙安寨所在的河里锣鼓喧天，官民一道在那里为纪念楚大夫屈原而举办龙舟大赛，那是多么热闹的去处哇，可心如止水的老僧我却一点也不心动，只愿意乐得在兜率寺这深山中与青山为伍、和白云为伴，落得个逍遥自在、快快乐乐，饿了就餐渴了就饮，"心头无闲事、便是世间仙"，谁还想到要去你争我抢地夺锦标、赢第一呢。

诗间体现了作者超然物外、神游八极的思想与境界，袒露了作者深厚的禅学修行和定力，表明了作者跳出三界外、不在五行中的追求与理想；同时也提醒大众和学人，不要贪图享乐、要多勤修苦练，在求道苦修的路上，要坚忍、坚毅，不要被声色影响与左右，"埋首经和籍，管他东与西"。

中岩蕴能禅师

【禅师简介】

眉州中岩慧目蕴能禅师,黄龙宗三世大沩璕禅师法嗣。本郡吕氏子,年二十二于村落一富室为校书。偶游山寺见禅册阅之似有得,即裂冠圆具一钵游方。首参宝胜澄甫禅师,所趣颇异。至荆湖谒永安喜真如哲德山绘,造诣益高。迨抵大沩,得印可。后还蜀,庵于旧址,应四众之请出住报恩。师住持三十余年,凡说法不许录其语。临终书偈趺坐而化,阇维时暴风忽起烟所至处皆雨舍利,道俗斸其地皆得之,心舌不坏,塔于本山。法嗣一人:毡头崇真化主。

开悟偈

万年仓里曾饥馑,大海中住尽长渴。
当初寻时寻不见,如今避时避不得。

——《续传灯录》卷第二十六

【赏析】

佛法这东西真是太神奇了,在未悟道、未掌握它之前,就像身居大谷仓里可是却饿得头昏眼花、住在大海之中却干渴得口焦舌裂,当时是怎么寻找也寻找不到，可你一旦认识了它、掌控了它，反过来就怎样躲避也躲避不开了。

"饿死在饭甑上、渴死在水缸里"，身在宝山不识宝，现实中这样的事例简直举不胜举、言之不尽，这是学习、钻研的常态，是认识事物规律、掌握知识技能的必经之途，因为认识任何事物都有一个循序渐进的过程，有一个由量变到质变的规律，因此在学道的路上既不要急功近利、也不要放任自流，要有恒心毅力，牢记"宝剑锋从磨砺出，梅花香自苦寒来"。

宝觉宗印禅师

> **【禅师简介】**
> 怀安军云顶宝觉宗印禅师,黄龙宗三世大沩璘禅师法嗣。禅师生卒年限、参学行止、法嗣弟子等均不详。

临终偈

四十九年,一场热哄。
八十七春,老汉独弄。
谁少谁多,一般作梦。
归去来兮,梅梢雪重。

——《续传灯录》卷第二十六

【赏析】
老衲我经世八十七春,出家四十九载,这么多年仿佛就在一眨眼之间,一场热闹就快要结束了。我身皈依佛祖,平生独自一人,想起俗世的规矩,到底是谁多谁少呢?若在我看来似乎都是梦过一场,谁也不多,谁也没少。我马上就要回到自然中去了,四大要纷飞、五蕴具归无,所以我什么也没得到、什么也没失去,只是现在看到梅树的梢头雪花厚重、晶莹剔透、皎白纯洁。作者不愧是得道高僧,临终之即，身心俱空、物我皆忘、生死参破、寸丝无挂，满世界里唯有那心驰神往的、灿若光华的、洁白如玉而又无所不在的伟大佛性，什么都是空与无，唯有佛性长在、菩提永生！

胜因咸静禅师

【禅师简介】

楚州胜因咸静戏鱼禅师,黄龙宗三世泐潭干禅师法嗣。郡之山阳人,族高氏。甫冠即落发,晚悟于泐潭,望重江湖,凡三董名刹。住胜因日,尝临池为堂以燕息,名曰:"戏鱼"。故丛林雅以称焉。后晦处涟漪之天宁,示微疾,书偈置笔而逝,寿七十一,腊五十二。禅师法嗣六人:万寿普信禅师、慧日兴道禅师、光孝果愍禅师、崇宁超禅师、广教罨禅师、法慧冲禅师。

临终偈

弄罢影戏,七十一载。
更问如何,回来别赛。

——《续传灯录》卷第二十六

【赏析】

我这一场影戏演得真久,装神弄鬼、作虚弄假地一演就是七十一年,然而曲终人散,什么也没有得到和留下,我现在要回去了,你们若有疑惑要问,那我告诉你们,我就是回来向你们做最后完毕了结告别的。禅师用一辈子的人生经验与修悟，告诉后人人生就是一场戏，真也罢、假也罢，到最后都归于空无，提醒人们要注重当下、把握眼前、享受过程，"有花堪折直须折，莫待无花空折枝""莫等闲，白了少年头、空悲切"，要趁早努力，修成妙果。

大沩海评禅师

【禅师简介】

潭州大沩海评禅师,黄龙宗三世开先瑛禅师法嗣。禅师生卒年限、参学行止、法嗣弟子等均不详。

述　法

灯笼上作舞,露柱里藏身。
深妙神恶发①,昆仑奴生嗔②。

——《续传灯录》卷第二十六

【注释】

①恶发:发怒、发火、动怒、发脾气。

②昆仑奴:昆仑(不是昆仑山)在我国古代指印度尼西亚、马来西亚一带,昆仑奴主要指从那里来的仆役,其中大多数是东南亚一带的土著人,虽然皮肤较中国人黑,但仍然是黄种人。另有少部分是黑人,估计是随阿拉伯人来华的,这种黑人昆仑奴很少,只有一些社会地位很高的人用得起。另外据有些学者推测,昆仑奴中也许还有达罗毗荼人(印度的一个民族)。

早在唐朝,长安就已经是一座国际化大都市了,各种肤色的人满街走，见怪不怪。当时流传的一句行话，叫作"昆仑奴，新罗婢"。新罗的婢女等同于今天的菲佣，受过专业训练，乖巧能干。而昆仑奴个个体壮如牛，性情温良，踏实耿直，贵族豪门都抢着要。

【赏析】

在灯笼上跳舞是不可能的，在柱子里藏身是不可能的，让我佛如来做坏事是不可能的，让矮黑人发脾气也是不可能的。大众，为什么会有这么多的不可能呢？你们谁能识取其中的奥妙玄机吗？各位，佛法无二、心相归一，我们既要在万千体相上悟出一如的佛性，也要学会在真一的性外明白千万不同的形式，更要弄清千千万万的差别构成的内在因缘。"灯笼上作舞，露柱里藏身"之所以不可能，其起决定作用的原因是"灯笼""露柱"的天然属性，纸糊的笼子上不可跳舞和石质柱子里难以藏身，那是不以人的意志为转移的，是自然属性；而"深妙神恶发，昆仑奴生嗔"，那是后天属性，是人的能动性发生作用的结果，深妙神因为高深的修行，已达到了宠辱不惊、去留无意的地步，因而不会"恶发"，昆仑奴呢则是因为残刑酷罚吓破了胆而不敢"生嗔"，满腔的怒火强压在心里，只是没有发泄的渠道与时候。社会是复杂的，平静的水下都可能有险恶的暗流，因此你们要学会透过现象看本质，真理、佛性都要是要付出艰难努力后才会获得和掌握的。

慈氏瑞仙禅师

【禅师简介】

绍兴府慈氏瑞仙禅师,黄龙宗三世投子广鉴行瑛禅师法嗣。郡之余姚人,年二十去家,以试经披削。习毗尼,因晤戒性如虚空,持者为迷倒。师谓:"戒者,束身之法也,何自缚乎。"遂探台教,又阅诸法不自生,亦不从他生。不共不无因,是故说无生。疑曰:"又不自他,不共不无因生,毕竟从何而生?"弃谒承天英、天童交、白牛乡、保宁玑、佛鉴勤、龙门远、死心新、三祖宗、洞山微,皆有机语,而至投子广鉴行瑛始悟,禅师生卒年限、参学行止、法嗣弟子等均不详。

法　偈

三个橐驰两只脚[①],日行万里趁不着。
而今收在玉泉山[②],不许时人乱斟酌。

——《嘉泰普灯录》卷第十

【注释】

①橐驰:橐驼,即骆驼。

②玉泉山：地名，在我国有两座玉泉山，分别位于湖北当阳玉泉山和位于北京的玉泉山。此诗中指湖北当阳玉泉山。

当阳玉泉山位于当阳县西南15公里处，海拔370米，因山下珍珠泉喷珠跳玉故称。玉泉山历史悠久，东汉建安年间，高僧普净禅师曾住此山。《三国演义》作者罗贯中，把关羽显圣地点安排在玉泉山，并非随意之意，而是事出有因。据文献记载，蜀汉昭烈帝刘备，当年在玉泉山东麓的玉泉寺内建过贞烈祠，专供一年四季祭祀关羽用。这大概是关羽"玉泉山显圣"故事的渊源吧！

【赏析】

一个怪物，背上有三个驼峰一样的包囊，却又只有两只脚，而且一天能奔跑一万里，还追都追不上，有谁见过吗？人啊，不就是这样一怪物吗，虽然只有两只脚，却一天到晚背负着贪、嗔、恣的三大包袱，而且还思绪如电、欲念不息、贪心不止，如今佛祖把他收伏在玉泉山上的寺庙里，让他息心止欲，你们大众不要在外面胡乱猜测议论，说实话，芸芸众生中，有几人不是这样的怪物，不需要到玉泉山上去清心寡欲几时、苦修践行几年呢？

范冲居士

【居士简介】

左丞范冲居士,黄龙宗四世圆通道旻禅师(三世泐潭干嗣)之在家得法弟子(载《续传灯录》卷第三十、《指月录》卷之三十),字致虚,一字谦叔,建州(今福建建瓯)建阳人。范冲居士少年时即中进士,为太学博士。北宋徽宗在位时,先后任兵部侍郎、刑部尚书等职,南宋高宗即位后,又任资政殿学士,后卒于去鼎州赴任的途中。

泛松江

黛泼峰峦安用染,镜澄湖面不须磨[①]。
已惊张翰鲈如玉[②],想见西施髻如螺[③]。
目断楼高知水阔,云开山尽见天多。
吾家本是烟波主,好律渔翁一曲歌。

——《闽诗录》丙集卷五

【注释】

①镜澄湖面不须磨:马祖道一法师在南岳山终日坐禅,怀让禅师为开导他就上前询问:"大德坐禅,图什么?"道一回答:"图作佛。"

怀让禅师便就地取了一块砖,在大石上不断地磨着。道一不解问道:"磨砖要作什么?"怀让禅师回答:"我要把砖磨成镜子。"道一又问:"砖头怎能磨成镜子?"禅师答说:"磨砖既无法成镜,难道坐禅就能成佛吗?"

②张翰鲈如玉:张翰,字季鹰,吴郡人也。……齐王冏辟为大司马东曹掾,同时执政,翰谓同郡顾荣曰:"天下纷纷,祸难未已。夫有四海之名者,求退良难。吾本山林间人,无望于时,子善以明防前,以智虑后。"……翰因见秋风起,乃思吴中菰菜、莼羹、鲈脍,曰:"人生贵得适志,何谓羁官数千里以要名爵乎!"遂命驾而归,著《首丘赋》,文多不载,俄而冏败,人皆谓之见机。

这就是"莼鲈之思"典故的出处。并且张翰还为此作了一首诗——《思吴江歌》:秋风起兮佳景时,吴江水兮鲈鱼肥。三千里兮家未归,眼难得兮仰天悲。(《晋书》卷九十二《文苑传·张翰传》)

③西施髻如螺:吴县太湖洞庭山,位于太湖之中,相传曾是吴王夫差和西施避暑的地方。洞庭山分为东、西两山,东山是伸进太湖的三面环水半岛,西山则是一个屹立在湖中的岛屿,两山与太湖构成形似美女头髻的图形,被当地人称为"西施髻"。

【赏析】

远远近近的山峦黝黑如墨,都是一幅幅天然的山水丹青,哪里还用费神费力去着颜染色呢?澄澈的湖面平静如镜,把这湖光山色映照得纤毫不差,这么光滑透亮的镜子根本就不存在要去打磨修理。作者借用"磨镜"这一公案,明里形容湖面平静如镜,实则暗示自己已得日用是道的禅机、已到凡圣两忘的禅修境界。

下一阕"已惊张翰鲈如玉,想见西施髻如螺。"松江太湖的"莼鲈鱼"是多么的神奇而味美,张翰法随心定、高官厚禄弃之如草芥的做派，更是让人惊奇不已；太湖之中洞庭山，曾是吴王夫差和西施避暑的地方，你看那湖中的岛屿，不就是西施头上的螺髻吗？作者借张翰为鲈鱼脍辞官和西施功成隐退的故事，进一步表明自己了无牵挂的禅定心态。

目断楼高知水阔，云开山尽见天多。参破了名利生死的世界是多么浩瀚广廓，天高水阔、云尽山开，让人心胸开阔、心旷神怡、心花怒放。我本就是一个爱好云烟、寄情山水的境外之人，最是喜欢和欣赏那些渔人们随心所欲、随遇而安、顺其自然的放声高歌与吟唱。

吴居厚居士

【居士简介】

枢密吴居厚居士（1039—1113），黄龙宗四世圆通道旻禅师之在家得法弟子（载《续传灯录》卷第三十、《指月录》卷之三十），字敦老，洪州临川钟陵张公楼湖村（今属江西进贤县）人。进士及第，历任武安节度推官、户部侍郎、龙图阁学士、尚书右丞、资政殿学士等职。北宋徽宗政和三年（1113）卒，著有《吴居厚集》一百卷。

吴王城

吴王宫殿作飞尘①，野鸟幽花各自春。
料得寒溪喧笑日②，也曾惊动武昌人。

——《全宋诗》卷二十五

【注释】

①吴王宫殿：今湖北省鄂州市，三国时吴国孙权在此登基称帝。
②寒溪：在湖北省鄂州，流经鄂州城关，寒溪沿线有许多古迹，如寒溪寺、陶侃读书堂、黄庭坚洗墨池、远公桥、陶公井等等。

【赏析】

　　吴国的都城,三国孙权登基称帝的地方,金碧辉煌、珠光宝气、高耸入云、巍峨璀璨的宫殿都到哪里去了呢?甚至连痕迹都没有一点,只有各种飞鸟和五颜六色的花草在和煦的春风里自由自在的歌唱与摇曳,功名富贵啊都是过眼云烟、转瞬即逝,只有永恒的佛性,才能生生不息、亘古不变。可是滚滚红尘、芸芸众生,有几个人能够识破、看透、参悟其中的奥妙玄旨呢?也许只有在惠远濯过尘、李白唱过歌、黄庭坚洗过笔……"晓看寒溪有炊烟"的寒溪冰雪消融、溪水哗哗、流湍水急喧嚣热烈的日子里,才能惊动、惊醒天下醉生梦死的凡夫俗子。

　　作者借景抒情、借古喻今,感叹斗换星移、人生易逝,只有佛法不二;同时变感慨世风日下、人心不古,对禅理宗法视若无睹,就连身在道场近旁的武昌人,也都浑浑噩噩、棒喝不醒。

径山智策禅师

【禅师简介】

临安府径山涂毒智策禅师（1117—1192），黄龙宗四世云岩天游典牛禅师（三世文准嗣）之法嗣，俗姓陈，天台人。涂毒禅师幼年时依护国寺僧楚光禅师落发。受具足戒后，十九岁投国清寺，礼谒寂室慧光禅师（慧林怀深禅师之法嗣），洒然有所省悟。淳熙十六年（1189），宋光宗即位伊始，智策禅师由无锡华藏寺入主径山能仁禅院。三年后，智策召集僧众，口说一偈："四大既分飞，烟云任意归。秋天霜夜月，万里转光晖。"不久，溘然而逝。坐化后，陆游还作有《哭径山策老》（《渭南文集》卷二二《涂毒策禅师真赞》，文渊阁《四库全书》本）一诗，以寄托哀思："岌岌龙门万衲倾，翩翩只履又西行。尘侵白拂绳床冷，露滴青松石塔成。遥想再来非四入，尚应相见话三生。放翁大欠修行力，未免人间怆别情。"一生剃度弟子43人，其中12人位至大寺住持。

风吹满袖香

色见声求也不妨，百花影里绣鸳鸯。
自从识得金针后，一任风吹满袖香。

——《五灯会元》卷十八

【赏析】

禅的根本问题是"无",不可言说的无,而且山河大地尽为虚空、尽皆幻相,那么于一无所有的世界,凡人我们到哪里去寻觅体验无尚奥妙的佛法呢?

当然这是一个概念偷换的问题,因为认识上理论中的"无"与"有",和现实中的"无"与"有"是两码事,虽然平常极易混淆、误导世人,但得道的高僧于此是认识得透、分辨得清的,所以他认为:

"色见声求也不妨,百华影里绣鸳鸯。"

意思是说佛法难求、佛性难悟,那我们不妨就在声色犬马中寻找,就在市井生活里验证,"佛法在世间,不离世间觉""道不在声色而不离声色",佛法本就是世间大法,本就在普通平常的日用之中哦。只要我们能识取本性,通过各人与生俱来的天然智慧,就能识得佛性、洞悉真如,如此则何惧风吹雨打、电闪雷鸣,因为无论在何种情形下,我们都能信心满满、步态从容、坦然面对、清香盈袖。

道场慧琳禅师

【禅师简介】

安吉州道场普明慧琳禅师,黄龙宗四世天宁卓禅师法嗣(三世惟清嗣)。福州人,禅师生卒年限、参学行止等不详,法嗣三人:东山吉禅师、狼山珸禅师、径山了粹禅师。

法门无二

一即多、多即一,毗卢顶上明如日。
也无一、也无多,现成公案没譸讹[①]。

——《续传灯录》卷第三十

【注释】

①譸讹:混淆讹误。禅书习见,亦作毂讹、聱讹、譊讹等。明代袁中道《东游日记》:"所云二女者,乃天帝之二女,非尧二女也,譸讹久矣。"

【赏析】

就佛法来说,虽然佛性无二,但其表现形式却多得不可胜数,但再多的外在形式,也无非是佛性的不同面目罢了,从这个角度来讲,一就是多、多也是一,这是哲学上的辩证之法,你们一定要探究明白,弄清其因果变化,不要脑袋光亮更要内心通透,这是来不得半点马虎与含糊的。既要弄懂一是多多也是一,你们更要进一步明白佛法的最高境地是"空"、是"无",所谓"空即是色、色即是空",大地清静、世界虚无,既没有一、也没有多,前人阐述这方面的公案那是太多了,你们要认真参究、好好理解,不要动不动就怀疑前人混淆错乱,实际上那是你们还没到达那么高的地步、没有掌握那么深奥的学问罢了,所以用心刻苦地勤学苦练吧,"书山有路勤为径,学海无边苦作舟!"

乌回良范禅师

【禅师简介】

安吉州乌回唯庵良范禅师,黄龙宗四世天宁卓禅师法嗣。禅师生卒年限、参学行止、法嗣弟子等均不详。

上堂偈

尘劫已前事[①],堂堂无背面。
动静莫能该[②],舒卷快如电。
莫道凡不知,佛也觑不见。
决定在何处,合取这两片。

——《续传灯录》卷第三十

【注释】

①尘劫:佛教称一世为一劫,无量无边劫为尘劫。后亦泛指尘世的劫难。

②该:应当;那,着重指出前面说过的人或事物;欠,欠账;古同"赅",完备。

【赏析】

红尘的劫数了却了以前的一切是非恩怨、因果报应,没有留下任何遗物与痕迹，一动一静之间是如此完美，该动就动该静就静圆融自如、没有一丁点的亏欠，而一收一展、一分一合又是这样迅捷、快如闪电，这般机谋缜密、变化莫测的道行，不要说凡人不会知晓，就是佛陀他也难以觑见。

　　修得道法、悟得佛性、明了真谛的世界是多么神奇、多么美妙，天地一体、阴阳无隔、来去自由、收发随意，你们后学快用功啊，勤奋努力早日得道，你们想要修炼的秘诀和办法？那我也一点不隐瞒，明白无误地告诉你们，修行悟道没有任何诀窍，最关键最起决定作用的就是你自己，只要你们少说多行、少言多思——"合取这两片"，不要终日大言不惭，每天满嘴皮的官司，古人言"坐着说如何起来行"，切记"空谈误国、实干兴邦！"

普贤元素禅师

【禅师简介】

福州普贤元素禅师,黄龙宗四世上封才禅师法嗣。建宁人也,禅师生卒年限、参学行止、法嗣弟子等均不详。

透玄关

未开口时先分付,拟思量处隔千山。
莫言佛法无多子,未透玄关也大难。

——《续传灯录》卷第三十

【赏析】

没有开口时就已经先行吩咐过了,这是禅宗里经常用到的虚幻笔法,若按字面来解将陷入文字陷阱、语言知见上去,这里的意思是学法悟道要灵活机动、要有独创性、要有能动性,不能等、靠、要,不要拾人牙慧,不要嚼人旧馍,要意在人先,"不露锋芒意已彰,扬眉早堕识情乡!"

只有这样严格要求自己、这样严格训练自己,才有可能脱胎换骨、出人头地悟得佛法;而且要明心见性,当下直取,不得巧取豪夺,佛性讲究直下承当,思量既差——人一思维就有了对比、就起了分别之心、就会生出好坏丑恶的念头来，就不是了初心率性，所以说"拟思量处隔千山"。不要认为佛法不神奇、不神秘，也不要认为佛法没有多少变化、没有多种形式，就在举手抬头处、就在搬柴运水间，但是你要真正悟透它、运用它，那还是很难的、不易的，你们不要掉以轻心，要精勤苦练啊。

山堂僧洵禅师

> **【禅师简介】**
> 福州鼓山山堂僧洵禅师，黄龙宗四世上封才禅师法嗣。本郡阮氏子。禅师生卒年限、参学行止、法嗣弟子等均不详。

咏 冬

朔风扫地卷黄叶，门外千峰凛寒色。
夜半乌龟带雪飞，石女溪边皱两眉。

——《续传灯录》卷第三十

【赏析】

　　冰冷的北风横扫着遍地枯黄的落叶，门外千万重山峦都笼罩着凛冽的寒色，这是多么寒冷的天气，在这极端的气候里，在这特殊的环境里，你看连冬眠千劫的乌龟石都不冬眠了，不仅不冬眠，而且平素一动不动的乌龟，这时好像伴着纷飞的大雪像鸟一样飞起来了，还不仅如此，你看甚至连溪水旁没有一点生命气息的石雕女人都皱起了双眉，似乎是在抱怨这恶劣的天气太过分了点、冷得太邪乎了吧。但是"不是一番寒彻骨，怎得梅花扑鼻香"，所谓成人不自在、自在不成人，要想彻悟人生、参破生死、了证因果，那就必须水里死一遍、火里过一遭，不经杀人剑，岂得活人刀？

鼓山祖珍禅师

【禅师简介】

福州鼓山别峰祖珍禅师，黄龙宗四世上封才禅师法嗣。兴化林氏子，禅师生卒年限、参学行止、法嗣弟子等均不详。

道贵无心

寻牛须访迹，学道贵无心。
迹在牛还在，无心道易寻。

——《续传灯录》卷第三十

【赏析】

寻找东西是要有痕迹才好，但是修禅悟道却是无心为佳，所谓"悟心容易息心难，息得心源意自闲""无心胜有心，超然在物外"，只要有牛的痕迹在就说明牛还在，但是修行上却恰恰相反，只有在你放下了一切、放弃了一切，没有了分别心、物我一体、物物无殊时，才容易、也才能悟得到佛性的真谛、懂得人的自性、超越自身的执著、参破生死来去，寻找到真正的"道"、悟出得真正的"禅"，所以禅家才有"道贵无心"之说。

报恩法常首座

【禅师简介】

嘉兴府法常首座,黄龙宗四世万年雪巢法一禅师(三世草堂清嗣)法嗣。开封人也,丞相薛居正之裔。宣和七年,依长沙益阳华严元轼下发,遍依丛林。于首楞严经,深入义海。自湖湘至万年谒雪巢,机契,命掌牋翰。后首众报恩。室中唯一矮榻,余无长物。庚子九月中,语寺僧曰:"一月后不复留此。"十月二十一往方丈,谒饭。将晓,书渔父词于室门,就榻收足而逝。

渔父词

此事《楞严》尝露布,梅花雪月交光处。一笑寥寥空万古。风瓯语,迥然银汉横天宇。

蝶梦《南华》方栩栩,斑斑谁跨丰干虎?而今忘却来时路。江山暮,天涯目送鸿飞去。

——《五灯》卷十八《法常》

【赏析】

　　生死之事，昔日《楞严经》中早已阐述明白，在变化的身体之中，有不生不灭的自性："彼不变者，元无生灭。"我身体幻灭了，可我那永恒的自性却长留人间，梅花、飞雪、月光中到处都有我自性的存在与身影。生死不过是肉身的自然回归，再自然不过的现象，有什么难过想不开的呢，大可一笑置之。你听那风儿吹过，铃铛发出清脆的响声，多么像有人在那里窃窃私语，那可能就是贯穿天宇、横亘在浩瀚银河之上的人的自性。

　　庄周梦而为蝴蝶，栩栩然翩翩飞舞的是蝴蝶呢，还是庄周自己呢？那斑斓威武的老虎是丰干禅师呢，还是丰干禅师就是那威武的老虎呢？就永恒不变的佛的真谛而言，这二者根本就没有什么分别与不同，生命常在、生命常青，变化的只是生命依附和表现的形式，而生命的本质恒在。

　　"十年归不得，忘却来时道"，寒山、拾得传说是文殊、普贤二菩萨的化身，经常与丰干大师化形聚于台州国清寺。这里作者借寒山的诗句，说自己多年没有回家，如今连以前来这里的路，都忘得一干二净。意喻自己潜心修行，达到了无黏的境界，连生命的足迹都已忘却。最后作者回到现实：江山日暮，我也该走了，让我永恒不灭的本性像飞鸿一样翩翩飞翔，在宇宙天地中自由自在地翱翔吧！

道场居慧禅师

> 【禅师简介】
>
> 安吉州道场无传居慧禅师,黄龙宗四世天宁长宁守卓禅师法嗣。本郡吴氏子,禅师生卒年限、参学行止等不详,法嗣一人:灵隐道枢禅师。

影 戏

百尺竿头弄影戏①,不唯瞒你又瞒天。
自笑平生歧路上②,投老归来没一钱。

——《续传灯录》卷第三十

【注释】

①百尺竿头:桅杆或杂技长竿的顶端。比喻极高的官位和功名,或学问、事业有很高的成就。影戏:影戏即为影子戏。是东方一种优美的民间戏曲艺术,中国被誉为"影戏的故乡",起源于唐、五代,繁荣于宋、元、明、清,至今已有1000多年的历史。中国影戏包括手影戏、纸影戏、皮影戏三大类,是一种集绘画、雕刻、音乐、歌唱、表演于一体的综合民俗艺术。

②歧路:即歧路人,江湖艺人。也指岔路,离别分手处,比喻官场中险易难测的前途和不正当的途径等。

【赏析】

　　一辈子在长长的竹竿顶端表演影子戏，不仅装神弄鬼，而且故弄玄虚；不仅瞒你瞒他，而且瞒天瞒地。按说我的地位也高吧，成就也大吧，但可笑我一辈子跑江湖做艺人，临到老来却是空空如也，连一文钱也没有留下。表面看好像是禅师老大无成，实质上恰恰说明禅师真正得脱生死，悟得大道，放下了一切，参透了解脱大法。

　　佛陀住世时，有一位名叫黑指的婆罗门来到佛前，运用神通，两手拿了两个花瓶，前来献佛。佛对黑指婆罗门说："放下！"婆罗门把他左手拿的那个花瓶放下。佛陀又说："放下！"婆罗门又把他右手拿的那花瓶放下。然而，佛陀还是对他说："放下！"这时黑指婆罗门说："我已经两手空空，没有什么可以再放下了，请问现在你要我放下什么？"

　　佛陀说："我并没有叫你放下你的花瓶，我要你放下的是你的六根、六尘和六识。当你把这些统统放下，再没有什么了，你将从生死桎梏中解脱出来。"

　　黑指婆罗门才了解佛陀放下的道理。

　　"放下！"这是非常不容易做到的，世人有了功名，就对功名放不下；有了金钱，就对金钱放不下；有了爱情，就对爱情放不下；有了事业，就对事业放不下。世人在肩上的重担，在心上的压力，岂止手上的花瓶？这些重担与压力，可以使人过得非常艰苦。必要的时候，佛陀指示的"放下"，不失为一条幸福解脱之道！

上堂偈

　　　　钟馗①醉里唱凉州②，小妹门前只点头。
　　　　巡海夜叉③相见后，大家拍手上高楼。

　　　　　　　　　　——《续传灯录》卷第三十

【注释】

①钟馗：姓钟名馗字正南，中国民间传说中能打鬼驱除邪祟的神。旧时中国民间常挂钟馗的像辟邪除灾，是中国传统文化中的"赐福镇宅圣君"。古书记载他是唐初雍州终南人，据古籍记载及专家学者考证，钟馗为今陕西省西安市户（古时鄠氏国、鄠都）县人，生得铁面虬鬓，相貌奇异；然而却是个才华横溢、满腹经纶、学富五车、才高八斗的人物，平素正气浩然，刚直不阿，待人正直，肝胆相照。

春节时钟馗是门神，端午时钟馗是斩五毒的天师，钟馗是中国传统道教诸神中唯一的万应之神，要福得福，要财得财，有求必应。

②凉州：唐代大曲名，《凉州》是唐代大曲中重要的作品，代表了当时的最高艺术、文化水平，是一种歌乐舞兼备的综合艺术形式。

③巡海夜叉：喻丑陋、凶恶的人。在民间又被比喻成凶悍之人。

【赏析】

捉鬼的钟馗、可爱的邻家小妹、凶神恶煞的夜叉，这些水火不相容的个体，甚至于是天敌的对头，都高高兴兴地在一起了，在一起而且还不打斗，还做起好朋友来，还兴高采烈地拍手做游戏，这有可能吗？现实中这样的场景当然不可多得，那么作者为什么要这样写呢？这就是这首诗的关键之处、点睛之所，作者的用意是要大众学人透过千差万别的不同体相，发明知见佛法的唯一性，赵州说"狗子也有佛性"，而且万众佛性平等，那么善良的小姑娘、凶悍的夜叉、还有捉鬼的钟馗他们身上所具备的佛性不都要是一样没有区别的吗？在这一点上他们是平等的、共通的、相同的，既然如此，假若他们在一定条件下，表现出的都是相同的、共有的、慈悲祥和的佛性的话，那他们不同的外在体相又有什么关系呢，他们像老朋友一样痛痛快快、心无猜忌地一起玩耍又何尝不能呢？

无示介谌禅师

【禅师简介】

庆元府育王无示介谌禅师（1080—1148），温州张氏子，黄龙宗四世长宁卓禅师法嗣。性刚毅，莅众有古法。时以"谌铁面"称之。嗣法弟子有万年心闻昙贲禅师、天童慈航了朴禅师、西岩宗回禅师、高丽国坦然国师、龙华无住本禅师等。

颂　古

文殊智①，普贤行②，多年历日。
德山棒③，临济喝④，乱世英雄。

——《嘉泰普灯录》卷十三

【注释】

①文殊智：文殊菩萨，佛教四大菩萨之一，释迦牟尼佛的左胁侍菩萨，代表聪明智慧。因德才超群，居菩萨之首。

②普贤行：普贤菩萨代表一切诸佛的理德与定德，是大乘菩萨行的大愿大行的代表，象征着中国大乘佛教的精神。在华严大法会之上，宣说行十大誓愿：一礼敬诸佛，二称赞如来，三广修供养，四忏悔业障，五随喜功德，六请转法轮，七请佛住世，八常随佛学，

九恒顺众生,十普皆回向。

③德山棒:唐代德山宣鉴禅师常以棒打为接引学人之法,形成特殊之家风,世称德山棒。《五灯会元》卷七:"道得也三十棒,道不得也三十棒。"《景德传灯录》卷十五:师寻常遇僧到参,多以拄杖打。

德山对棒打之举未作任何解释,其目的有二:一是截断学人之心识活动,令彼在急遽间不假思索,得于当下见性。二是不许学人直接说出悟境,以免触犯自性不可说之忌讳。另有谓棒打或为测试学人临机之反应而设。

④临济喝:临济义玄禅师接引学人开悟的手段。丛林有"临济游方,气吞诸方"的说法,义玄惯常以"喝"接化学人,门风峻烈,威震禅林:"有时一喝如金刚王宝剑,有时一喝如踞地金毛狮子,有时一喝如探竿影草,有时一喝不作一喝用。"

【赏析】

文殊菩萨的才华智慧、普贤菩萨的谨行践为,那是经过多少年月、劫数考验实证了的事;德山的棒打、临济的震喝,都是纷纭繁扰的乱象里拨乱反正、指点迷津的捷径与大道,是世人破执著、证自性、寻真如、脱生死的契机和法门。是烦恼、迷悟、混乱、思维中的英雄,能帮助凡夫俗子立机顿悟、断绝红尘,在茫茫迷雾、滚滚红尘中澄辨是非、明析真悟、找回自性,从而回归本性、自证真如、涅槃出世。

密印通慧禅师

【禅师简介】

江州庐山圆通守慧冲真密印通慧禅师,黄龙宗四世圆通旻禅师法嗣。禅师生卒年限、参学行止、法嗣弟子等均不详。

今日明日

但知今日复明日,不觉前秋与后秋。
平步坦然归故里,却乘好月过沧州①。
——《嘉泰普灯录》卷第十三、《续传灯录》卷第三十

【注释】

①沧州:地处河北省东南,东临渤海,北靠京津,与山东半岛及辽东半岛隔海相望,素有"武术之乡"之誉。

【赏析】

时间过得好快呀,明明知道今日复明日,但还是在不知不觉间过了初秋又到了晚秋了,几十年的时光一眨眼就飞逝罄尽,如今到了收拾归家的时候了吗?禅友们,修行是否到家了呢?如果是的话那就踏着平坦宽阔的康庄大道,向着心中的故里、佛家的归宿快步前行吧,趁着这灿烂光明的秋月,连夜赶路奔赴目标。这里的"归

故里",不是禅师们俗世的故里,即不是现实中实指的故乡。出家出家,就是出到家的外面,舍弃原有的、俗世的家,出家之人即禅师们的故里只有一个,那就是他们苦苦修行、孜孜以求要到达的心的开悟、灵魂的皈依——那个看破一切、参透生死的极乐世界。

实际道川禅师

【禅师简介】

无为军冶父实际道川禅师,黄龙宗四世净因成禅师法嗣。昆山狄氏子。初为县之弓级,闻东斋谦首座为道俗演法,往从之习坐不倦。一日因不职遭笞,忽于杖下大悟,遂辞职依谦,谦为改名道川。建炎初圆顶游方至天封蹒庵与语,机锋相投庵称善,归憩东斋道俗愈敬。有以金刚般若经请问者,师为颂之今盛行于世。隆兴改元殿撰郑公乔年漕淮西,适冶父虚席迎开法。禅师生卒年限、参学行止、法嗣弟子等均不详。

春 意

群阴剥尽一阳生,草木园林尽发萌。
唯有衲僧无底钵,依然盛饭又盛羹。

——《续传灯录》卷第三十

【赏析】

春天来了,园林里的草木生机盎然,抽枝的、发芽的、长叶的、开花的……一派忙乱、一派生机,蜜蜂嗡嗡、蝴蝶翩翩、燕子呢喃、黄莺歌唱,一切都在生长,一切都在变换,唯有老衲我似乎一动未动、一点变化也没有,你看就连我乞食的钵盂,也像从前一样,既盛饭来又盛汤。当然这只是表面现象,只是我们凡夫俗子所感知的结果,其实禅师要的就正是这个结果,就是要在纷呈繁杂、混乱无端的世事面前,保持一颗初心,不受外界的干扰,不被红尘所诱惑,身如枯木、心如止水。

草庵居士

【禅师简介】

文定公胡安国草庵居士（1074—1138），黄龙宗四世上封秀禅师法嗣（载《五灯会元》卷第十八、《续传灯录》卷第三十）。建宁崇安（今福建省武夷山市）人，又名胡迪，字康侯，号青山，谥号文定，学者称"武夷先生"，后世称胡文定公，久依上封得言外之旨。北宋哲宗绍圣四年（1097）丁丑科进士第三人，官至为太学博士，主要从事学术研究，开创"湖湘学派"。其所著《春秋传》成为后世科举士人必读的教科书。另有《资治通鉴举要补遗》《文集》《宋史》《宋元学案》中有《武夷学案》等流世，明正统间从祀孔庙。

颂 古

手握乾坤杀活机，纵横施设在临时。
玉堂兔马非龙象，大用堂堂总不知。

——《续传灯录》卷第三十

【赏析】

普愿座下东西两堂的僧人争要一只猫，正好让他看见，普愿便对大家说："说得出就救得这只猫，说不出就杀掉它。"大家无言以对，普愿于是杀掉猫。赵州和尚从外面回来后，普愿把经过说给他听，赵州和尚听了，脱下鞋子放在头上就走了出去。普愿说："刚才若你在场，就救了猫儿。"

斩猫的起因是争，南泉斩猫是告诫两堂的和尚争的结果就会像这只猫一样，受伤、流血、甚至死亡。

诗的前两句说的就是这个故事，"手握乾坤杀活机"是说南泉这时就像一个至高无上的大法官，手握世界的生死大权，"纵横施设在临时"是说这种杀伐立决的情境是偶然的、临时的，但可惜的是大堂里面尽是些平庸之辈，而没有哪怕是一个禅门才俊，以至这样堂堂的大道理、大知见都没人领会得到、体悟得了，在一只没有明确归属的猫上都不能去除分别心，感知明了一体同观的至理。

荐福择崇禅师

【禅师简介】

饶州荐福常庵择崇禅师,黄龙宗四世黄龙逢禅师法嗣。宁国府人也,禅师生卒年限、参学行止、法嗣弟子等均不详。

颂 古

柴鸣竹爆惊人耳,大洋海底红尘起。
家犬声狞夜不休①,陆地行船三万里。
坚牢地神笑呵呵②,须弥山王眼觑鼻。
把手东行却向西,南山声应北山里。
千手大悲开眼看③,无量慈悲是谁底。

——《续传灯录》卷第三十

【注释】

①狞:凶猛,样子凶恶。如狞笑。

②坚牢地神:梵文音译"比里底毗"。意为坚牢如大地,故名坚牢地神,又名"地天"。他的职责是保护大地及地上一切植物免受灾害。近代其造像为一女神形象,左手持盛满鲜花的钵或谷穗,所以又为大地神女。

③千手大悲:即千手观音,又称千手千眼观世音、千眼千臂观

世音等。千手观音是阿弥陀佛的左协助，与阿弥陀佛、大势至菩萨(阿弥陀佛的右胁侍)合称为"西方三圣"。"千手观音"全称"千手千眼观世音菩萨"，又称"千眼千臂观世音菩萨"，是佛教六观音之一。

据佛教典籍记载，千手观音菩萨的千手表示遍护众生，千眼则表示遍观世间。唐代以后，千手观音像在中国许多寺院中渐渐作为主像被供奉。大悲：佛教语。救人苦难之心，谓之悲；佛菩萨悲心广大，故称大悲。这里指观世音菩萨，观世音的全称是"大慈大悲救苦救难灵感观世音菩萨"，他发誓普救一切受苦受难之人方才成佛，因此民间多以"大悲"代指观世音菩萨。

【赏析】

了脱生死、断绝烦恼、看破红尘，是佛家的至高修为与境界，每一个禅师朝思暮想、孜孜以求的都是为了这一日，能够在生死到来之时将生死置之度外、从容面对，但是从来没有听说过免得生死，免得生死、长生不老或跨鹤登仙，那是道家的说法与向往，因此公案中才有"僧问古德：生死到来如何免得？德曰：柴鸣竹爆惊人耳。僧曰：不会。德曰：家犬声狞夜不休"之语。

柴怎么鸣叫？竹怎么爆响？更古怪的是"大洋海底红尘起"，当然如果你硬说人能"免得生死"，那么陆地上就也能行船了。作者用几个不可能来应对问题之虚有，以虚对虚、以无对无，将背反、幻境、倒置等极端手段次第搬上，坚牢地神笑呵呵，须弥山王却又默不作声；把手东行却向西，南山声应北山里等等，乍一看似乎不可思议，但细想之下你就会明白：既然这些都不能实现，哪得免生死自然也是不可能的了。这与马祖道一大师回答庞蕴大士："待汝一口吸尽西江水再向汝道"是一个道理，所以作者最后写：大慈大悲救苦救难的灵感观世音菩萨你要睁大眼睛看清楚，真正慈悲为怀、与人为善的是谁啊，大众，不要一叶障目、不见了泰山呀！

德山慧初禅师

【禅师简介】

常德府德山无诤慧初禅师,黄龙宗四世黄龙震禅师法嗣。静江府人也。禅师生卒年限、参学行止、法嗣弟子等均不详。

抒　怀

一趯趯翻四大海①,一拳拳倒须弥山。
佛祖位中留不住,又吹渔笛汨罗湾②。

——《续传灯录》卷第三十

【注释】

①四大海:指须弥山四周之大海。于古代印度之世界观中,须弥山位于世界之中间,其周围有四大海,四大海中各有一大洲,四大海外则为铁围山。

②汨罗:即汨罗江,发源于江西省修水县黄龙山梨树埚,经修水县白桥乡(现黄龙乡),于龙门流入湖南省平江县境内,向西流经平江城区,自汨罗市转向西北流至磊石乡,于汨罗江口汇入洞庭湖。汨罗江分为南北两支,南支称"汨水",为主源;北支称"罗水",至汨罗市屈潭(大丘湾)汇合称"汨罗江"。汨罗江全长253公里,

流域面积达5543平方公里。长乐以上，河流流经丘陵山区，水系发育，水量丰富。长乐以下，支流汇入较少，河道展宽可以通航。为南洞庭湖滨湖区最大河流。诗人屈原曾于公元前278年农历五月初五投汨罗江自杀。

【赏析】

一脚踢翻四大海，一拳打倒须弥山，如来佛祖的大堂我都不放在眼里、不屑于留下，此生只愿在汨罗江上泛舟自娱、吹笛自乐。多么豪迈、多么潇洒，彻悟后的境界是多么令人羡慕，全身放下、通体舒泰，心属广宇、神游八极，纵横自如、人天合一，此诗与杨岐宗白云守端禅师的："一拳拳倒黄鹤楼，一趯趯翻鹦鹉洲。有意气时添意气，不风流处也风流。"十分神似，在意境与气势上似乎还有过之，尤其在禅味方面，作者将脱离生死、参破世事之后的感受、意态、心境，写得如同身受，令人心驰神往。

梦庵普信禅师

【禅师简介】

涟水军万寿梦庵普信禅师,黄龙宗四世胜因静禅师法嗣。禅师生卒年限、参学行止、法嗣弟子等均不详。

有　感

残雪既消尽,春风日渐多。
若将时节会,佛法又如何。

——《续传灯录》卷第三十

【赏析】

冬去春来,你看大地上的积雪渐渐消融、即将完全消失,而不知不觉间和暖的春风慢慢增多,让人懒洋洋说不出的舒服。季节啊是这样的无声无息又无所不至、无所不能,这不就如广大无边、涵盖宇宙的佛法一样吗?它也是这样悄无声息又无处不在、无影无踪又无所不能。

作者的观察是细微的,作者的联想是丰富的,从冬春的交替变换,想到季节节气,从季节节气的交替变换、潜易默行,想到佛法的无所不在、无处不应,由而悟到佛法实质也是一门科学、一种自然现象、一种社会规律，它遍布宇宙、不分时间、不论对象，时时刻刻都按照其自身的规律在运转、在发生作用、在影响世界。大道至简——这和我们掌握的农事节气不就是一回事吗？伟哉，如来佛法！

顺带说一句，作者的这种科学的认知、理解与思考、钻研是值得我们宗教研究者学习的，这种精神也是值得鼓励和提倡的。

光孝果愍禅师

【禅师简介】

广德军光孝果愍禅师,黄龙宗四世胜因静禅师法嗣。常德桃源人也,禅师生卒年限、参学行止等不详,法嗣二人:光孝悟初首座、崇胜善行禅师。

颂　古

南泉提起下刀诛[①],六臂修罗救得无[②]。
设使两堂俱道得,也应流血满街衢。

——《续传灯录》卷第三十

【注释】

①南泉:南泉普愿禅师(748—834),俗姓王,郑州新郑(今河南新郑县)人。九岁时跪请父母同意他出家,投奔密县(今属河南省)大隈山大慈禅师学习禅道,深得大慈法师的喜爱。三十岁时至嵩山会善寺,受具足戒,研习《四分律疏》,后游历讲筵,学《楞伽经》《大方广佛华严经》《中观论》《大乘百法明门论》等经籍。后投江西洪州开元寺马祖道一学习禅法。贞元十一年(795)挂锡池阳南泉山,填塞谷地、砍伐山木、建造佛寺,他披着蓑衣、戴着笠帽放牛,有如牧童;砍除山上荆棘,烧草种粮,过着自给自足的

清修生活，不离开南泉山达30年，他所建的寺院称"南泉禅院"，人称他"南泉禅师"，也因姓王而称王老师。太和初年（827），宣城（今安徽宣州）廉使陆亘、原池阳太守都知道南泉禅师独行世人，是四方法眼，遂与护军彭城刘济一起恭请他下山说法，师事礼拜。不逾两年，僧侣奔赴门下达数百人之多。太和八年（834）示寂，享年87岁，僧腊58年。

②下刀诛：即"南泉斩猫"公案。普愿座下东西两堂的僧人争要一只猫，正好让他看见，普愿便对大家说："说得出就救得这只猫，说不出就杀掉它。"大家无言以对，普愿于是杀掉猫。赵州和尚从外面回来后，普愿把经过说给他听，赵州和尚听了，脱下鞋子放在头上就走了出去。普愿说："刚才若你在场，就救了猫儿。"

③修罗：阿修罗之略。常与帝释天战斗之鬼神也。

【赏析】

南泉斩猫话是一个有名的公案，题咏该公案的诗赋很多，但作者站在一个迥然不同的角度来看问题，因此也就写出了常人没有的新意。本来南泉禅师说了：有人道得则不杀。可作者却说既然"南泉提起下刀诛"，那么"六臂修罗"也救不得了，而且不要说当时两堂和尚没一个领悟到南泉禅师的用意，就是两堂和尚都领悟到南泉禅师的用意又如何呢，按作者的意思南泉禅师的刀也应该毫不犹豫地砍下去。

这是什么道理呢？原来作者认为，既然两堂和尚起了争执心，也就是起了分别心，对身外之物分了你我之见，那么即使他们体会了南泉禅师的意旨又有什么用呢，难道不二之法、无我之心是拿来口舌之用、糊弄世人的？不是谨行束体、洁身自好的吗？站在这个角度来说，只要两堂起了争端，南泉的刀就应该砍下去，也就是作者说的"也应流血满街衢"！

平江兴道禅师

【禅师简介】

平江慧日默庵兴道禅师,黄龙宗四世胜因静禅师法嗣。禅师生卒年限、参学行止、法嗣弟子等均不详。

上堂偈

寒雀啾啾闹篱落,朔风冽冽舞帘帷。
要会韶阳亲切句[1],今朝觌面为提撕[2]。

——《续指月录》卷首

【注释】

①韶阳:古代指韶关一带。这里指六祖慧能,因他在此一带弘道多年,故有此称。其法身至今藏于韶关法华寺。

②觌面:当面;迎面;见面。提撕:拉扯,提携; 教导,提醒;振作。

【赏析】

凛冽的北风呼呼地吹,吹得门上的帘帷上下翻飞,而屋外的麻雀却叽叽喳喳地闹成一片,密密麻麻地落在篱笆上。大众,你们想要体会六祖慧能大师的真言微义吗?那么趁着这冷入骨髓的天气,大家无所事事的时候,让我来当面教导、点拨你们吧。

佛法无处不在,只看你有心无心,六祖的真知灼见更不是候鸟,难道会因为这天寒地冻就离开了此地吗?佛法是多么的光明灿烂,遍洒人间,你们为什么就看不见、摸不着、找不到呢?你们看虽然大地一片肃穆、肃杀,但是寒风中,那嬉闹成一团的雀鸟,是那么悠然自得、兴高采烈、快乐无比,这是什么道理呢?这就是自然之道、生命之常,也就是我们常说、常寻、为之旰衣宵食、神销骨立的佛法呀。

蓬莱圆禅师

> 【禅师简介】
>
> 庆元府蓬莱圆禅师,黄龙宗四世天童交禅师法嗣。住山三十年足不越阃,道俗尊仰之。禅师生卒年限、参学行止等不详,法嗣一人:延福广禅师。

无 题

新缝纸被烘来暖,一觉安眠到五更。
闻得上方钟鼓动,又添一日在浮生。

——《续传灯录》卷第三十

【赏析】

用纸新缝的被子好暖和啊,你看我一觉舒舒服服就睡到了大天光,如果不是听到钟鼓楼上的晓钟鸣响,还不知道要睡到什么时候呢,也许就这样一眠不醒睡他三万年罢。当然现在我醒过来了,虽不是什么好事,但也不是什么坏事,就让我在这俗世浮生增添一日时光吧。

禅师是参破了生死大限的得道高僧,"了脱生死此身闲,留得皮囊在人间",对于看破红尘、看穿世事、脱离三界、清净六根的大德来说,生死是没有太大分别的,坐化立亡、无非形式,春灭冬寂、无非早迟,重要的是明白本命元辰、弄清因果下落,将这些都理顺了,则了无挂碍、神飞天外、无俱生殁、视死如归了,就如祖师黄龙慧南禅师说的:"道远乎哉?触事而真;圣远乎哉?体之即神","道之与圣,汝等诸人,何不识取。若也识得,十方刹土,不行而至;百千三昧,无作而成。"当然 对于没有勘破宿命未识生死之众,自然"有寒暑兮促君寿,有鬼神兮妒君福。"

宣秘礼禅师

【禅师简介】

扬州石塔宣秘礼禅师,黄龙宗四世明招慧禅师法嗣。一日上堂,至座前师掬一僧上法座,僧惝惶欲走,师遂指座曰:"这棚子若牵一头驴上去,他亦须就上屙在。汝诸人因甚么却不肯?"以拄杖一时赶散,顾侍者曰:"险!"禅师生卒年限、参学行止、法嗣弟子等均不详。

颂 古

不是翻涛手,徒夸跨海鲸。
由基方捻镞,枝上众猿惊。

——《续传灯录》卷第三十

【注释】

①由基:养由基(公元前699—前559年),春秋时楚国将领,是中国古代著名的神射手。周代有养国,后来被楚国灭掉,春秋时为楚大夫神射手养由基的封邑。相传养由基能在百步之外射穿作标记的柳叶,并曾一箭射穿七层铠甲。

【赏析】

俗话说"行家一伸手,就知有没有","野狐禅公案"中的"野狐"一知半解、胡乱答话,以致坠落"野狐身"五百年不得转世,最后不是怀海禅师代为转语,还不知要到什么时候才得出世。故而作者发出"不是翻涛手,徒夸跨海鲸"的呼声,警醒世人,不要夸夸其谈,要实事求是,否则最终会害人害己。不论是自修还是授徒,都必须有真本事、真能耐,要像养由基一样,只要你有真才干、真道法,人们自然会钦佩、敬畏你的。实际上,作者所针砭的现象是人世间一个恒久的话题,每时每刻都会呈现,只是表现形式与程度不同罢了,因为人性之劣根,不是那么好改变、扭转的,扪心自问你我身上难道就没有"徒夸跨海鲸"的时候和事例吗?

坦然大鉴国师（高丽）

【禅师简介】

慧照大鉴坦然国师（1069—1158），高丽僧，黄龙宗五世四明阿育王山无示介谌禅师（四世长宁卓嗣）法嗣。俗姓孙，号默庵，赐号大鉴。十三岁即通六经之大义，肃宗即位以前闻讯，召他到宫中做太子的老师。但他有志出家，十五岁为明经生，十九岁于京北山安寂寺落发，后参广明寺慧昭国师。1105年僧科大选及第后，奉肃宗之命，住中原义林寺。睿宗时期，住禅岩寺，得到禅师法阶。仁宗十七年（1139），升为大禅师，住广明寺，为国王咨询。仁宗二十三年，成为王师。毅宗元年（1147），住晋州（庆尚北道）之断俗寺。一生受到肃宗、睿宗、毅宗三王的礼遇，加有大禅师、王师、国师等五重封号。同时他是高丽时期最著名的书艺家，"神品四贤"之一。于毅宗十二年（1158）坐化，时年九十岁。谥号大鉴，法嗣有孝惇、渊湛、怀亮、处端、英甫及其弟子祖英等。

临终偈

廓落十方界①,同为解脱门②。

休将生异见③,坐在梦中魂。

——《韩国佛教史略》

【注释】

①十方:佛教原指十大方向,即上天、下地、东、西、南、北、生门、死位、过去、未来。

② 解脱门:通向涅槃的门户,指空、无相、无愿之三种禅定,因此三种禅定,乃是通向涅槃的门户。

③生异见:三生石的传说:唐代李源与高僧圆泽禅师相约来世相见的故事。"三生石上旧精魂,赏月吟风不要论。惭愧情人往相访,此生虽异性长存。"

【赏析】

空旷空寂的大千世界啊,通向涅槃的门户都是一样的,不要生出前生后世的因缘念头,生命不同但是人的自性与佛性都是不变的、相同的,就像我们的魂魄一样,即使在我们睡梦时也一样须臾不离。因此大众不要悲伤,我肉身虽去,但是我的魂魄、也就是我的佛性还会像以往一样常伴在你们左右、不离不弃的。

心闻昙贲禅师

【禅师简介】

万年心闻昙贲禅师,黄龙宗五世四明阿育王山无示介谌法嗣。永嘉(今浙江温州)人,《五灯会元》卷十八作"昙贯",住台州万年寺,又住江心寺。《嘉泰普灯录》卷十七、《五灯会元》卷十八有传,法嗣四人:龙鸣贤禅师、大沩鉴禅师、天童从瑾禅师、投子淳禅师。

咏 梅

带雪含霜半倚篱,横斜影里露仙姿。
前村昨夜春来了,竹屋老僧犹未知。

——《续古尊宿语要》卷四

【赏析】

农家篱笆边上的腊梅,在冰天雪地、风刀霜剑中悄然独立,疏影横斜、暗香沁人、姿态绝伦。不知不觉间"春到枝头已十分",卓然独立的腊梅绽开了鲜艳的花朵,可枯坐在僧房的我们还在麻木不仁、浑浑噩噩之中,一点儿也不知道节气变更、春回大地。

诗人通过梅花开花的自然现象,从中悟出万物生长的自然规律,告诫人们要注意当下、习惯观察，善于从蛛丝马迹之中总结规律、发现问题，同时要勤于思考、见微知著、超前预见生活、工作、自然、社会等发生的变化、存在的规律。

慈航了朴禅师

【禅师简介】

慈航了朴禅师,闽人,禀质修黑,状若应真,黄龙宗五世四明阿育王山无示介湛法嗣。初住明之芦山、迁育王,未几居海下万寿。应庵归寂于天童,太守闻其风,命朴继席。一住二十二年(1161—1182),皇子魏王并史魏公皆重其道德。淳熙初,孝宗皇帝亲书"太白名山"四字以锡之。后朴住庐山,有上堂偈云:德山入门便棒,临济入门便喝。德山棒头耳聋,临济喝下眼瞎。虽然一搦一抬,就中全生全杀。法嗣二人:雪窦僧彦禅师、太平诏和尚。

呈无示和尚

赤脚波斯入大唐,一家有事百家忙。
而今四海清如镜,率土普天归我王。

——《续古尊宿语要》卷四《慈航朴》

【赏析】

正是"一石激起千重浪",自从光脚的阿拉伯人将佛法带到中华大地,围绕这么一件事,一时引发得举国上下沸反盈天、热闹非凡，千家万户群情汹涌、争相参与，佛法的大义是多么吸引人，它是人生的至理、根本和真义，证得佛性、悟得禅心，那是世人毕生的追求和理想啊，人们能不趋之若鹜吗？好在如今四海清静、风停浪止，一切的喧嚣都归于沉寂，普天之下的万灵万物都得到了佛恩的沐浴、获得了佛性的真谛，都皈依到了佛天世界、大众乐土。

灵隐道枢禅师

【禅师简介】

临安府灵隐懒庵道枢禅师，黄龙宗五世道场无传居慧禅师（四世长宁卓嗣）法嗣。俗姓徐，吴兴四安人。初住何山次移华藏，隆兴初诏居灵隐。孝宗皇帝召至内殿问禅道之要，师答精当，上（皇上）为之首肯数四。淳熙丙申八月示微疾，书偈而逝，塔于永安。

题壁诗

雪里梅花春信息，池中月色夜精神。
年来可是无佳趣，莫把家风举似人。

——《五灯会元》卷十八

【赏析】

梅花开在雪里，我们可以从中探知春天要来的信息，池中月色显得更皎洁、沉静，这正是夜晚的精神。谁说生活中没有佳趣？在观赏美景的时候，善于从各种景物中发现和体会自然现象中蕴含的道理，正是生活的美好情趣，只是每个人对事物的感悟各有不同罢了。对佛的参悟又何尝不是如此？佛性是一切生命最根本的属性，佛陀通过万物说法,"一花一世界,一叶一菩提",佛无处不在,只要静下心去体悟,大自然中的任何事物都可以引导你回到自己的内心,不要因为自己迷失了本心,不能像别人那样得到佛的开悟就怀疑佛的存在或抱怨命运不公。(赏析:胡小敏)

龙华无住本禅师

【禅师简介】

临安府龙华无住本禅师,黄龙宗五世四明阿育王山无示介湛法嗣。广德人也,禅师生卒年限、参学行止、法嗣弟子等均不详。

颂　古

半在河南半河北,一片虚凝似墨黑。
冷地思量愁杀人,叵耐云门这老贼①。
　　　　——《嘉泰普灯录》卷第十七、《续传灯录卷》第三十三

【注释】

①叵耐:叵,会意。耐,忍耐。叵耐,指不可容忍,可恨。见《敦煌曲子词·鹊踏枝》:"叵耐灵鹊多漫语,送喜何曾有凭据。"云门:文偃禅师(864—949)是云门宗的创立者。文偃俗姓张,苏州嘉兴(浙江嘉兴)人,自幼投本州空王寺志澄律师座下为童,后落发出家。文偃禅师生来机敏聪颖,慧辩天纵,在侍奉志澄律师数年期间,专攻《四分律》,并学习大小乘经论。后因深感出家多年而已事未明,遂辞志澄律师,外出游方参学。先参睦州(今浙江建德东)道踪禅师,

数载后又从学于雪峰义存。南汉高祖乾亨元年（917），知圣禅师示寂。韶州刺史何希范奉高祖之命，请文偃禅师继任灵树之法席。后文偃禅师又于乳源云门山别创新寺，盛传雪峰宗旨，世称云门宗。文偃禅师示寂于乾和七年（949），春秋八十六岁。

【赏析】

《云门匡真禅师广录》卷二载：

师因斋次，拈起餬饼云："我只供养江西两浙人，不供养向北人。"僧云："为什么只供养江西两浙人，不供养向北人？"师云："天寒日短，两人共一碗。"

龙华无住本禅师的这首《颂古》，颂的就是这则公案。一半在河南，一半在河北，中间隔着九曲天堑的黄河，你说这怎么是好，这如何得"渡"呀？想一想，真是一片混沌、满世界昏暗，没有一点头绪，透不进一丝亮光，"一片虚凝似墨黑"——这不仅是作者自己的亲身感悟与体验，同时也道出了天下千千万万学者的实情与心语，在科学的道路上、在探索的过程中，谁没有经历过这种孤立无助、彷徨无着、走投无路、欲哭无门的时候？那种恐惧、茫然、疑虑、焦灼……是足以消磨你的斗志、耗尽你的毅力、摧毁你的自信、甚至紊乱你的神经，让你彻底崩溃、淹蹶的，作者因而发出了"冷地思量愁杀人"的感叹。

"叵耐云门这老贼"则有两重意义：一是字面上的，我真恨死了你呀，云门老贼僧，你看你把我们害得多苦多惨，没有你、没有你的什么云门饼，哪会教我们绞尽脑汁、呕心沥血、百计搜索得如此不堪、如此辛苦呢？当然这只是表面的，其内里和实质的是其二：文偃老禅师啊，幸亏有你呀，否则你叫我们到哪里去体会如此高深、如此殊妙的佛法大意呢，没有你的远见卓识的启迪、没有你的光芒洞烛的照耀，我们还不知道要在黑暗的天地里生活、爬行、摸索多少年、多少代呢，就像后人赞叹孔夫子一样"天不生仲尼，万古如暗夜"，谢谢你啊，老和尚！

"叵耐云门这老贼"，是一句骂人的话，我相信无论是开悟与否，人人都会开骂，但一种是恨得牙痒痒、又无可奈何的真骂，一种是苦尽甜来之后的欣喜的、钦佩的骂！

这与香严智闲禅师的开悟是一个道理：智闲禅师是百丈怀海禅师的法嗣。智闲禅师性识聪敏，教理懂得很多，每逢酬问，他都能侃侃而谈，但是，对于自己的本分事却未曾明白。后来，百丈禅师圆寂了，他便改参师兄沩山灵祐禅师。

沩山禅师问道："我闻汝在百丈先师处，问一答十，问十答百。此是汝聪明伶俐，意解识想，生死根本。父母未生时，试道一句看。"

智闲禅师被沩山禅师这一问，直得茫然无对。

回到寮房后，他把自己平日所看过的经书都搬出来，从头到底，一一查找，希望能从中找到一个合适的答案，可是翻阅了几天，结果却一无所获。智闲禅师感叹道："画饼不可充饥。"

于是他便屡次去方丈室，乞求沩山禅师为他说破，但是，遭到沩山禅师的拒绝。沩山禅师道："我若说似汝，汝已后（以后）骂我去。我说的是我的，终不干汝事。"

这就是与黄龙祖心禅师的"晦堂无隐"公案齐名的"沩山不言"公案，这两则公案经常被后人连在一起用，以说明"言与不言"没有固定的好坏，什么事情，都要看时境、要灵活运用。

绝望之余，智闲禅师便将自己平昔所看的文字付之一炬，说道："此生不学佛法也，且作个长行粥饭僧，免役心神。"

智闲禅师哭着辞别了沩山，开始四处行脚。有一天，他来到南阳慧忠禅师的旧址，目睹了慧忠国师道场之遗迹，觉得这个地方挺不错，于是决定在这里住下来，并开始加以整拾。

一日，智闲禅师正在芟除草木，不经意间抛起一块瓦砾，恰好打在竹子上，发出一声清脆的响声，他忽然大悟。于是便急忙回到室内，沐浴焚香，遥礼沩山，赞叹道："和尚大慈，恩逾父母。当时若为我说破，何有今日快意之事？"并作颂曰：

一击忘所知，更不假修持。

动容扬古路，不堕悄然机。

处处无踪迹，声色外威仪。

诸方达道者，咸言上上机。

东山吉禅师

> 【禅师简介】
> 临江军东山吉禅师,黄龙宗五世道场琳禅师法嗣。禅师生卒年限、参学行止、法嗣弟子等均不详。

述法偈

家贼恼人孰奈何,千圣回机只为他。
遍界遍空无影迹,无依无住绝笼罗[①]。

——《续传灯录》卷第三十三

【注释】

①笼罗:包罗。《晋书·刘聪载记》:元达笑曰:"彼人姿态卓荦,有笼罗宇宙之志,吾固知之久矣。"

【赏析】

修行中最大的祸害、最大的障碍就在自己的坚执、就在自身的无明,千百个圣贤大士来来回回地帮我开导点拨,都是因为这个原因啊,但是我四空遍界、边边角角、里里外外、上上下下到处都找了哇,就是找不到它,这叫我如何才好、怎么办才行呢?真是烦死人啊。

无尽居士张商英是北宋宰相，也是黄龙宗三世法嗣从悦禅师的方外弟子。无尽居士尚未彻悟前，到分宁（今修水县）的兜率寺找从悦禅师参学，一日从悦禅师问张商英："于佛陀的言教有疑惑吗？所疑为何？"

商英答："我疑香严独颂，还有德山托钵话。"

从悦禅师："既有此疑，安得无他？"接着又说："只如岩头所言，末后一句是有呢？是无呢？"

商英说："有！"

从悦禅师听到这话，大笑而回。他的笑刺激得张商英浑身不自在，一夜睡不安稳。到了五更下床时，不慎打翻尿桶，忽然大悟，高兴得他大叫："某已经捉到贼了！"

贼在何处？贼在知见，贼在自障啊！

而且自身之贼，无影无形，捉无可捉、抓无可抓，是最难克服与排除的困难和关隘，当然幸好作者自己是找到了破解之法，"无依无住绝笼罗"：我寸丝不挂、心地澄清、心无所想、意无所念，浑身没了包罗一切的笼子，纵使你再强的贼也无处藏身了吧。

己庵深禅师

【禅师简介】

温州光孝己庵深禅师,黄龙宗五世中竺妙禅师法嗣。本郡人也,禅师生卒年限、参学行止、法嗣弟子等均不详。

江　景

风萧萧、叶飘飘,云片片、水茫茫。
江干独立向谁说[1],天外飞鸿三两行。

——《续传灯录》卷第三十三

【注释】

[1]江干:江干区隶属于浙江省杭州市,是杭州最古老的城区之一,地处杭州大都市的中心位置,行政区划面积二百一十平方公里。江干区历史悠久,物产丰富,人文荟萃,风光秀丽。当年,在烟波浩渺的钱塘江上,从上游运来的木筏连天,在阳光照耀下金黄一片,无边无际,故有"金江干"之称,是全国纺织业中心、东南大都会和江南鱼米之乡,历来是一个商贾云集、财通八方的商埠和交通要地。

【赏析】

　　深秋时节,长风萧萧、树叶飘零,我独自站在水天茫茫的钱塘江畔,一时心潮起伏、心事浩荡,可我满腔的心事却向谁去诉说呢?所谓天地之大、知己几人;再说我的精解妙悟又有谁人能听得懂呢?人海茫茫、知音难觅啊!真羡慕云天之外的鸿雁,是那样的无拘无束、自由自在,天南地北,任意翱翔。纷飞的雁儿啊,你能否为我捎去我的心绪,把它传遍宇宙,让我的心事为世人知晓、洞察,为我在这人世间寻觅到真正的知己、知音?

　　作者借景抒情、状物言志,将江、叶、云、水、飞雁几个不相干的物事有机地联系在一起,不仅抒发了自己的感情、表达了自己的志向,同时把世事现实比作肃杀、茫茫的混沌海天,将天外的飞鸿形象成希望之所在、光明之所托——那自在飞翔的不正是我们心中希冀的佛光吗?

西岩宗回禅师

【禅师简介】

　　南剑西岩宗回禅师，黄龙宗五世育王无示介谌法嗣。婺州人，久依无示，深得法忍，因寺僧以茶禁闻有司，召众说偈而逝。禅师生卒年限、参学行止、法嗣弟子等均不详。

感　怀

　　县吏追呼不暂停，争如长往事分明。
　　从前有个无生曲，且喜今朝调已成。

——《续指月录》卷一

【赏析】

　　此诗既是感怀也是临终偈，事因是"寺僧以茶禁闻有司，吏捕知事。师谓众曰：'此事不直之，则罪坐于我；若自直，彼复得罪，不忍为也。'"俗话说"破家的县令，索命的判官"，又说"一字入公门，九牛拖不出"，禅师虽然出家，但深明世理，知道事涉违禁，断没轻饶，士吏有的是时间、好的是精神、多的是手段、毒的是心肠，不要说事出有因，就是无事也要你脱层皮的，其百般勒索、千般折磨是免不了的，不敲骨吸髓弄出几条人命会放手？

禅师作为住持，本着我"不入地狱谁入地狱"的崇高品德和伟岸人格，设想息事宁人、保护后学，毅然以死赴难，其视死如归的胆略与洒脱，则是超越了死亡本身，达到了禅悟的化境，成就了禅师的威名，赢得了僧俗的尊崇。

龙鸣贤禅师

【禅师简介】

温州龙鸣在庵贤禅师,黄龙宗六世万年心闻昙贲禅师(五世介谌嗣)之法嗣。一日,上堂举崇寿示众曰:"识得凳子周匝有余。云门道:'识得凳子天地悬殊。'"师曰:"崇寿老汉坐杀天下人,云门大师走杀天下人。龙鸣则不然,识得凳子四肢着地,要坐便坐,要起便起。"禅师生卒年限、参学行止、法嗣弟子等均不详。

冰雪佳人

冰雪佳人貌最奇[①],常将玉笛向人吹。
曲中无限花心动,独许东君第一枝[②]。

——《五灯会元》卷十八《龙鸣贤》

【注释】

① 冰雪佳人:取意于《庄子·逍遥游》"藐姑射之山"上"肌肤如冰雪,绰约如处子"的"神人",诗中譬喻观机逗教、勘验众僧的禅师。

② 东君:司春之神。亦为太阳神名,指太阳;还指仙人东王公;

另犹东家，对主人的尊称。

【赏析】

多么美貌的卓约美人，冰肌胜雪、绿鬓如云，长裙拖地、衣袂飘扬的仙子还常卓立云端，玉笛横陈、樱唇轻启，向人间吹奏动听的乐曲。悠扬美妙的天乐，撩拨得普天下的一众凡夫俗子都春心荡漾、蠢蠢欲动，而绰约的处子、天外之仙人，却唯独钟情东君那一个，其他的都根本入不了她的法眼，搅动不了好的心房。

作者在诗中正话反说，将我们俗辈梦寐以求、无限心动的真如佛心，形象地比喻成妙不可言的神仙处子，而将通过艰难困苦、砥砺苦修后的欣然悟道，比喻成得到芳心暗许、功德圆满抱得美女万里归。形象而生动地说明了天下美女芳心难俘、世上真知大道难获的至理，勉励后人在学习的路上要勤奋刻苦、持之以恒，不可一知半解、尝浅则止，否则前功尽弃、虚度光阴、悔恨终生。

雪庵从瑾禅师

【禅师简介】

庆元府（今浙江龙泉县）天童雪庵从瑾禅师（1116—1200），黄龙宗六世万年心闻昙贲禅师之法嗣，俗姓郑，永嘉楠溪人。从瑾禅师少时礼普安院子回禅师落发，后投瑞岩心闻昙贲禅师座下参学。从瑾禅师圆寂于南宋宁宗皇帝庆元六年（1200）七月，春秋八十四岁。法嗣弟子有虚庵怀敞等。

南枝向暖北枝寒

南枝向暖北枝寒，何事春风作两般。
凭仗高楼莫吹笛，大家留取倚栏看。
——《续指月录》卷二、《颂古联珠集》卷三十九

【赏析】

自然中有个有趣的现象，所有的树木总是南面枝长、北面枝短，南面花繁叶茂、北面枝叶稀疏，而且在同一个季节、同一时段，南枝花开北枝才含苞，这当然不是说有两个春天，更不是说春分两种，也不是说春有偏颇，其实质就在"近水楼台先得月""向阳花木早迎春"。春天一般无二，但事物千差万别，佛无分别之心、路有曲

直之异，在认识的道路上一定要注意这种非本质的差别，不要被假像迷混了双眼、搅乱了心智，而倒置了主次、混淆了是非。因此处于遥遥在上的高楼上，最好就不要吹笛奏乐，一来在下面的人们听不真切，二来容易引起下面不明真相的混乱，要吹也要选取一个适宜的位置，以方便大家欣赏，否则就有不识相之嫌了。

此诗是颂"倩女离魂"公案的。倩女离魂是唐代的传奇故事：倩娘许王宙为妻，但父亲反悔，倩娘抑郁成疾。王宙欲赴京师，途中忽遇倩娘，遂相携至蜀，两人一起生活了五年，产下两子。后来王宙回到岳父家拜谢，却发现倩娘仍病在闺中，唯余一息。众人见王宙与"倩娘"回来，非常奇怪，室中病女起身出门相迎，两位倩娘合为一体。此时方知，和王宙一起生活达五年之久的倩娘，原来竟是病女的离魂！

诗的本意是要认清佛性无二、真妄一体，现实的差异只是表面形式的幻像，在其本质意义上则是无分别的、无差异的，真假"倩娘"实只唯一！

大沩咦庵鉴禅师

【禅师简介】

潭州大沩咦庵鉴禅师,黄龙宗六世万年贲禅师法嗣。会稽人,禅师生卒年限、参学行止、法嗣弟子等均不详。

颂　古

尊者何曾得蕴空[①],罽宾徒自斩春风[②]。
桃花雨后已零落,染得一溪流水红。

——《续传灯录》卷第三十四

【注释】

①尊者:师子比丘尊者,被禅宗尊为西天第二十四祖。婆罗门种姓,为中印度王子。因为外教所污陷,被罽宾国王所杀。当地白象山仙人以神力探知尊者被冤,遂建塔礼葬,其时为魏齐王二十年己卯岁,法嗣一人:婆舍斯多。蕴空:佛家语,即五蕴皆空,指色、受、想、行、识。众生由此五者积集而成身,故称五蕴。五蕴都没有了,指佛家修行的最高境界。

②罽宾:罽宾国又作凛宾国、劫宾国、羯宾国,为汉朝时之西域国名。

古代中亚内陆地区的一个国家或地区名。古希腊人称喀布尔河为Kophen，罽宾为其音译。中国自西汉时期至唐代，罽宾均指卡菲里斯坦至喀布尔河中下游之间的河谷平原而言，某些时期可能包括克什米尔西部。

【赏析】

二十四祖师子尊者也没有修行到五蕴皆空的境界，不然罽宾国王就只能徒劳地去斩春风，而不能斩下他的头了。修行啊要顺其自然，就像雨后的桃花一样，落英缤纷、随水东流，点缀得一溪清水都红透了。诗中作者对师子尊者舍生取义、杀身成仁的大无畏精神表示了崇高的敬意与无限的赞赏，对罽宾国王的无知、执拗、自以为是进行了嘲讽和鞭挞，同时表达了禅修要遵循水到渠成、瓜熟蒂落的自然规律，要坚信桃李不言、下自成蹊的古训，让佛性的光辉在不知不觉间染红了大地上的水、灿烂了天空中的云！

虚庵怀敞禅师

【禅师简介】

天童虚庵怀敞禅师（生卒年不详），黄龙宗七世庆元府（今浙江龙泉县）天童雪庵从瑾之法嗣。淳熙十四年（1187），日僧荣西来华参禅，于十六年住天童景德寺，随侍于师达五年。绍熙二年（1191），师传法印于荣西，后荣西返日，开创日本禅宗。法嗣弟子有明庵荣西等。

赠荣西

不露锋芒意已彰，扬眉早堕识情乡。
着衣吃饭自成现，打瓦钻龟空着忙[①]。
若信师姑元女子[②]，无疑日本即南唐。
一天月色澄江上，底意分明不覆藏。

——《全宋诗》卷十九

【注释】

①打瓦：即瓦卜。古代一种占卜方法，击瓦而视其裂纹以定吉凶。钻龟：古代一种占卜术。钻刺龟里甲，并以火灼，视其裂纹以断吉凶。

②师姑元女子：禅宗公案。意指无分别、不能言说的禅语。

【赏析】

这是黄龙八世虚庵怀敞写给他的日本弟子明庵荣西的一首诗,诗中禅师高度了赞扬了即将归国的荣西有卓越的见解和非凡的洞察力,并勉励他只要是禅心不二,真妄一体,明心见性,那么在哪里修行都是一样的。

不露锋芒意已彰,扬眉早堕识情乡。端庄稳重、锋芒内敛但是佛意早已显现,别人的眉梢稍微一动就能判断识别出他的感情变化,意思是说明庵荣西对佛法的洞察领悟能力十分突出、悟性非常。

着衣吃饭自成现,打瓦钻龟空着忙。佛法其实一点也不深奥玄妙,不过就在日常生活的点滴之间,就是现成的着衣吃饭、运水搬柴,故弄玄虚的求神拜鬼、抽签卜卦都是水中捞月,不仅空忙一场,而且与禅修悟道背道而驰、恰得其反。

若信师姑元女子,无疑日本即南唐。"师姑是女人做的",这则公案是这样的:

智通禅师在归宗禅师处参禅时,有一天晚上巡堂,大叫:"我开悟了!我开悟了!"

大众听了吓一跳,第二天上堂,归宗禅师集合大众问道:"昨夜是谁自称已开悟了,请站出来!"

智通走出来,直下承担地说道:"是我!"

归宗:"你是悟了什么呢?"

智通:"我悟的道不能说。"

归宗:"如来降世,为示教利喜,总可方便一说。"

智通禅师低声细语地说道:"师姑原来是女人做的。"

师姑,是在家学佛的女居士,师姑是女人的问题,自古就没有人怀疑过,但智通经过千辛万苦,才懂得这问题。

越是平常的道理，越是不平常，智通悟的，当然不是师姑是不是师姑，女人是不是女人，主要的是智通悟到了真如佛性不变的道理。虚庵怀敞借这个公案告诫荣西人分东西，但佛性无南北，只要你用心精进，在什么地方参禅学道是没有分别的，去掉分别心，那么日本不也就是大唐吗？

而且"万山不隔中秋月"，你看那漫天的月色轻洒在澄澈透明的江水上，就像祖师的佛法本意一样，是那样清楚明白，直达江底，没有一丝一毫的隐藏与遮掩，只要你本性清静、心无杂念就能看得清清楚楚、明明白白。

明庵荣西禅师（日本）

【禅师简介】

天童明庵荣西禅师（1141—1215），黄龙宗八世天童虚庵怀敞禅师之法嗣。俗姓贺阳，字明庵，号叶上房，日本备中（冈山）吉备津人。十四岁从睿山出家，学习台密二教。1168年首入中国宋朝，历于天台、育王诸山，带回天台章疏二十余部。1187年第二次入宋（中国），参于虚庵怀敞（黄龙下八世），嗣承黄龙正宗的法脉，获宋孝宗"千光法师"封号。

南宋绍熙二年（1191）回到日本，庆元四年（即日本建久九年，1198），在龟谷和京都分别建寿福寺、建仁寺，大兴黄龙（临济）宗，著述日本黄龙宗的奠基之作《兴禅护国论》和《一代经论总释》《日本佛法中兴愿文》《三部经开题》《不二门论》等，同时还著有《吃茶养生记》，成为日本禅宗和茶道始祖，世称千光派之祖、台密叶上流之祖、遍照金刚、智金刚、渡宋巡礼沙门。建保元年擢为僧正，建保三年（1215）年夏天示疾，午后迁化，世寿七十五，法腊六十三。嗣法弟子有观海、明全、行勇、严琳、荣朝、心海、道圣等人，其中以行勇、荣朝最为著名。

谒师偈

海外精蓝特特来[①],青山迎我笑颜开。

三生未丰梅花骨[②],石上寻思扫绿苔[③]。

——《黄龙十世录》《五山文学新集》卷三、

《咸丰天童寺志》卷七

【注释】

①精蓝:意思是佛寺。引申为佛门弟子。

②③三生、石上:佛教故事,写的是杭州灵隐与下天竺法镜寺之间那块"三生石",详见第二百九十四页注③。

【赏析】

海外的佛门弟子啊漂洋过海、冒着生命危险,为了求得佛法的真义,特别虔诚地来到了,在历经千辛万苦、九死一生而来的那一刻,我们是多么的高兴啊,连四面的青山为迎接我们的到来都笑逐颜开。可是好景不长、造物弄人,一转眼尊敬的恩师就音容杳在、驾鹤西去,高山流水,唯有余音缭绕;人是物非,转眼已成百年身。身前身后事茫茫,欲话因缘恐断肠。

虽然我有负恩师的期望,还没有"修到梅花骨亦香",达到在数九隆冬一枝独秀,群芳谱里,卓尔不群,清香高洁、傲骨凌凌的境界,但是我多么希望能像"三生石"中的李源和圆泽大师一样,与恩师您生生不灭、世世有缘、屡屡相见啊。

诗人借"三生石"的故事,含蓄而明快地表露了作者与老师之间,虽然阴阳两隔,但是"此生虽异性长存"——我的佛性与追求是不会改变,请恩师放心,不仅不会改变甚至相反,一定会将恩师的佛法传承下去、发扬光大!

附：

洞宾吕岩真人

【禅师简介】

洞宾吕岩真人（798—？），黄龙创寺祖师诲机超慧禅师法嗣（载《五灯会元》卷第八、《五灯全书》卷十六），名岩，字洞宾，号纯阳子，自称回道人。京川人（一说河中府）人氏。唐末，三举进士不第（一说唐咸通三年六十四岁进士及第），偶于长安酒肆遇钟离权，授以延命术，自尔人莫之究。其理论以慈悲度世为成道路径，改丹铅与黄白之术为内功，改剑术为断除贪嗔、爱欲和烦恼的智慧，对北宋道教教理的发展有一定影响。后被奉为全真派五祖之一，通称"吕祖"。为民间传说"八仙过海"中的八仙之首，诗亦不乏仙风道骨。

悟禅偈

弃却瓢囊搣碎琴①，如今不恋汞中金②。
自从一见黄龙后④，始觉从前错用心。

——《五灯会元》卷八、《禅诗三百首》

【注释】

①瓢囊：瓢勺与食袋。特指行乞之具。《荀子·荣辱》："粮食大侈，

不顾其后，俄则屈安穷矣。是其所以不免于冻饿，操瓢囊为沟壑中瘠者也。摵：捎；古同"槭"，树枝光秃，叶凋落的样子；击，打："弃却瓢囊~碎琴，如今不恋汞中金。"；到，至。

②汞中金：一种古老的炼金方法。把矿石放在汞中，金会融于汞，然后用火焰吹，汞蒸发后留下金。这是阿拉伯传来的古老冶金方法，对眼睛伤害极大。这里借指道士们用汞、硝炼丹炼石。

③黄龙：特指黄龙诲机超慧祖师。

【赏析】

抛却胡琴扬弃瓢囊，如今我再也不留恋以汞炼丹的日子了，自从拜由黄龙超慧禅师恩赐我无与伦比的佛法之后，今天的我已是自信满满、灵光煊赫、顾盼自雄，放眼天地唯我独尊，根本就不需要像以往一样再看别人的脸色、走别人的旧路、吃别人的唾余，没有主见、没有自己，宛若一具干尸，没有灵魂、没有思想，只是一个终日乞讨的行尸走肉。

洞宾吕岩是古今三界的一位异人，他先从儒、后学道、再参禅，这是他参禅悟道路后送给他师傅的一首诗，表达了他开悟后激动喜悦的心情，和对儒道佛三者的看法与评价，孰是孰非、高低上下诗中已写得一清二楚，毋须我再赘言了。

与谭州智度寺慧觉禅师

达者推心方济物，圣贤传法不离真。
请师开说西来意[1]，七祖如今未有人[2]。

——《全唐诗》

【注释】

①西来意：禅林用语。与"佛法的大意"一词共为表示佛法之奥义、禅理之真髓。又作祖师西来意、祖意。

②未有人：五祖弘忍曾对六祖说过衣钵以后不必再传了，故六祖慧能也就没有将衣钵往下传，是故禅宗没有七祖；另禅宗到六祖时，已经被广泛弘扬，得道弟子很多，各自弘化一方，立谁为七祖已没那个必要了，而且不立更利于禅宗弘扬、普度众生，也正因为此才有禅宗的一花五叶，使禅宗成为我国灿烂的文化瑰宝。

【赏析】

通达世情到了法天则地的境界，顺应自然、和谐人事，这样才能感应天地济世化人，古往今来的圣贤明君更是真心不二，传法传道殚精竭虑。尊敬的老师请你为劣徒开说奇妙无比的根本大法吧，不要以不得道统、未明义旨为由再三推脱了，六祖之后就没有立过传人，谁也不是七祖同时谁也是就是七祖呀。

这是洞宾吕岩祖师在黄龙悟得禅法之后，从分宁（今江西修水）一路参学云游到今湖南长沙的智度寺，拜谒寺中长老慧觉禅师而写下的诗。可能是受黄龙寺超慧禅师的影响,诗中他把慧觉师傅也看得很高，但实际上他在这里并没有得到多大的收获。

参考书目

1.（宋）释惠泉编：《黄龙南禅师语录》，简称《黄龙录》《黄龙语录》，收于《大正藏》第四十七册、《禅宗全书》第四十一册。

2.（宋）释惠泉编：《黄龙四家语录》，惠泉除编集《普觉禅师语录》外，复将黄龙慧南、晦堂祖心、死心悟新、超宗慧方等四家语录汇为一编，名为《黄龙四家语录》，该书收于《卍续藏》第一二〇册。

3.（宋）僧赜藏编：《古尊宿语录》，南宋刻本。

4.（宋）僧普济编：《五灯会元》，南宋刻本。

5.（宋）僧师明编：《续古尊宿语录》，南宋印行。

6.（北宋）僧慧洪编：《冷斋夜话》，成书于政和三年（1113年），《郡斋读书志》《直斋书录解题》《宋史·艺文志》均著录于小说家类，《四库全书》收于子部杂家类。

7.（北宋）僧慧洪著：《林间录》，《卍续藏》第一四八册。

8.（北宋）僧慧洪著：《石门文字禅》，北宋内府藏本。

9.（宋）僧净善编：《禅林宝训》收录于《嘉兴藏》第八册、《龙藏》第一三七册、《大正藏》第四十八册。

10.（南宋）僧晓莹编：《罗湖野录》，共二卷，南宋刊行，收在《卍续藏》第一四二册、《禅宗全书》第三十二册。

11.（南宋）悟本等编：《禅学大城》，中华佛教文化馆影印，

1969年。

12. 北大古文献研究所编:《全宋诗》,北京大学出版社1991年版。

13. (北宋)黄庭坚著:《山谷集》,清陈三立仿宋刻本。

14. (南宋)胡仔:《苕溪渔隐丛话》,前集六十卷成于高宗绍兴十八年(1148),后集四十卷成于孝宗乾道三年(1167)。

15. (北宋)苏轼著:《苏东坡文集》,中国国际广播出版社2011年版。

16. (清)王文诰:《苏轼诗集》,中华书局1982年版。

17. (北宋)苏辙著:《苏辙全集》,北宋刊行。

18. (北宋)苏辙著:《栾城集》,曾枣庄、马德富校点,上海古籍出版社2009年版。

19. (清)彭际清编:《善女人传》,清代印行。

20. (清)郑杰辑、陈衍补:《闽诗录》四十卷,清宣统三年(1911)刻成行世。

21. 蒋述卓主编:《禅诗三百首赏析》,广西师范大学出版社,2003年版。

22. 王洪编:《中国禅诗鉴赏辞典》,中国人民大学出版社,1992年6月版。

23. 冯学成编:《明月藏鹭:千首禅诗品析》(上下两卷),广东南方日报出版社,2014年版。

24. 韩进廉主编:《禅诗一万首》(上下两册),河北科学技术出版社1994年版。

25. 吴言生著:《禅宗诗歌境界》,中华书局2001年版。

26. 周裕锴著:《中国禅宗与诗歌》,上海人民出版社1992年版。

27. 释圣严编：《韩国佛教史略》，《现代佛教学术丛刊》第八十二期（1980.10）。

28.（朝鲜）崔滋编：《补闲集》，高丽时期刻本。

29. 王春红著：《禅诗精选》，企业管理出版社 2013 年版。

30. 吴言生著：《黄龙宗禅诗研究》，《五台山研究》1999 年第 4 期。

31. 吴言生著：《禅诗研究》，佛光出版社 2002 年版。

32.（宋）僧惟白编：《建中靖国续灯录》，南宋刻本。

33.（宋）僧李遵勖编：《天圣广灯录》，南宋刻本。

34.（宋）僧道原编：《景德传灯录》，北宋刻本。

35.（宋）僧悟明编：《联灯会要》，南宋刻本。

36.（宋）僧正受编：《嘉泰普灯录》，南宋刻本。

37.（唐）惠能述：《坛经》，《佛教十三经》，中华书局 2010 年版。

38.（宋）罗大经编：《鹤林玉露》，上海古籍出版社 2012 年版。

39.（日）小野玄妙等编：《大正藏》（第五十一卷等），河北佛协出版社 2007 年版。

40.（南宋）释晓莹编：《云卧纪谭》，《卍新纂续藏经》第八十六册，《云卧纪谭》CBETA 电子佛典 V1.16 普及版。

41.（北宋）释道诚集：《释氏要览》，宋刻三卷，收入《大正藏》第五十四册。

42.（唐）僧从谂述、文远记：《赵州从谂禅师语录》，又名《赵州和尚语录》《真际大师语录》，共三卷，收于《卍续藏》第一一八册，《古尊宿语录》卷十三、卷十四，《嘉兴藏》（新文丰版）第二十四册，《禅宗全书》第三十九册。

43.（宋）法应集、（元）普会续集：《禅宗颂古联珠通集》，共四十卷，禅宗最大的诗偈颂集成，有多个版本，收于《缩刻藏》《卍续藏》《频伽藏》《嘉兴藏》《中华大藏经》等。

44.（明）瞿汝稷集：《指月录》，又称《水月斋指月录》，成书于万历二十三年，刊刻于万历三十年，收于《卍续藏》第一四三册。

45.（元）僧善俊、智境、道泰纂：《禅林类聚》，共二十卷，元大德八年（1307年）刊行，收在《卍续藏》第一一七册、《禅宗全书》第八十八册。

46.（宋）重显、克勤编：《碧岩录》，北宋刻本。

47.（明）居士朱时恩编：《居士分灯录》，分上下两卷，成书于明崇祯五年（1632），后被收于《卍续藏》第一四七册。

48.（清）迦陵性音编：《宗鉴法林》，共七十三卷，收于《卍新纂续藏经》第六十六册。

49. 湖南省宗教事务局等编：《湖南佛教寺院志》，天马图书有限公司2003年版。

50.（明）僧明何撰：《补续高僧传》，共二十六卷，收于《卍续藏》；

51.（宋）祖琇撰：《僧宝正续传》，北宋刻本，收于《卍新纂续藏经》第七十九册。

52.（宋）僧慧洪编：《禅林僧宝传》，北宋刊行，《卍续藏》第一三七册。

53.（南宋）陆游著：《渭南文集》，共五十卷，分为文集四十二卷，《入蜀记》六卷，词二卷。嘉定十三年（1220）刻刊。

54.（日）玉村竹二编撰：《五山文学新集》，共八卷，东大出版会1967年版。

55.（清）彭定求等编：《全唐诗》，全书共九百卷、目录十二卷，康熙四十四年（1705年）成书，1706年曹寅奉旨刊刻。

56. 周嘉向编:《禅诗三百首》,陕西人民出版社1996年版。
57. (南宋)周密编:《齐东野语》,中华书局1983年版。
58. 张中行著:《禅外说禅》,中华书局2006年版。

后 记

编写黄龙禅宗三书是我的夙愿，20世纪80年代初我就游览过黄龙山、黄龙寺，还涂鸦过几篇文章，但其时尚未有编辑"黄龙三书"的想法。随着对黄龙山、黄龙寺、黄龙宗的逐步了解，特别是从1988年起，日本黄龙宗的弟子多次返祖探源、礼谒黄龙的事实，使我对黄龙的兴趣日益浓厚。也是从那时起，才开始有意识地收集、保存有关黄龙山、寺、宗的资料，从一首诗、一副联、一故事做起，且忧于黄龙宗的博大精深、源远流长，而囿于其书籍资料之短少奇缺，隐约之间有了编写书籍，以将黄龙展示全国推向世界的意向。但直到2002年首编《黄龙山风景与黄龙寺历史》一书时，这种意愿才逐渐清晰；而在2004年搜集、整理资料编写《黄龙山》的过程中，成书的冲动就愈益强烈。但当时的想法，只是编写《黄龙宗故事》与《黄龙宗禅诗》这两书，原因是我当时掌握的资料中，以黄龙故事传说和黄龙禅诗数量为多。

围绕这个目标、也可说梦想罢，从2004年起，我开始大量的查找、搜集、购买、复印、打印、借阅甚至抄写历史典籍、地方方志、寺庙灯谱、禅师语录、学术专著等中有关黄龙山、寺、宗的资料，真正到了"断碑残碣"无不细拓、"蠹简陈编"尽心穷研、"乡野谈唱"反复精琢的程度。其中最有趣也最辛酸的，是 2009 年在上海襄阳路的书店偷抄《南怀瑾选集》一事：原因是《南怀瑾选集》一套共 10 本，但不单本出售，而我仅需其中一卷约 500 文字，鉴于经济压力，我只好将需要的文字进行抄录，可能是交涉中给店员留下了印象，他们盯我特别紧，抄不了几十个字就被他们将书收走，几次反复后，我怕他们赶我出门，只好先强记一段话，合上书本到外面默写后又来强记，中间还要东翻翻西看看装装样子，如此写写记记、记记写写、对比复核，几百个字抄了近两个小时，但总算如愿以偿将要的内容抄到手了。

从 2009 年起，我开始编著《黄龙宗禅诗》与《黄龙宗故事》（更名另出）两书，说实话当时也只准备编这两本书的，只因为后来在编辑中找到的不少公案，虽然也属故事的范畴，也精彩绝伦、脍炙人口，但它突出的是禅性哲理、参悟机锋，其作用主要是对机开示、印证有无，收录故事里有点不熨帖、也有点不合体例，最主要的是不能充分反映黄龙禅宗的博大精深、机锋智慧，充分显示其险绝凌厉、机警风趣的禅风，因此就有了后来的《黄龙宗公案》。

而《黄龙宗简史》的产生说来有些复杂，主要原因有六：一是在漫长的编辑过程中，为了找寻资料、确定宗属、缕析师承、辨别真误等，我经常陷入纷繁复杂的汪洋文字大海中而不能自拔，禅宗经典著作每部动辄五六十万字，而且全是古文还夹杂着方言口语，原著又不断句，公案典故还多，读起来都十分困难，更不要说理解、翻译、查找和挑错了；二是禅宗著作数量多、体例不一、质量良莠不齐、收录时间跨度不一、分类标准随意；其三宗门典籍中大多数是按大鉴慧能几世收录，或按南岳与青原几世收录，很少是按宗派世系收录，这为后世查找分别宗派传承造成了巨大的困难；四是临济宗从八世一分为二，派衍出黄龙宗和杨岐宗，可是到临济十四世即大鉴慧能下十八世，又合二为一复称临济，所有传灯古籍，将黄龙杨岐的弟子统一混记在临济宗名下，这使得要将大江南北、近千年时光里、黄龙杨岐数以十万计的宗门弟子区分开来，成了几无可能之事；五是禅师称呼名号复杂，多的达六七个如洞山宝峰真净克文禅师，号云庵，又称归宗、石头。且简称全称法号赐号别号乱用，不是长期浸淫或专门研究者是很难搞清其师承派属的。如龙牙居遁、龙牙言、龙牙智才、龙牙宗密，简称都是龙牙，如果不是对典籍相当熟悉，是很容易出错的；六是所有我找见的宗门典籍中的禅师名号，除极个别外均与《黄龙崇恩禅寺传灯宗谱》和《临济正宗三敕黄龙始祖超慧演派堂上历代和尚位》上的禅师名号不同……以上之种种情由，客观上为后世研究、查找与了解黄龙宗史设置了巨大的障碍和难以逾越的关卡，造成后学进不去也难出来，鉴于此，为了方便人们查阅、了解、比照，尤其是为后人研讨黄龙宗从南宋末到如今的宗派源流、繁衍讬徙提供线索，以期能编辑出一部完全的黄龙宗宗派衍庆谱系，甚至于能将黄龙宗日本、朝鲜、韩国弟子的宗嗣源流、师承衍庆进行收录，编制一部《黄龙禅宗世界大同传灯宗谱》，也是可以期待的——这就是我斗胆编辑《黄龙宗简史》的初心。

在编辑三书的过程中得到了江西省委统战部、省民宗局、省社科院、省佛协、江西文化研究会、江西师范大学历史系、中国文化管理协会传统文化产业促进会、政协修水委员会、修水县委统战部、县文广局以及笔者工作的修水县财政局、国资局等单位的大力支持，得到了张勇、吴言生、朱法元、梅仕灿、欧阳镇、陈金凤、谌建荣、卢大友、林剑卫、胡卓、王彬、戴嵩青等专家的悉心指导，得到了养空法师、仁玉法师、心廉法师、惟白法师等的鼎力相助，又承张勇、陈金凤、戴嵩青、杨大枪赐予序言，还蒙王坤赞、胡小敏、胡红仁三位老师共撰写了二十首禅诗赏析，在此一并表示衷心的感谢！这里特别要提到的是陕西师范大学的吴言生教授，他在百忙之中不仅抽时间阅读拙作，点出其中不足之处、指明修改方向、提出整改意见，还就部分章节亲自操刀逐字逐句详加修改、批注、评说以为示例，更难能可贵的是还为后学写下总评，极尽褒奖、肯定，这对我是个非常大的鼓励。而江西师大的陈金凤教授则主动请缨，逐字为我订正全书并提出审读意见，在此对他们这种淡泊名利、铁肩道义、助人为乐的情操和精神再次表示感谢与敬意！

由于此书编写时间长、涉及范围广、费用开支大，二十余年来，采访、考证、搜集、购买资料等一切费用，一毫一厘全由家庭经济承担；撰写、编排、修改、校对等一切工作，一分一秒全赖业余时间完成，在此特别对支持、理解我的家人尤其是夫人钟玲雨、女儿戴中乙表示感谢；同时成书之年恰逢本人四十八周岁、女儿十二周岁，所以该书既是自己天命之岁的纪念，也是给予女儿一纪之年的礼物！

当然，由于年代久远、资料残缺，加上本人才疏学浅、涉猎不广、钻研不深、搜罗不全，本书必定存在诸多的不足与错讹，期盼广大读者批评指正！

戴逢红
丙申岁仲春于黄龙别院